JN033020

新たなスキル《塗料》を使って
防水・防腐・防虫・防蟻効果ありの
ペンキでログハウスを強化!!
元ホームセンター店員の
異世界生活2
~称号《DIYマスター》《グリーンマスター》《ペットマスター》
を駆使して異世界を気儘に生きます~

いざグランドオープン！
「いらっしゃいませ！」
「試食いかがですか？」
狼獣人の子供
メアラ
マコの命の恩人。
マウルと双子の兄弟で、
負けん気が強く警戒心が強い。
狼獣人の子供
マウル
マコの命の恩人。
メアラと双子の兄弟で、
温和な性格の持ち主。
ホームセンター店員
本田真心
（マコ）
日本でホームセンター店員として
働くも気付けば異世界に。
活発で明るく冷静な判断力もある。

アバトクス村名産直営店、
「ハーバリウムです。心を落ち着かせる香りのするお花なのですわよ」
アルラウネの王女
オルキデア
花の妖精のような魔族。マコに命を救われ、アバトクス村の住人になる。
「ホールスタッフをやる事になるとはね……楽しいからいいけど」
グロウガ王国の第三王子
イクサ・レイブン・グロウガ
王家直属の魔法研究院の院長で、マコの生み出す魔道具に興味津々。
「マコ、外の準備が済んだぞ」
元闇ギルドのエージェント
ガライ・クィロン
鬼人《オーガ》族の血が流れる亜人。マコに命を助けられ、一緒に暮らすようになる。

『今日、不快なものすべてを破壊できる。
消え失せろ』
「まずい!」

元ホームセンター店員の異世界生活 2

～称号《DIYマスター》《グリーンマスター》《ペットマスター》を駆使して異世界を気儘に生きます～

著 KK
イラスト ゆき哉

口絵・本文イラスト
ゆき哉

装丁
木村デザイン・ラボ

プロローグ　新スキルが目覚めました

名前：ホンダ・マコ
スキル：《錬金Lv.２》《塗料》《対話》……

「……ん？」

頭の中でステータスウィンドウを開き、自分のステータスを確認しようとして、私はスキルに見慣れない単語が追加されているのに気付いた。

そうだ、この前――この村を奪いにやって来た、第三王子（この国では、便宜的に女性・男性に関係なく王子という称号が使われ、頭の数字は王位継承権の優先順位を表している）アンティミシュカとその王権騎士団を倒した夜。

エンティアの体の上で、マウルとメアラ、それにガライと一緒に寝た夜――意識が落ちる寸前に、何かステータスに変化が起きたのだった。

すっかり忘れていた。

「でも……《塗料》か」

元ホームセンター店員の私からしたら、かなり馴染《なじ》みのある単語だ。

正直、そのイメージ通りなのだとしたら、こんなにわかりやすい能力もないだろう。

「となると、早速試してみた方がいいかな」

「あれ？　どうしたの？　マコ」

そこで、エンティアとの散歩から帰って来たマウルとメアラが、家の中、一人で突っ立っている私を見て、不思議そうに小首を傾《かし》げた。

「ううん、なんでもない。あ、そうだ。マウル、メアラ、刷毛《はけ》って持ってる？」

「ハケ？」

「そう、動物の毛で作られた……あ、そうだ、筆とかでもいいよ」

「うーん、筆……持ってないかな」

マウルとメアラは腕組みをして難しい顔をする。

そっか、流石《さすが》に無いか……。

『うむ？　どうしたのだ、二人共。こんなところで顔を顰《しか》めて』

そこで、家の中に巨大な白い狼《おおかみ》――神狼《しんろう》の末裔《まつえい》を名乗る狼、エンティアが入って来た。

『うーむ、しかし姉御《あねご》。なんだか最近、暑くなってきたな。我もそろそろ毛の生え替わりの時期でな、ごわごわして気持ち悪いのだ』

「夏毛に替わる季節なんだね……って、エンティア！　ナイスタイミング！」

『ぬ？』

エンティアの白い体毛は、滑らかで柔らかい。それを使えば、きっと上質な刷毛が作れる。

「後は桶《おけ》と、それから水も必要かな……ようし！」

私は、パンッと手を打ち鳴らす。

「マウル、メアラ！　ガライを呼んできてくれるかな！　エンティア！　今から毛を梳《す》こう！」

『おお！　若干モフモフ度が落ちるゆえ、姉御を悲しませるかと思い打ち明けるか悩んでいたが、そう言ってもらえると嬉《うれ》しいぞ！』

「なになに！　今日は何するの！」

エンティアもマウルもメアラも、わくわくした様子で私を見る。

愛《う》い奴《やつ》らめ。

私はそんな彼等《かれら》に、人差し指を立てて告げる。

「ふふふ……この家を、もっと強くするよ！」

◇◇◇

「こんな感じか？」

「うん、そうそうこんな感じ！」

長身で引き締まった体格の、黒髪の下に精悍《せいかん》な顔立ちの浮かぶ男性が、私へと言う。

彼はガライ。この村で一緒に暮らしている、元闇《やみ》ギルド所属の戦士だ。

ガライが私に手渡してくれたのは、木製の柄にエンティアの梳いた毛を挟み、私が《錬金》で生み出した〝針金〟を巻き付けて固定した道具。

どこからどう見ても、正真正銘の刷毛だ。

白い毛の部分に触れてみるが、申し分ない柔らかさである。

「よしよし」

「マコ、桶を持ってきたよ」

そこに、マウルとメアラが木製の桶を持ってくる。中身は空っぽのままだ。

「オッケー、じゃあ……」

私は集中し、私の中に新しく生まれた力――《塗料》を発露するよう意識する。

全身から淡い光が溢《あふ》れ、私の伸ばした手先へと集まっていく。

その光が、球状の塊となり――。

「わぁ！」

マウルが驚きの声を上げた。

空中に、球状の液体が浮かんでいる。揺蕩《たゆた》うそれは、真っ白な液体だ。

私はそれを、空の桶の中に落とす。バシャリと音を立てて、液体は桶の中に入った。

「よし……」

「なにこれ……ミルク？」

「違う違う、間違って飲んじゃ駄目だよ？」

私は桶の中を覗《のぞ》き込むと、においを嗅《か》ぐ。

……うん、このにおい、間違いない。

「やっぱり。ちゃんとした、〝ペンキ〟だ」

その名の通り、《塗料》は〝ペンキ〟を生み出す力だった。

においの弱さからして、これは水性塗料だろう。

塗料には大きく分けて、水性塗料と油性塗料がある。水性塗料とは、別に水性マジックのように水が掛かったら落ちてしまうとかそういうのではなく、成分に水が含まれている塗料という事だ。

塗りやすく、においも弱い、初心者向けの塗料。

逆に油性塗料は、においが強く乾きにくいが、その分、塗料としての強度は高い。

「家の壁を塗るなら……やっぱり、油性にしておこうかな」

私は桶の中の塗料を捨て（地面に穴を掘って埋める）、桶を水で洗うと、改めて、今度は油性塗料を生み出すように意識してみた。

空中に生み出される、黄みがかった液体。今度はちゃんと、油性塗料を生み出すことが出来た。

色も、意識した通り木目を浮き出たせるライトオーク色のステイン系。

……凄《すご》い……いや本当に、この能力、相当凄い力だよ？

だって、〝ペンキ〟はただ家の壁や屋根に色を塗るためだけのものじゃない。

撥水剤《はっすいざい》や防腐剤が含まれているから、防水効果、防腐効果も付与される。

更に、シロアリとかの害虫による侵害を防ぐための、防虫効果、防蟻《ぼうぎ》効果もあるのだ。

しかもこれは、私の魔力を使って生み出した〝ペンキ〟。

《液肥》とかの前例から考えるに、きっとかなりの効果があるはず……。

……この世界のバランスとか崩しちゃわない？

……いや、それを言い出したら《錬金》も《液肥》も《対話》も、どれもそうなんだけど……。

「これを壁に塗るの？」

「ドロドロだね」

「うん、そうだよ。あ、その前に――」

現在、私達の家は、外壁を〝金属サイディング〟で覆っている。

この上から塗っても意味ないので、外す事にした。

……しかし、ガライ達と一緒に外した〝金属サイディング〟を地面に並べるが……これ、どうしよう？

「うーん……別に、他に使い道も無いしなぁ？」

完全に産業廃棄物だよ、これ。

私の《錬金》、生み出す事は出来ても、生み出したままだから、その後の処理に困るんだよね。

「あーあ、《錬金》で生み出せるのはいいけど、不要になったら消す事も出来たらいいのにね」

そう思いながら、私はサイディングに触れる。

瞬間、触れたサイディングが、光の粒子となって空中に霧散した。

「……ええ！」

嘘《うそ》！　消す事も出来たの⁉

私は試しに、他のサイディングにも触れてみる。

……消せた。

「こ、こんな便利な機能も付いてたなんて……」

知らなかった……あ、いや、待てよ？

私は頭の中で、ステータスウィンドウを開示する。

「……Lv.2になってる」

さっきは《塗料》の方に目が行って忘れていたが、《錬金》がいつの間にか、《錬金Lv.2》にレベルアップしている。

もしかして、成長した？

だから、私が生み出した金物は、私の意思で消す事も出来るようになったとか。

……まぁ、ともかく。

「やったぁ！　超便利能力ゲットー！」

「わ！　びっくりした！」

「……マコって、よく唐突に叫ぶよね」

「ごめんごめん！　さ、壁に〝ペンキ〟を塗っていこう！」

ハイテンションな私に後押しされ、マウルとメアラ、それにガライも家の壁の塗装を開始する。


――それから、数時間後。


「出来たー！」

「終わったね」

「うんうん、いい感じ！」

生木だった外壁が、明るいライトオーク色に彩られ、本格的な木のお家《うち》という感じになった。

木目も浮き上がって、中々雰囲気がある。

「きっとこれで、この家はもっと強くなったよ。雨や湿度、それに虫害にも耐えられるようになったからね」

「本当!?　凄いね！」

「マコ、ガライ、もうこの村のみんなの家も作り直してあげたら？」

メアラ君、サラッと凄い事言ってくれちゃったね。

いや流石に、私もこの家を作った時は二日徹夜してふらふらになっちゃったよ。

「どうかな？　ガライ」

「……面白そうだな」

そう言って、ガライはふっと微笑《ほほえ》む。

もう、ガライも乗り気じゃん……と言うか、何気にガライが笑った顔、初めて見たかも。

「おーい、マコー！　ウィーブルーの旦那《だんな》が来たぞー！」

そこで、私達の元に、この村に住む《ベオウルフ》の一人、ラムがやって来た。

「ウーガの奴も、他の連中ももう集まってるぜ？」

「え？　何かあるの？」

「おいおい、忘れたのかよ！」

ラムが驚いた様子で叫ぶ。

「王都でやる予定の、俺達の村の直営店！　商品の選別とか、店のデザインとか！　今日話し合う予定だったろ⁉」

「……あ、そっか」

家の塗装に夢中で、すっかり忘れていた……。

そう、私達には近く、一大プロジェクトが待ち構えているのだ。

この国の王都で、ウィーブルー家の力も借り、私達の村の特産物を売り出す直営店を開く事になったのだ。

第一章　王都で出店です

村の広場に行くと、既に主要なメンバーが集まっていた。

「おお、マコ殿」

用意された椅子に腰掛ける《ベオウルフ》達の中に一人、人間の男性が混じっている。

彼は、この国の各地で高級青果店を営むウィーブルー家の、現当主様である。

ひょんな事から彼と知り合い、今ではこの村で生産される色んな特産品を彼のお店で取り扱ってもらっている。

そして今回、彼から提案されたのが、その特産物をメインに扱う直営店――アンテナショップのようなものを、王都で展開しないかという話だ。

「こんにちは、当主」

「こんにちは、では早速ですが、本題に参りましょう」

というわけで、当主による出店計画の概要が発表された。

まずは、立地に関して。

場所は、王都の中でも飲食系の店が並ぶ一等地なのだと言う。

「土地は既に確保しています。元々は、我がウィーブルー家の経営する青果店の次店舗を建てる予定地だったのですが」

「え？　よかったんですか？」

「ええ、マコ殿には普段からお世話になっておりますからな」

市場都市《しじょうとし》で、この村の特産品を扱うようになってから、売り上げが急増したらしい。

そんな関係もあっての、今回の出店計画なのだ。

にしても、ありがたい。

「てことは、まずは店を建てないといけないのか」

《ベオウルフ》達の一人、ウーガがそう反応すると、当主はコクリと首肯する。

「まぁ、そちらの方は私共で建設させていただきます。問題は、店が完成していざ経営、となった際の店舗の内装や扱う商品なのですが」

「商品は……やっぱり、作物や工芸品が良いかな」

私は言う。

この村で《ベオウルフ》達が作った野菜。オルキデアさんやフレッサちゃんが育てた花。その花を使って、マウルやメアラが作るフラワーアレンジメント。そして、ガライが木材から切り出して作る工芸品の数々。ここら辺が、主要な商品となるだろう。

「じゃあ、メインは最近出来た野菜や、後はウーガが育てるのに成功した果物あたりか」

「そういえば、ここから王都までどれくらいの距離があるの？」

「馬車を使っても二日ほどかかりますな」

私の疑問に、当主が答える。

市場都市までは、徒歩で半日くらいだった。それよりも遠いのは、当然か。

「じゃあ、作物が傷まないように運搬方法も考えないといけないね。あと、わざわざ直営店なんだし、ちゃんと商品の説明が出来て売り込みが出来る人員も必要かな」

そこで、私はその場に集まった皆を見回す。

「……誰《だれ》かを教育するよりも、もういっそ、自分達で営業に行った方が早いかもしれないね」

「おお！　いいね！　王都で直営業か！」

「……でも、大丈夫か？」

盛り上がる一同……だが、そこで《ベオウルフ》の一人、バゴズがおずおずと口を開いた。

不安そうな顔をしている、どうしたんだろう？

「いや、俺達獣人が王都で商売なんかやっても、良い顔されないんじゃ」

「うーん……」

バゴズの言葉に、皆が黙り込んでしまった。

なるほど確かに、その考えは当然だ。この国には、獣人差別のような考え方が染みついている。

そもそもは、王族の思想が原因で発生したものだと思われるが、一部の人間と獣人との間には軋《あつ》轢《れき》があるのだ。良い顔をされない……容易《たやす》く想像出来るからこそ、皆、一気にトーンダウンしてしまったのだろう。

「……そうだね……でも、だからこそ行こうよ」

そこで、私の放った言葉に皆が顔を上げた。

「この村で作ったものを売るんだから、その前提条件まで含めて受け入れてもらわないとさ。産地偽装なんてするわけにいかないし、ちゃんと、胸を張って売り出していこう」

「マコ……」

「うーん……そうなると」

私は、チラリと当主の方を見る。

「いっそのこと、お店自体も私達で作ろうか？」

「え⁉」

皆が驚きの声を上げる。

「ま、マコ殿、しかし専門的な知識が無いのにそのような事は……」

「ううん、当主さん！　マコならきっと出来るよ！」

マウルが立ち上がる。

「だって、あの家だってマコとガライが一緒に作ったんだから！」

「な、なんですとぉッ！」

当主、良いリアクションするね。

そう、何も今回が初めてというわけじゃない。

私の魔力が込められた金具と、ガライの精密な腕があれば、あの一軒家くらいの大きさの建物だって、また作れるはずだ。

「きっと、その方がインパクトあるし。お店の設計図――図面は私が引くよ」

「材料は如何《いかが》いたしましょう？　流石《さすが》にそれは、こちらで手配いたしましょうか？」

「うん、それもそれでありがたいんだけど……やるなら、この村で材木を作って持って行って作った方が、より話題性は作れそうだし」

木を切り、材木を作るのは、ガライとオルキデアさんがいれば可能だ。

問題は王都まで運ぶ方法だ。こうなったら、全部自分達でやりたいところだけど、それだけの物量を運ぶにはかなりの運搬力が……。

「……そうだ！　イノシシ君達！」

『呼んだか姉御《あねご》、コラー！』

振り返ると、集まったメンツの足元から、数匹のイノシシ達がこちらに歩いて来た。

彼等《かれら》は、村の近くの山に住んでいる野生動物。そして先日、アンティミシュカを倒す際に力を貸してもらった事から、色々あって交流するようになった子達だ。

「イノシシ君達！　また君達に力を借りる時が来たよ！　王都で経営するお店の材料や商品、色んなものを協力して運んで欲しいんだ！」

『任せろ、コラー！』

『俺達にかかれば楽勝だぜ、コラー！』

イノシシ君達は、ぴょんぴょん飛び跳ねながら応じてくれた。まったく、かわいい奴《やつ》らめ。

《塗料》の力も目覚めたし、外見も内装も、自在に店舗を彩れる。

「よーっし、みんな！　王都でお店作り、頑張るよ！」

私の掛け声に、皆がわーっと声をあげてくれた。

「楽しそうです！」

《アルラウネ》の少女、フレッサちゃんも、そう言ってお姉ちゃんのオルキデアさんに抱き着いている。いいねいいね、この子に売り子をやってもらえば、売り上げアップ間違い無しでしょ。

「マコ殿、流石にこの人数全員は……」

「わかってますよ、当主」

と言っても、村人全員で行くわけにはいかない。この村を空けるのも危険だ。なので、あくまでも選別した十数人程が適正人数だろう。なんだったら、交代形式でもいいし。

「ね、ガライもいいでしょ？」

そこで、私は隣に立つガライに、そう何気無く問い掛けた。

「……ああ」

しかし、それに対し、ガライはどこか表情を曇らせ、歯切れの悪い返事をした。

「……ガライ？」

……あ。

そこで、私は思い出す。そうだ、ガライは元々、王都の闇《やみ》ギルドに所属していたのだ。

そして、何らかの事情により、そこを離れ逃げなくてはいけなくなった……。

「……」

◇◇◇

それから数日間、私達は出店のための準備を進めた。

私は、現役で店舗経営を営む当主からアドバイスをもらいながら、店の図面を引く。《ベオウルフ》のみんなにはいつも通り、畑仕事に精を出してもらう。ガライには、工芸品や材木の準備を、オルキデアさんやマウル達には、そのためのサポートをしてもらった。

「……」

私の引いた図面を基に、ガライが木を切り出し、木材を作っていく。

黙々と、作業を忠実にこなしてくれてはいるけど、どこか表情は晴れない。

（……やっぱり、ガライ、王都に行きたくないのかも……）

以前、無理には聞かないと言った。彼にだって色々と事情があるだろうし。

それにもし、ガライが王都に行く事によって何か問題が起きて、こちらに飛び火する事を懸念してくれているのだとしたら……その心遣いを無下にするわけにはいかない。

「うーん……やっぱり、私からハッキリ言うべきかな」

村の中をうろうろと歩き回りながら、私はずっとその事で悩み続ける。

設計図は出来ている。建築作業の力仕事は、《ベオウルフ》のみんなの手を借りれば出来ない事もないだろう。でも、正直に言ってしまえば、ガライを失うのは痛い……彼が傍《そば》にいてくれるだけで、安心感があるのだ。

「うーん……ん？」

いつの間にか、私は村の入り口付近にまで差し掛かっていた。

そこで、入り口に誰かが立っているのを見て、足を止める。

見覚えのある顔だ。否、忘れるはずがない。

耳に掛かる程度の金髪に、相変わらずの好青年然とした甘いマスク。

魔道具研究院の制服を纏《まと》い、肩から掛けているのはあらゆる物を収納する魔道具の鞄《かばん》。

「イクサ！」

「やぁ、マコ。どうしたんだい？　難しい顔をして」

この国の王位継承権を持つ、第七王子……いや、今は第三王子の、イクサ・レイブン・グロウガその人が、私の前に立っていた。

傍には当然、監視役でスアロさんもいる。

「例の話は順調かい？」

イクサは私に、そう問い掛けてきた。何の事を意味しているかは、瞭然《りょうぜん》だ。

「王都で、店を開くという件」

「うん、正に今、そのためにみんな頑張ってるところだよ」

なるほどなるほど、と、イクサは活気立つ村の雰囲気を感じて、楽しそうに微笑《ほほえ》む。

「マコ、そこでなんだけど、今回、僕もその事業に一肌脱がせてもらおうと思ってね」

「え？」

「王都では、色々と協力させてもらうよ」

そう言って、イクサは私に丸められた書状を手渡してきた。

「これって……」

「まぁ、簡単に言うと僕の推薦状みたいなものさ」

〝魔除《まよ》け〟代わりにはなると思うよ、と、イクサは言う。

「王都は商売の一等地でもある。いかに他の店を出し抜いて生き残るか、過酷な競争社会だ。中には、野蛮な手や卑怯《ひきょう》なやり方を好む連中もいるからね」

なるほど、イクサの狙《ねら》いがわかった。

「そこで、僕の名前を出せば後ろ盾にはなると思ってね」

「そういう事か。ありがとう、イクサ」

「僕も色々と処理しなくちゃいけない仕事があるから、それが片付いたら顔を出すよ。オープンまでには間に合わせよう」

後ろに立つスアロさんを振り返り、「ね」と言うイクサ。

スアロさんは嘆息をすると、私へと視線を向けた。

「……マコ殿。今、イクサ王子の言った事は決して冗談ではない。場合によっては、暴行沙汰《ざた》を起こすような連中もいる。貴方《あなた》も妙齢の女性だ、気を付けて欲しい」

「スアロさん、心配無用だよ。私だって、それなりに腕は立つしね」

そう言って、腕を持ち上げる私に——スアロさんも強くは否定しない。

彼女も何気に、私の戦闘シーンを間近で見る機会に恵まれているので。

「大丈夫だよ、スアロ。彼女には、強力なボディガードが付いてるじゃないか」

「〝鬼人〟のガライ、ですね」

「知ってるの？　スアロさんも」

ガライについて口にしたスアロさんに、私はすかさず尋ねる。

何気に、スアロさんも王族に関わる立場の人間だ。この国に纏《まつ》わる闇の部分も、多少知っていてもおかしくはない。

となれば、なんやかんやでガライの事も知っていたのかもしれない。

「私自身、暗部に深く関わっているわけではないが、話には聞いたことがあった」

「うーん……そこなんだけどね」

私が困ったように唸《うな》ると、イクサとスアロさんが小首を傾《かし》げる。

「どうかしたのかい？」

「実はね——」

私はイクサ達に、ガライが王都には行きたくなさそうな件を説明した。

「だと思っていたよ」

「え？」

話を聞き終わったイクサが、私に向き直り言った。

「やはり彼も、王都には色々と思うところがあるんだろうね……ちょっと、彼と話せないかな？」

◇◇◇

切り倒した木の皮を剥《は》ぎ、オルキデアさんに乾燥させてもらう。そこから更に細かい寸法に切り出していく作業を行っている最中のガライのところに、私達はやって来た。

イクサが、ガライへと軽快に声を掛ける。

ガライも、彼が王子だということは知っているので、イクサに対して頭を下げて挨拶《あいさつ》をする。

「何か、自分に用ですか？」

「そう畏《かしこ》まらなくてもいいよ、ガライ・クィロン。僕から君に、一つ伝えたいことがあってね」

イクサが、ガライに伝えたい事……なんだろう……。

と考える間もなく、彼は単刀直入に言った。

「君の〝事情〟は知っている。そして、その件に関しては僕が既に手を回してある。気にするな」

「！」

その発言に、私もガライも、当然驚いて目を見開く。

「僕も、一応は王族だ。この国の裏側で汚れ仕事を請け負っていた闇ギルド、その存在を色々と調べさせてもらった。そして、君の伝説級の雷名も知った」

「……………」

「やぁ」

「加えて、そこで君の身に何が起こり、身を隠さなくてはいけなくなってしまったのかもね」

やっぱり、ガライは何らかの事情があって追われている身だったんだ。

「そして、王都に自分が行けば、その燻《くす》ぶった火種が再燃してしまう可能性があると考え、この一件の出向に乗り気ではない……という感じだったのかな？」

「………………」

「君は、その内容まで詳しくマコに伝える気はない……いや、伝えたいかどうかは君の自由だ。僕が口を挟む道理はない。マコだって、君の事を慮《おもんぱか》って無理に聞き出そうとしないだろう」

だから──と、イクサは言う。

「それら諸々《もろもろ》、全《すべ》てひっくるめて、裏から手を回した。王都で、君の事を追い掛ける者はいない」

「……本当ですか」

「ああ、保証する」

イクサの言葉に、ガライは瞑目《めいもく》する。彼の心中にあった懸念が、払拭《ふっしょく》されたのがわかった。

「……ありがとうございます」

深々と首《こうべ》を垂れるガライ。そこで、イクサが私の背中をぽんぽんと叩《たた》いた。

「ほら」

まるで、最後の一押しをしろと言うように。

……うん、わかった。

「私も、ガライが一緒に居てくれると嬉《うれ》しいな」

「……マコ」

律儀で人情深く、男気のあるガライだ。ここまでされて、言われて、それで断るはずもない。

「わかった。俺も王都に同行しよう」

そう、言い切ってくれた。

「マコ。もしも、万が一、その件であんた達に迷惑をかける事になったら……すまない」

「大丈夫だよ。お互い様じゃん。もしそうなったら、私達全員で対処すればいいんだし」

仲間なんだから、当然。

「……本当に、あんたはまっすぐだな」

そう言って、ガライは微笑んだ。

うわー、貴重。ここ数日で、二回もガライが笑ってるところ見ちゃったよ。

「イクサ、ありがとうね」

何より、今回の一番の立役者であるイクサに、私は礼を言う。

彼には助けられてばっかりだね。この前の戦いの時といい、イクサが後ろに居てくれるっていう安心感があるから、私達は色々自由に出来るんだ。

「ああ、是非とも恩に着てくれ給《たま》えよ」

そう言って、イクサはニヤニヤと笑う。

さて、これで悩みも消えた。後は、目標に向かって全力前進だ！

「さぁ、準備準備！」

◇◇◇

それから私達は、懸命に王都へ向かうための準備を進めた。

そして——数日後。

「さて、と」

遂に、出発の日が来た。

『お前ら準備はいいか、コラー！』

『ちゃんと姉御の言うこと聞くんだぞ、コラー！』

『全力で走ると曲がれなくなるから、ちゃんと力加減はセーブしろよ、コラー！』

建築用の資材をはじめ、必要な荷物を載せた荷車を、数十匹のイノシシ君達に加えエンティアにも引いてもらう。

今回、王都へ行く選抜メンバーは、《ベオウルフ》はラム、バゴズ、ウーガをはじめとした二十名。そこに、私とマウル、メアラ、オルキデアさん、フレッサちゃん、ガライが加わる。

まずは、このメンバーで王都に向かい店舗の建設を開始する。

「頑張れよー」

「俺達も後から行くから、それまでは任せたぜー」

まだ商品は搬入しない。今日持っていくのは、店舗建設の資材だけ。

店が出来たら、第二部隊が商品を持ってやって来る流れだ。

うーん、新店のオープンスタッフになった時を思い出すなぁ。

……正直、時間は少ないし、やる事はいっぱいあり過ぎるし、仲間はバッタバッタ倒れていくし、良い思い出はないけど。けど、その時の経験がここで生かせる気がする。

「よし、それじゃあ出発！」

私の掛け声に、「おお！」と『コラー！』という返事が響き渡った。

◇◇◇

アバトクス村を出発し、私達は王都へと向かった。

受け取っていた地図を見ながら、舗装された街道をまっすぐ進む。

エンティアに引かれる荷車の上で、変化する景色《けしき》を眺めながらの引率となった。

イノシシ君達もそこそこの遠出にも拘《かかわ》らず、文句一つ言わない。

『コラー♪』『コラー♪』と楽しそうに鼻歌を歌いながら荷物の運搬を行ってくれている。

……鼻歌だよね？

日が沈み、夜に差し掛かる前に、あらかじめ当主に紹介してもらっていた街道沿いの宿屋を見付け、宿泊。

翌日、日が昇ると同時に出発。

「お、農場が見えてきたな」

ラムの言葉に、皆が視線を向ける。昼前くらい、街道沿いの風景の中に、農場や牧場が見えてきた。地図から察するに、王都が近付いてきた証拠だ。

「あー、牛だ！　牛がいっぱいいる！」

「マウル、荷車から乗り出すと危ないぞ」

「羊さんもいるのです！」

「あら～、牧草をおいしそうに食べてますわね」

マウルやメアラ、フレッサちゃんやオルキデアさんが、そんな風景を見ながらはしゃいでいる。

そして――。

「おお！　あれか！」

遂に、王都が見えた。

巨大な壁で覆われた外縁。その向こうに、中央が天へと上るように設計された街並みが見える。

頂点にはお城が見える――あれが、国王の居城なのだろう。

その周囲の高所にある、大きな屋敷の数々には、やはり貴族とかが住んでいるのだろうか。

「凄《すご》い……お城だ」

「うん。まぁ、私達が向かう先は、あそこからずっと離れた下の方の市街地だから、あんまり関係ないけどね」

びっくりしているメアラに、私は言う。

王都の入り口の一つ――巨大な門の前で、門番の人に書状を見せる。

ウィーブルー家当主の紹介により、王都で店を出すために来たという証明書。

そして、イクサからの書状も一応見せると、当初は怪訝《けげん》な顔をしていた門番さんも、すんなり私達を通してくれた。

……まぁ、イノシシと狼《おおかみ》に荷台を引かせた集団なんて、怪しまれて当然だから仕方がないけど。

とにもかくにも、こうして私達は、遂に王都へと足を踏み入れた。

いきなりの引率で、ちょっと不安もあったけど、大きな問題も起こらなくてよかった。

というか、簡単過ぎたようにも思える。

……多分、社畜時代に、大人の引率の面倒臭さを知っていたからなのかもしれないけど。

上司とか、お偉いさんとか、自分よりも年上の引率。

ああいう人達って、文句ばっかりだからなぁ……。

とにもかくにも街中に入ると、私達はそこで二手に分かれる。

五名の《ベオウルフ》と、オルキデアさんと子供達には、宿泊予定の宿に向かって、色々と手続きをしてもらう。一方、残りの《ベオウルフ》、私、ガライ、そしてエンティアとイノシシ君達一行は、建設資材を持って早速現場へと向かう事にする。

「マコ殿！　こちらです！」

予定の場所に行くと、当主が既にいた。

「そろそろ到着する頃《ころ》だと思い、お待ちしておりました」

「ありがとうございます、当主」

私は改めて、現在自分が立っている場所を確認する。

広大な王都の一角、商店の並ぶ活気ある区画である。

その中の、主に飲食物を提供する店が軒を連ねた通りだ。

隣接する店は無いが、右を見ても左を見ても、あちこちに商店が見える。

「じゃあ、ここにお店を建設させてもらうということで」

「はい……しかし、本当に一から作られるのですね」

次々に運び込まれていく角材等を見て、流石に当主も困惑している。

「でも、『産地の村から直接持ってきた木材で店舗を作りました！』って、かなりインパクトのある宣伝になると思うんですよね」

「それは、インパクトは当然ありますとも。そこまでの事をしようという発想が、まず思い付きませんから。ううむ、商人として敗北感を覚えます……」

「やめてよ、当主。こんな事、普通はやらないもんなんだから」

私は、アハハと苦笑する。

そう、私の能力と、みんなの協力がなければ、当然出来ないことだ。

さて、一通り荷物を下ろすと、運搬係だった二人の《ベオウルフ》とイノシシ君達には、一旦《いったん》村に帰ってもらう事にする。

念のため、イノシシ君二匹には残ってもらい、他のみんなとは一旦お別れとなった。

「みんな、ここまでありがとう！　帰ったらしっかり休んで、また商品搬入の時に協力お願いねー！」

『じゃあね、姉御、コラー！』

『また来るぞ、コラー！』

去っていくイノシシ君達に、手を振って見送る。

『気を付けて帰れよ、コラー！』

『帰るまでが遠足だぞ、コラー！』

「マコ、今日はこれからどうする？」

ガライに聞かれ、私はあらかじめ作っておいた予定表を取り出す。

「うん、とりあえず今日は計画の最終確認だけして、みんな宿に戻って休もうか。明日から本格的に作業開始だからね」

◇◇◇

その後、荷下ろしを完了させた私達は宿屋へと戻った。

行ってみると、結構大きな宿だった。市場都市で泊まった時の宿くらいには、設備がいい。

私の部屋で、当主も交えて、翌日からの作業の最終確認をする（と言っても、現状、計画にそこまでの修正は無い）。

そして、夜。宿の酒場で夕食をいただき、明日のために英気を養う。

で、その後は自由時間となった。

「ちょっと、夜の街でも見てみようかな？」

夜も遅いので、マウルやメアラは早速就寝している。一方、私は、王都の街に出てみることにした。やはり、この国で一番栄えている都市だ。少しは見学してみたい。

「外出か？　マコ」

自室を出たところで、偶々《たまたま》通りかかったガライに出会った。

「うん、せっかくだし、王都の街並みも見てみたいしね」

「……時間も時間だ、一緒に行こう」

もう、別に気を遣わなくてもいいのに。

痴漢とか出ても大丈夫だよ？　金属パイプで一蹴《いっしゅう》出来ちゃうよ？　私。

……でも改めて考えたら、金属パイプを振り回すってどこのマッド●ックスだよ、私……。

とにもかくにも、紳士的なガライの好意により、私達は二人、夜の王都へ繰り出す事となった。

「凄い……」

そして、近場のメインとなる大通りに差し掛かった時、そこの光景を見て、私は溜息《ためいき》を漏らした。

……これ、東京でいうところの新宿とか原宿とかと大差無くない？

王都と言うくらいだから、かなり広大だとは思っていた。

東京都くらいは言い過ぎかもしれないけど、そんな都市の中に様々な区域があり、そこに色んな店や街並みがある。

道を行き交う人々の恰好《かっこう》も様々で、多国籍的だ。

お店も、食事処《どころ》があれば家具等のインテリアを取り扱ってる店もある。

一方で、武器とか、何か怪しげな薬品とかを扱っている、ＲＰＧ的なものもある。

「あ、あれってもしかして、冒険者ギルドかな？」

「……ああ、みたいだな」

街中に、一際大きな厳かな外見の建物が見えた。

その建物に入っていくのは、武器や防具を携えた正に冒険者といった恰好の人ばかり。

なんだか、本当にファンタジーの都会といった感じだ。

「……明日から、この街の片隅に私達のお店が作られていくんだね」

そう考えると、ちょっと感動的な気持ちになった。

ふわふわとした感覚が、心の中に生まれる。

「あっ！」

思わずボウッとしてしまった瞬間、行き交う通行人と肩がぶつかり、私はふらつく。

危ない危ない、ちゃんとしないと。

そこで、不意に、私の肩にガライが手を回す。

「せわしない人間も多い。気を付けろ」

人にぶつかった方の肩を優しく抱かれ、引かれる。

そんな何気ない行動をされ、私は思わずにやけてしまった。

「えへへ」

「……どうした？」

「ガライ、明日から頑張ろうね」

気分が高揚してきた。

でも、きっと悪いことじゃないはずだ。

こういうのは高いテンションを維持していくのが一番いい。

『勝負はノリの良い方が勝つ』って、仮●ライダー電王のモモタロスも言ってるしね。

今日は早く帰って休んで、ＭＰを回復しておこう。

明日から、金具や工具や、色々と必要になるからね。

「よーっし、やったるぞぉおおおお！」

「……マコ、いきなり叫ぶクセは、少し抑えた方がいいと思うぞ」

叱《しか》られちゃった。

でも、ノリノリで行っちゃうぜ！（これは違うライダーのセリフ）

第二章　出店準備をしながら、王都の問題も解決します

翌朝。

「よし、じゃあみんな！　さっき言った通りの役割分担に分かれて！　オープンまで、頑張っていこう！」

かくして、私達の店作りが始まった。

店舗の大きさは、私達の家よりも当然大きい。あの時作った間取りに、更にスタッフルームや倉庫とかの存在を考え、幾つかの小部屋を組み入れた。

大体の流れは頭の中で想定可能なので、私は現場監督として皆に指示を送る。《ベオウルフ》十八人と、ガライがメインになり、マウル達、女性・子供組が雑用をするといった布陣だ。

「そこそこ暑いし、小まめに水分補給もしてねー」

「「「おーう！」」」

……しかし。

私は、敷地の外に視線を送る。

流石《さすが》に建設作業中という事もあって、道行く人達が結構見てくる。

そしてやはり、獣人という点が別の意味で目を引くのだろう。

《ベオウルフ》達やマウルやメアラに向けられる視線の中には、決して好意的なものとは言い難いタイプのものもあった。しかし、それに関しては、みんな我慢してくれているのか、無視してくれ

ているのか、特に気にする素振りも見せずに作業を進めている。

このまま、何も起きなければいいんだけど……。

「おい」

と思っていたら、なんか嫌～な感じの声が聞こえた。

私は振り返る。敷地の外に三人、若い男達が立っていた。

何やら、しっかりとした制服を着ている。

「はい、どういったご用件でしょうか」

私は即座に、営業モードに入る。

「我々はすぐそこの料亭、『黄鱗亭《おうりんてい》』の者だ」

料亭……と言っても、日本食などあるわけがないので、おそらく意味するところは飲食店とかだろう。若干、険悪な空気が伝わってくる。

正直、彼等《かれら》がどんな意図でここに立っているのかは、なんとなくわかるが……。

そんな私の考えを、そのまま証明するように、彼等の中のリーダー格——捻《ね》じれている独特の前髪の男が言った。

「なんで獣人なんかが王都にいるんだ？　ここは人間の暮らす場所だぞ」

彼の発言に、《ベオウルフ》達が動きを止めた。

「別に、獣人が王都に入ってはいけないというキマリは無かったはずですが」

「ハッ、国王のお膝元《ひざもと》のこの街で、よくそこまで不遜《ふそん》な事が言えたな。まぁ、そんな事よりも、だ」

そこで、そちらの方が本題だとでも言うように、彼は私の後方の《ベオウルフ》達を指さした。

「お前等、何をしてるんだ？」

「出店予定の店舗を建設しています」

「おいおい、ここはウィーブルー家の経営する青果店の新店舗が出来る場所だぞ？」

呆《あき》れたように、男は溜息を吐《つ》いた。

「我々も、ウィーブルー家には毎度、質の良い野菜の仕入れで随分世話になっている。それゆえ、無法者のお前等をきちんと取り締まりに来た」

なるほど、ウィーブルー家の扱う青果は、飲食店等にも卸売りされているのか。

納得する私の一方、男はビシッと決め顔で言った。

「勝手に店なんか建てるな、薄汚れた獣人共が。市井警備の騎士団に通報するぞ」

「許可なら貰《もら》っていますよ」

「……なに？」

「こちらが証明書になります」

即答した私は、王都へ入って来た時に門番達にも見せた書状を、彼等の目の前に広げる。

胡乱《うろん》げな顔をしていた彼等も、それを見ると、驚いて目を丸めた。

「……ふ、ふん、あのウィーブルー家当主も、随分と奇特な事をされたものだ……」

ちょっと動揺を見せながらも、取り繕うようにリーダー格の男は言う。

「獣人が王都で店なんぞ出して、上手《うま》くいくわけないだろうに。そもそも、お前達が迎え入れられると思っているのか？　お前も、なんで人間のくせに獣人と一緒に居るんだ」

「そんなに珍しいですか？」

「珍しいに決まってるだろ。悪い事は言わない、どんな事情があったかは知らないが、獣人なんぞとはつるまない方が良い。それに、店舗経営だって甘いものではないぞ？」

男は両腕を鷹揚《おうよう》に広げる。

「ここは、王都でも人気店が犇《ひし》めく一等地だ。こんなところで、ぺーぺーのお前等如《ごと》きが店を出したとして、やっていけるはずがない……それに、場合によっては、過激な思想の奴等に何をされるかわからないからな」

「脅しですか？」

「警告だよ。そもそも、獣人を下に見る意識は王族や上位階級民の中にこそ根強くある。ここは王都。王の居城と、貴族達の住処《すみか》。そんな城下街で、無事でいられると思うのか？」

「それなら大丈夫ですよ」

私は続いて、イクサからもらった方の書状を開く。

「かのイクサ王子が、私達の出店経営を支援してくれておりますので」

「イクサ王子ぃ？」

すると男は、小馬鹿にしたような声音になった。

「まぁ、あの方も一応は王位継承権所有者だ。私だって悪く言うつもりはないが、王族の資産を使って遊び呆《ほう》けている放蕩《ほうとう》王子と噂《うわさ》されるような人柄だからなぁ」

いや、凄《すご》い言ってる、めっちゃ失礼な事言ってる。

「そんな方に比べたら、第三王子のアンティミシュカ様の方が、現国王に対する忠誠心も高く……」

「お、おい」

そこで、仲間の二人の内の一方が、慌てて彼に声を掛ける。

「そのイクサ王子だが、なんでもアンティミシュカ王子を倒し、彼女の所有する権力のほとんどを受け継いだらしいぞ」

「え」

それを聞き、リーダー格の男の表情が固まる。

「そ、そんなわけ、だってイクサ王子は……」

「本格的に王位継承競争に参戦する構えだとか。その挨拶代《あいさつが》わりとして、アンティミシュカ王子を血祭りに上げたと聞いている」

血祭りに上げた事になってるんだ。流石に、そこまで残酷な事はしてないですって……。

「だから今、第三位の称号を持っているのが、イクサ王子だ」

「………」

リーダー格の男の額から、冷や汗が溢《あふ》れ出している。

一瞬の沈黙。直後、彼は俊敏な動作で私の方に振り向くと。

「ま、まぁ、せいぜい頑張れよ」

それだけ言い残して退散しようとした。

「あの、また後でお邪魔させてもらいますね」

そんな彼等の後ろ姿に、私は笑顔で言い添える。

「へ？」

「お店の名前、わかってますから」

さっき名乗ってたからね。男達の表情がさぁっと青褪《あおざ》めた。

「昼食の際には、利用させていただきます」

「………」

かくして、男達は無言のまま去って行った。

「ふぅ……」

「……やっぱり、嫌われてるんだな」

私が嘆息を漏らすと、《ベオウルフ》の一人――バゴズが、そう呟《つぶや》いた。

彼は出発前から、一番その事を気にしていた一人だ。

今のやり取りを見て、他の皆も、マウルもメアラも、不安そうな顔をしている。

「みんなの事を嫌いだって言う人達を、頑張って好きになる必要はないよ」

そこで私は、彼等に言う。

「百人中九十五人をわざわざ相手にしなくたって、後の五人ときちんと交流を深められれば、生きるのに難しくはないよ。百人くらいいれば、五人くらいは理解を示してくれる人もいるからね。これって商売でも一緒でね、そのたった数人がお金を出してくれれば、案外成立するものなんだよ」

だから、気にしなくていいよ、と、私は皆に微笑《ほほえ》みかける。

「そうか……そうだな」

その言葉に、《ベオウルフ》達は顔を上げる。

「嫌いな連中を相手にするくらいなら、好きな人のために……って事か」

「そうだな」

「少なくとも、その好きな相手のために、頑張ればいい」

そう言うと、皆が私の方を見詰めてきた。

「うん?」

「おっしゃ、頑張るぞ!」

そう言って、《ベオウルフ》達は更にテキパキと動き始めた。

なんだかわからないけど、気合が入ったようでよかったよかった。

その後、作業は順調に進み、骨組みが出来上がって来る。

私は《錬金》の力を用い、〝足場材〟を次々に錬成。それを組み上げ、高所での作業も行えるようにした。これで、作業効率は更にアップ出来たはずだ。

◇◇◇

さて、その後。約束通り、私達は先程やって来た男達の働く料亭――『黄鱗亭』を訪問した。

なるほど、中々しっかりとした佇《たたず》まいだ。料理のクオリティも結構良い。

従業員達が、どこかビクついた態度で作業をしているようだけど。

「そういやぁ、例のあの件ってどうなったんだ？」

皆で食事をしている最中だった。

たまたま近くの席に腰掛けていた二人組の男達の会話が、耳に入った。

「王都の近くの農場や牧場が、最近現れた〝黒い狼《おおかみ》〟の群れに襲われてるって」

……〝黒い狼〟？

その話が気になり、私は聞き耳を立てる。

「ああ、ここ最近突然な。だから、農場主や牧場主達も相当参ってるそうだ」

「ふぅん、冒険者ギルドにでも相談した方が良いんじゃないのか？」

「ああ、それで遂に主連中も、冒険者ギルドに依頼を出したって話だ。だが、それでも手に負えないらしい。任務を請け負った冒険者達が、次々に返り討ちに遭ってるんだと」

「どうせ下級ランクの冒険者ばかりだろ？　まぁ、そんな任務のためにSランクやAランクの冒険者が動くはずもないもんな」

「ああ、だから相当困ってるらしいぜ」

……ふぅん。

◇◇◇

「あの、すいません」

昼食を終え、料亭『黄鱗亭』を出る。他のみんなには先に現場に戻ってもらい、一方で、私は同じく店を出た別のお客さんに声を掛けていた。

「ん？　なんだい？　おねえちゃん」

先程、近くの席で話をしていたおじさん達だ。

そう、牧場や農場を襲う謎の狼の群れの話をしていた人達。

「さっきの話、もうちょっと詳しく教えてくれませんか？」

「さっきの……ああ、狼の話か？　どうしてだ？」

「いや、ちょっと興味があるというか、もしかしたら、その困っている農家の人達を助ける事が出来るかもしれないと思って」

そう言った瞬間、おじさん達は声を上げて笑い出した。呵々大笑《かかたいしょう》である。

「やめとけやめとけ！　冒険者でも手を焼いているってのに、おねえちゃんにどうこう出来るはずないだろ！」

「はい、まぁ、確かに私一人ではどうこうするのは難しいかもですが……」

『姉御《あねご》』

そこで、背後から聞き慣れた声が聞こえた。

私の前に立っていたおじさん二人は、私の背後に現れた存在を見てびっくりしている。

『宿屋にいても暇だ。我にも何か仕事を――ん？　どうしたのだ？』

「あ、エンティア、ちょうどよかった」

宿屋で待機してもらっていたエンティアが、抜け出してきたようだ。本来なら、この図体《ずうたい》で王都の街中を歩き回られるのは、色々と騒ぎが起こりそうで困るのだが、今はナイスタイミングだ。

「この子、私の仲間なんです。もし野生の狼の群れが襲って来てるっていうなら、この子の力を借りればどうにか出来るかな？　と思ったので」

『む？』

「お、お前さん一体何者なんだ？　もしかして、冒険者なのか？」

「えーっと……そういうわけではないですけど、でもまぁ、困っている人がいたら出来るだけ手助けしたい主義なので」

私が言うと、おじさん達は「ぬぅ……」と唸《うな》りながら、エンティアと私を見比べる。

「……わかった、詳しく話そう」

やがて、真剣な表情になって、そう言った。どうやら、認めてはくれたらしい。

「と言っても、さっき俺達の話を盗み聞きしてたんだろ？　だったら、その内容が全《すべ》てだ」

「〝黒い狼〟の群れが、農場や牧場を襲っている……」

私の頭の中に過《よぎ》ったのは、アバトクス村の周囲の山や森の中に出没する、アンティミシュカの征服活動によって力を奪われ邪気が滞った土地に住む、凶暴化した野生動物達の姿だった。

……もしかしたら、そんな凶暴化した野生動物が、この王都にまで移動してきたのかもしれない。

「なるほど……実際に見てみなくちゃわからないですけど、もしかしたら私達でどうにか出来るかもしれませんね」

「……おねえちゃん、本気か？　本気で、その狼共を駆除してくれるのか？」

「駆除……するかどうかはわかりませんけど、方法は色々と思い付きます」

ふぅむ、とおじさんは唸る。

「本当にやる気なら、俺が話を通しておいてやる」

「え？　そんな事が出来るんですか？」

「ああ、俺達も、その牧場や農家から商品を卸してもらってる店の者だからな」

二人のおじさんは、そう言って頷《うなず》く。なるほど、だからそこまで詳細に話を知っていたんだ。

「あんたがどこまで本気で、どれだけの実力があるのかは知らないが、もし狼共をどうにかしてくれるなら助かる」

「はい、ありがとうございます。早速今晩にでもお邪魔させていただきたいと思いますので、よろしくお伝えください」

「こ、今晩……まぁ、早いに越したことはないが……」

私の行動の早さに、若干引き気味である。そういえば、友達とかからもよく言われるんだよね、『マコは決断が早い』って。服とかアクセサリーとか、買い物でも結構すぐ決めちゃうし。

でも、それも多分職業病なんだよね……本当、バシバシ作業計画を進めて、即時即決していかないと回らないからね、この業界の仕事って。

……そうしないと回らないってのも、問題なのかもしれないけど。

何はともあれ、おじさんから知り合いの牧場主さんの名前と、その人が住んでいる牧場の場所を教えてもらった。

彼等とはそこで別れ、私は建築現場へと向かう。

『姉御、なんでわざわざそんな事をしてやるんだ？　野良《のら》狼退治など』

歩いている途中、エンティアにも問われた。

ん～……農業の動物被害に関する話は、けっこう職業柄、耳に入っちゃうっていうのが第一なんだけど……。

「さっきも言ったけど、ただの野生動物の退治なら私達でも出来そうだし……それに、農場や牧場とつながりを持つと、色々と便利だし。お店の宣伝にもなるかもだしね」

『相変わらずお人好《ひとよ》しだな、姉御』

「そうかな？」

◇◇◇

その夜。一日の作業も終わり、夕餉《ゆうげ》も済ませ、皆が寝静まった後。

「……よし、行こうか、エンティア」

『うむ』

私とエンティアは、こっそり一緒に宿を出ようとする。

ちなみに、他のみんなにはこの件は話していない。

みんなは昼間の作業でくたくただ。心配をかけるわけにもいかないし、あくまでも私が自分からやると言ったことである以上、秘密裏に解決するのが筋だろう。

「みんな疲れて寝てるから、静かにね」

『うむうむ』

廊下を抜けて、宿屋の玄関へ向かい、外に出る。行く先は、王都の外の牧場だ。

「よし、まずは王都から出なくちゃいけないから、昨日《きのう》の門に——」

「ふふふ、待ちな」

するとそこで、暗闇《くらやみ》の中から声が聞こえた。

瞬時に警戒する私とエンティアだが、現れた人物を見て瞠目《どうもく》する。

「ラム！」

「なぁに隠れて出ていこうとしてんだよ」

夜闇の中から姿を現したのは、《ベオウルフ》のラムだった。部屋に戻ったと思っていたのに。

「ラム、どうしてここに？」

「実は昼間、あの料亭の外で、お前らが他の客に話し掛けてるのに気付いて、隠れて見てたんだよ」

気付かなかった……。

ラムは不敵な笑みを湛《たた》えながら、自分に向かって親指を立てる。

「牧場を襲う狼の群れを退治するんだってな？　俺も同行するぜ」

「ラム……」

「くくく、待てよ、お前ら」

そこで、更に暗闇の中から声が聞こえた。

「お、お前は……バゴズ！」

続いて現れたのは、バゴズだった。ラムがビックリ仰天みたいなリアクションをしている。

「水臭いぜ、お前らだけで行こうだなんて。俺も連れていきな」

「バゴズ……」

「へへへ、おいおい、俺は仲間外れかぁ？」

今度はウーガが現れた。

「お前らだけに恰好《かっこ》いいところ見せられてたまるかよ。俺も行くぜ」

「「ウーガ……！」」

ラムとバゴズが若干演技過多に反応する。

「ごめん、時間が無いからもう全員出てきてもらってもいいかな？」

「あ、すいません、俺達三人だけです」

というわけで、茶番終了。

ラム、バゴズ、ウーガ。どうやら、この三人には昼間の会話を聞かれていたようだ。

「でも……本当にいいの？　疲れてるでしょ？」

「おいおい、昼間っから働いてるのはマコだって一緒だろ？」

「それに、俺達だってここ最近は畑仕事で体力が付いてきてんだ。舐《な》めないでもらいたいね」

「俺達にも手伝わせてくれよ。店の宣伝にもなるかもっつぅなら、力を貸すぜ」

三人は、意気揚々とそう言ってくれた。

なんだろう……随分、頼もしくなったなあ、この三人も。

「……つっても、わかってんだけどな……本当ならガライを連れてくるべきだって……」

「ああ……でも、ほら……ガライはうちの主戦力だし……明日の作業もあるし、休んでもらうのが一番……」

「まぁ……本当はガライにも事情を伝えた上で、直接頼み込んで今回は出番を譲ってもらったんだけどな……マコにイイところを見せる機会をくれって」

ん……なんだか、ちょっと情けない会話が聞こえてきた気がしたけど。

「なんか言った？」

「いやいやいや！　なんでもねぇよ！」

「それより、とっとと行こうぜ！」

「そう？　じゃあ、今夜は力を貸してもらうよ。よろしくね」

というわけで、私達四人と一匹は、早速牧場へと向かうことにした。

◇◇◇

「おお、まさか本当に来てくださるとは……」

王都の門を出て、数十分後。

エンティアの引く荷車に乗ってやってきた先は、先日王都に向かう途中に街道沿いに見た牧場の一つだった。昼間のおじさん達に指定された牧場——その傍《そば》の一軒家を訪問すると、気の良さそうな眼鏡《めがね》をかけた老年の男性が出てきた。

彼が、この牧場の主《あるじ》のようだ。

そしてどうやら、おじさん達はちゃんと話を通しておいてくれたらしい。

「これは……そちらの大きな狼《おおかみ》が、あなたの使役する〝使い魔〟ですかな？」

「使い魔？」

なんだろう……そこら辺のワードの意味とかは詳しくわからないけど、多分、おじさん達も私達を紹介するのに、他に言葉が思い付かなかったのだろう。

「あ、はい。一応、個人で冒険者もどきみたいな仕事をしてまして、この子は私のペット……じゃなかった、使い魔です。後ろの三人は仲間です」

「ほう……獣人のお連れですか、これは珍しい」

当たり障りない感じで自己紹介したけど、やっぱり、若干怪しまれているようだ。仕方がない。

「それよりも、主さん。早速、問題の解決を進めましょう。一体、何があったんですか？」

「あ、ええ、そうですね。まずは見ていただきたいのですが……」

私に急《せ》かされ、牧場主さんは家から外へと出ると、一緒に広大な牧場の方へと向かった。

よく見てみると、木製の柵《さく》の一部が壊されていたり、残骸《ざんがい》のようなものも見える。

家畜はいない。おそらく、全《すべ》て畜舎に戻されているのだろう。

「ある夜から、いきなり〝黒い狼〟の群れが現れるようになったのです。奴等は夜闇に乗じてここら一帯の牧場や農場を襲い、農作物や家畜を食い荒らしていきます」

『確かに、妙なにおいが残っているな』

エンティアが鼻をひくつかせる。

「最初は、柵を強化したりもしましたが、奴等の方が数も多く力も強い。そこで、王都の冒険者ギルドに依頼を出しました。冒険者の方々が野獣退治の任務として来てはくれましたが……結果から言うと、歯が立ちませんでした」

「……ふむふむ」

だとすると、かなり警戒しないといけないかもしれない。

相手は、戦いのプロである冒険者でも手子摺《てこず》る相手ということだ。

「下級ランクの冒険者では手に負えない。かといって、上級冒険者に依頼を出すと、かなりの報酬が必要になる。いっそ、ここら一帯の主全員で金を出し合ってもいいのではと考えてもいました」

「それは、だいぶお困りですね」

「はい……」

しょぼん、と表情を暗くする主さん。

「よし……わかりました。狼は、大体夜のどのくらいに来るんですか?」

「深夜です。夜遅く、家畜が寝静まる時間帯を狙って」

なら、もうちょっとだけ時間がある。

「ラム、バゴズ、ウーガ、早速だけど始めよう」

私は《錬金》発動。淡い光の発生と共に、〝獣害対策に特化した金属製品〟を生み出す。

「おお、魔法をお使いになられるのですか⁉」

驚愕《きょうがく》する牧場主さんを尻目《しりめ》に、私は皆に指示を飛ばしていく。

「さぁ、まずは、この牧場に〝罠《わな》〟を仕掛けるよ」

◇◇◇

――……そして、深夜。

草木も眠り、静寂が周囲を覆い尽くしている。空には満月が煌々《こうこう》と輝き、その光が地上を照らす。

遠く、王都は未《いま》だに光と活気が溢《あふ》れ、その光景は元いた世界の都会の街並みを彷彿《ほうふつ》とさせるものだった。

やがて〝それ〟は現れた。

牧場を見下ろす丘の上に、少しずつ、黒い影が並び出す。

ぽつぽつと、泡のように現れたそれは、一気に数十匹の群れと化した。

黒い毛並みの狼だ。

牙《きば》の間から涎《よだれ》を垂らし、金色の目を爛々《らんらん》と輝かせ、その群れは眼下の牧場を見下ろしている。

一際甲高い遠吠《とおぼ》えが響いた。

狼の群れは、一気に丘を駆け下りてくる。

向かう先は、この牧場。あの軟弱そうに見える柵を破壊し、空っぽの牧草地を駆け抜け、畜舎に行けば大量の餌があるのだ。我先にと疾駆する狼の群れは、さながら黒い洪水。これを止めろと言うのであれば、確かに並の冒険者が数人手を組んだところで不可能だろう。

間も無く、狼達は牧場の柵付近へと到達する。夜闇の中、柵を見た狼達は、先日よりも少しだけ高くなったか？　と少し違和感を抱いたようだが、その程度の事で勢いは止まるはずも無い。

彼等は柵に辿《たど》り着《つ》いた者から先に、柵に向かって一気に体当たりを繰り出し——。

「ギャワンッ！」

——そしてぶつかった者から、弾《はじ》き飛ばされて地面にその体を打ち付けた。

まるで、電撃殺虫器に飛び込んだ羽虫よろしく、狼達は次から次に地面に弾き飛ばされていく。

馬鹿な——と思っているのだろう。

何故《なぜ》、壊せない――と思っているのだろう。

「残念。今夜の柵は、私が錬成した〝防獣フェンス〟だよ」

柵の向こうで右往左往している狼達を見て、私は呟《つぶや》く。

今現在、私はこの牧場を囲うように設置された数十枚のフェンス、その内の一枚に手をかけて魔力を供給している。〝防獣フェンス〟は全て、私が別に生み出した〝針金〟で連結されており、全てのフェンスに今私の魔力が、電流よろしく流れていることになる。そして、魔道具たる私の〝防獣フェンス〟は、魔力を流せば強力な防御力を発揮するというわけだ。

更に――。

「ギャッ！」

狼達の一部から、また別の悲鳴が上がった。

彼等は地面にあった何かを踏んで、跳び上がっているようだ。

そう、この牧場の周りには、事前に設置したあるものが牙を剥《む》いている。

それは、ステンレスの針金を縒《よ》り合わせ、その一部を棘《とげ》状に尖《とが》らせた防犯用品、〝有刺鉄線〟だ。

「おお、すげぇ……」

「まったく相手になってねぇ……」

私と共に、柵に弾かれていく狼達の姿を見て、ラムやバゴズが呟く。

「凄《すご》い！　凄いですぞ！　あの凶悪な狼達が、一網打尽ではないですか！」

牧場主さんも興奮した様子で叫んでいる。

そこで、私の背後に控えていたエンティアが、ぼそりと呟いた。

『むぅ……こいつ等、何か妙だな……』

「妙？」

『ああ、ただの狼という感じではない。まるで――』

そこで、牧場主が大声で叫んだ。

「あ、あいつだ！　マコさん、あいつです！」

牧場主さんが指さしたのは、丘の上。月光が照らす丘の上に、他の狼達に比べて一際大きな影が見えた。体格は、エンティアと同じくらいありそうだ。

黒い毛並みは先端が尖って見え、まるで大量の剣を体に下げているようにも見える。

だが、金色に輝く二つの眼光だけは、ハッキリこちらへと向けられているのがわかる。

「あいつが親玉です！」

その時、その巨大な狼が天に向かって遠吠えを発した。牧場の周りに集まっていた狼達が、我先にと丘の上へ退散を始める。どうやら撤退の合図のようだ。

「エンティア！」

私が背中に飛び乗ると、エンティアは柵を飛び越えて牧場の外へと出た。

「ラム！　バゴズ！　ウーガ！　まだ他の狼が襲ってくる可能性もあるから、ここを守って！」

「おう！」

「任せろ！」

「合点承知！」

三人はそれぞれ、牧場にあった先端が三本の爪状になっている農具――ホークを構えて叫ぶ。

「お願い致します、マコさん！」

牧場主さんは三人の後ろに隠れるようにしている。

私はそんな四人の様子を確認すると、エンティアに合図を送り丘に向かって走り出す――。

――と、その前に。

私は、〝有刺鉄線〟に足が絡まり、仲間と一緒に逃げられなくなっていた狼に近付き、触れる。

『クソ！　やってくれたな、人間め！』

スキル《対話》が発動し、狼の声が聞こえるようになった。

「ねぇ、君。大人しくしてたら、それ外してあげるから」

私が話し掛けると、黒い狼はビックリしたような顔になった。

『な、なんだお前⁉　なんで俺の言葉がわかるんだ⁉』

「あの、大きな狼が君達のボス？」

私は丘の上、集まってくる狼達の中心に立つ巨大な漆黒の存在を指さし、そう尋ねる。

『……くくくっ、ああ、そうだよ、あの方が本気を出したら、お前如《ごと》き瞬殺だ』

狼は初めこそ驚いていたが、私のその質問を聞くと、そう不遜《ふそん》な言葉遣いで答えた。

なるほど、やっぱりあれが親玉で間違いないようだ。

「よし、追うよ」

私がエンティアの体に手を添わせながら言うと、狼は再び呆《ほう》けたような表情になった。

狼なのに表情豊かだね、君。まぁ、エンティアも、イノシシ君達もそうだけどさ。

『は？　お、おい、話聞いてたのか、お前』

「おっと、その前に」

私はエンティアの背中に乗ろうとして、そこで思い出し、〝有刺鉄線〟を振り解《ほど》こうと暴れている狼の足元にしゃがむ。

「ほら、大人しくして」

そして、〝有刺鉄線〟に触れて消去した。狼はポカンとした表情をしている。

「ちゃんと良い子にしてたら、あの柵の中にいる《ベオウルフ》達が傷を手当してしてくれるから。いい？　大人しくね。約束だよ」

『な、なにを――』

彼の返答を待たず、私達は丘の上へと駆け出す。

黒色の群れは、既に丘のてっぺんから消えていた。

◇◇◇

「よし……追い付いた！」

黒い狼《おおかみ》の群れは、街道沿いから外れ、険しい山脈地形の方に向かっている。

エンティアの脚力を以《もっ》てしても、追い付くまでにかなりの時間を要してしまった。

でも、凸凹とした山の斜面が見え始めると、狼達の動きが鈍くなり始める。

今なら、追い付ける！

「エンティア！」

『おう！』

エンティアは飛び出た岩の上を器用に跳びながら、徐々に先頭集団との距離を縮めていく。

そして――。

『姉御！』

「うん！」

そのトップ――あの黒い巨大な狼にまで、接近した。

「！」

私達の接近に気付き、その狼も驚いている。私は瞬時に手を伸ばし、エンティアと同じくらいの大きさがありそうな狼の体に触れる。同時に、相手は体を揺すり、こちらに体当たりを仕掛けてきた。

『くっ！』

バランスを崩したエンティアが、岩場の一部――比較的平面の地面に着地する。

同時に、相手のボス狼も前方へと飛び降りてきた。

『……何者だ、貴様ら』

漆黒のボス狼は、低い声を放った。低いが、声の調子から察するにわざとドスを利かせているような……まだ若い狼なのかもしれない。

「君が、この群れのトップなんだよね」

『……さぁな』

どこか鼻にかけた言い方で、彼は言う。

『我等は神狼《しんろう》の末裔《まつえい》。貴様ら人間と気安く話す口は持ち合わせていない』

「……神狼？」

『なんだと⁉　ふざけるな！　我が神狼の末裔だ！』

その発言に、エンティアが声を上げて反論するが――。

『……ふんっ、気安く神狼の末裔などと名乗るな、人間の飼い犬が。纏《まと》めて、神の裁きを下してやろう』

……一々、言い方が仰々しいなぁ、この子。

しかし、次の瞬間、思ってもいなかった事態が起こる。

その漆黒のボス狼の体の周囲に、淡い光が舞い……次の瞬間、青色の光の線となって、バチバチという甲高い音と共に、その光が弾けた。

「え？」

『姉御、こいつ！』

そこで、何かを察し、エンティアが叫ぶ。私の意見も、同じだった。

『こいつ、魔法を使うぞ！』

刹那《せつな》、その体から放たれたのは、途轍《とてつ》もない光と熱を持った稲妻。

やはり、あの音の正体は——電気。

……直前に、そう判断が出来ていてよかった。

咄嗟《とっさ》に、私は《錬金》を用い〝鉄筋〟を錬成。

地面に突き立てるように召喚されたそれが、避雷針となって稲妻を受け止めた。

『……なに？』

相手のボス狼も当惑しているが、私もびっくりしている。

この子……相当、強いかも。

◇◇◇

月光が照らす、険しい渓谷の中。

私とエンティアは、黒色のボス狼と対峙《たいじ》している。

『……姉御』

「うん」

エンティアが小さく呟く。私には、何を言いたいのかわかった。気付くと、周囲を囲うように他の黒い狼達が集結している。完全に包囲されていた。

『今、何をした、人間』

相手のボス狼が、私が今しがた生み出した〝鉄筋〟を見て、呟く。

『いや、それに、何故《なぜ》俺はお前の言葉がわかる、そして俺の言葉をお前は理解出来るんだ？』

「今更だね……魔法だよ。君と一緒」

多くは語らず、私はそれだけ告げる。するとボス狼君は、ふんっと鼻を鳴らした。

『愚かな人間と、それに手を貸す獣め……我等を駆除しに来たのか？』

「それは、まだわかんないかな。ねぇ、一つ聞いていい？」

彼等なりの事情とか何かあるかもしれないので、まずは話をしてみる。

「君達はどこから来たの？　どうして、牧場や農場を襲うの？」

『くくく……決まっている』

私の質問に、ボス狼君はおかしそうに喉《のど》を鳴らした。

『愚かな人間共から、贄《にえ》をもらっているに過ぎない』

「贄？」

『我は神狼の末裔。獣も人も問わず、全ての者の上に立つ存在』

天を見上げ、彼は語る。

『下等の者達が、我と我の眷属《けんぞく》に贄を捧《ささ》げるのは、当然よ』

「…………」

うーん……この仰々しいと言うか、どこか気取っているつもりが微妙にずれているような喋《しゃべ》り口。

どこかムズムズするなぁ。

「よくわからないけど、とりあえず食料が欲しくて襲ってるって事？」

『贖罪《しょくざい》だ』

「え？」

『贄を捧げるのは、相応の罪を犯したという事。言わば、その罰を我々は与えているに過ぎない』

…………どういう意味？

『そして、これ以上語る事は何もない』

言うが早いか、彼の黒い毛並みの周囲に再び光が浮かび始める。

ええ！　いきなり臨戦態勢⁉

『己の愚かさを味わいながら醜く踊るがいい！　混沌《こんとん》の闇《やみ》に呑《の》まれよ！』

だから、そのノリ止《や》めて！　ちょっと、中二病っぽい雰囲気のそれ！

瞬間――ボス狼君は空に向かって跳躍する。同時、横から飛んで来た一匹の狼が、私の立てた〝鉄筋〟を爪で弾き飛ばした。上手《うま》い……連携も取れているし、流石《さすが》は群れだ。

賞賛している間に、空中のボス狼君から発生した雷撃が、こちらに向かって放たれた。

「エン――」

名前を呼ぶより早く、エンティアは動いており、放たれた雷撃を寸前で回避した。

躱《かわ》すが――そこで、背後に気配を感じる。一匹の狼が、こちらへと飛び掛かって来ていた。

『チィッ！』

瞬時、エンティアは背後に向かって後ろ足を放つ。迫って来ていた狼は、蹴《け》りを食らって吹っ飛ばされる。しかしその時には既に、また別の狼が間近にまで迫って来ていた。

「おりゃっ！」

私は手の中に〝アルミパイプ〟を錬成し振るう。アルミは他の金属に比べて圧倒的に軽い。魔力を込めれば、〝単管パイプ〟よりも速く振り抜けた。接近を防ぐためだけの一閃《いっせん》だったため、狼にも大したダメージは加えられていないが、それでも振り払う事が出来た。

だが、狼達の波状攻撃は止まらない。次から次に、こちらに飛び掛かって来て、キリが無い。

『どこを見ている』

そして、その間にも――ボス狼君のチャージが完了する。

『滅びよ』

周囲の狼達が一斉に飛び退《との》く。真上から、ボス狼君の放った雷撃が、稲妻の如《ごと》く迫る。

「くっ――」

瞬時、私は再び避雷針にするべく〝鉄筋〟を生み出す。が、それを地面に向かって投げようとした瞬間、重さを感じてバランスを崩した。一匹の狼が、〝鉄筋〟に噛《か》みついていたのだ。

『オオオオオ！』

エンティアが、咆哮《ほうこう》を上げて地面を蹴り抜く。稲妻はすぐ間近を掠《かす》め、地面に着弾。

ギリギリだった。エンティアのおかげで、直撃は免れた。

私は〝鉄筋〟にかぶり付いていた狼を振り解き、エンティアにすぐさま指示を飛ばす。

「あそこの大きな岩の陰！」

『うむ！』

指さした先は、渓谷の一部に鎮座する巨大な岩の方向。

エンティアは跳躍する。そして一気に岩の麓《ふもと》まで辿《たど》り着《つ》くと、その後ろに逃げ込んだ。

これで、数秒くらいは稼げるはず。

「エンティア！」

私は、エンティアの前足の一部の毛が、黒く煤《すす》けているのに気付く。

「……ごめん」

『気にするな、姉御。こんなものは掠り傷ですらない。我は神狼の末裔だぞ？』

「うん、そうだね」

明るい声で言うエンティア。私は彼の頭を撫《な》でながら、岩の陰から遠方を見る。

黒い狼達の群れは、警戒しながらも徐々にこちらへと近付いて来ている。

『しかし、我に無断で神狼の末裔を名乗るなど、不届きな連中だ』

横で、エンティアが鼻息荒く言う。

『絶対にこらしめてやる』

「うん、そうだね」

そんな彼を見て、私は小さく微笑《ほほえ》む。しかし、そのためには、この状況を突破する策が必要だ。

何か、ないだろうか……。

「……そうだ」

そこで、私は思い出す。先日、私の中に新しく目覚めたスキルは、確か一つではなかったはずだ。

瞬時、私は頭の中でステータスウィンドウを開く。

何か、こんな時に役に立ちそうなスキル。

そんなスキルが、目覚めていることを信じて――。

名前：ホンダ・マコ
スキル：《錬金Lv.2》《塗料》《対話》《テイム》《土壌調査》……

「……《テイム》？」

《テイム》、確かにそう書かれている。なんだろう……どこかで聞いた覚えのある単語だけど……。

「《テイム》って、ええっと……どんな能力なんだろう？」

試しに、私は頭の中で新スキル《テイム》を発動してみるよう意識する。すると、ステータスウィンドウに変化が起きた。あの《土壌調査》を発動した時と、同じような変化だ。


【テイムリスト】
■エンティア（Lv.23）　神狼　魔力○……

■イノシシA（Lv.1）猪　魔力×　突進力○……
■イノシシB（Lv.1）猪　魔力×　突進力○……
■イノシシC（Lv.1）猪　魔力×　突進力○……
…………

新たに開いたウィンドウの中には、文字列が箇条書きされていた。
（……これって……）
私が触れて、《対話》を出来るようにしてきた動物達ばかりだ。
察するに、最初が名前。次が、おそらく種族。そしてその次が、簡易的なステータス？
（……《対話》出来る動物の、能力がわかる？）
私は試しに、エンティアの項目を意識して開いてみることにした。

■エンティア（Lv.23）
種族：神狼
魔力：○
属性：光

そこには、やはりエンティアの簡単なステータスが載っていた。

というか、これが本当なら……。

「あれ、エンティア。もしかして魔法使える？」

『なに⁉』

私が言うと、エンティアが驚いたように顔を上げた。

『どういうことだ、姉御！』

「うん、今ね、私の新しい能力で確認したら、エンティアの中には魔力があるって出たんだよね」

『うぬぅ……しかし、我には魔法の使い方などわからぬぞ？　今まで考えたこともなかった』

うぬぬぬぬ……と首を傾《かし》げるエンティア。その間にも、黒い狼《おおかみ》達はこちらに迫ってきている。

「やるしかないよ、エンティア」

もしかしたら、エンティアの未知の魔法が突破口になるかもしれない。

私は、エンティアの体に触れる。

『姉御？』

「試しにだけど、エンティアの中の魔力を、私の力で動かしたり出来ないかな？」

《テイム》という単語の意味を思い出した。

確か、私が働いていたホームセンターの中のペットショップで、しつけ教室が行われていた時に出てきた単語だ。飼い慣らす、とか、手懐《てなず》けるっていう意味だったはず。

もしかしたら、エンティアを私の力で育てられるのかもしれない。

『……あ、姉御！』

私がエンティアの体に触れながら、自分自身の魔力を使う時の要領で、エンティアの中の魔力を動かすよう意識する。そこで、エンティアが驚いたように声を上げた。

『わかるぞ！　我の体の内側で、魔力が動いているのがわかる！』

「本当⁉」

『なんか行ける気がするぞ！　行くぞ、姉御！』

ハイテンションに叫ぶと、エンティアは体を躍動させる。

私は慌ててエンティアの背中に掴《つか》まり、彼と一緒に岩陰から飛び出した。

目の前には、すぐそこまで迫っていた黒狼の一団。

『くく……遂に観念したか、その潔い心意気や良し』

軍団の後方に控えたボス狼君が、そんな言葉を口走る。

『気取るな、偽物が！』

それに対し、エンティアが吠《ほ》える。

『……偽物？』

『神狼の末裔《まつえい》を名乗る偽物だろうが！　この真の神狼の末裔である我が、不届き者を成敗してやる！』

『貴様っ……‼』

ボス狼君は、歯を食い縛り鼻先を落とす。怒っているのだろう。

『滅せよ！』

その雄叫《おたけ》びと共に、配下の狼達が一気に私達へと襲い掛かってきた。

「エンティア！」

『おう！　飛び出せ、我が魔法！』

エンティアが、自身の中にある魔力を意識し、一気に解放するようイメージした。

刹那《せつな》、エンティアの体から、微《かす》かな光が――。

「え？」

いや、違う――私は嫌な予感を覚え、咄嗟《とっさ》に顔を覆う。

エンティアの全身が、途轍《とてつ》もない光を放った。まるで太陽のような眩《まばゆ》い光源と化したエンティアの光が、夜闇に満ちた周囲を昼間のように照らす。

「ギャッ！」

その光量は只事《ただごと》ではない。あたかもスタングレネード。間近でそれを見た狼達は、悲鳴を上げて地面に落下していく。あまりの眩《まぶ》しさに、目をやられたのだろうか。

「……エンティア、もう大丈夫？」

『ふははは！　やったぞ、姉御！　神狼の末裔たる我の神々しさの前に、敵は皆正気を保てず気絶したようだ！』

ううん、単純に眩し過ぎただけだよ、エンティア。

っていうか、このめちゃくちゃ眩しいっていうのが、エンティアの魔法なのか……。

まぁ、光属性には違いないだろうけど……早めに顔を隠してよかった。

『ぐぅ……』

一方、部下達を一網打尽にされ、そして少なからず発光を直視してしまったボス狼君も、足元をふらつかせ狼狽《ろうばい》している。

『貴様らぁ、この期に及んで目潰《めつぶ》しとは、卑怯《ひきょう》な！』

おそらく、視力は回復していない。それでも、ボス狼君は体を帯電させ始める。

チャンスだ。私は静かに、エンティアに合図する。

『どこだ！　クソっ！　前が見えぬ！　どこに行――』

私はボス狼君の近くに〝鉄筋〟を錬成し、それを地面に突き立てた。

『っ！　そこか！』

その物音を、私達が接近したのだと勘違いしたボス狼君は、闇雲に充電していた雷撃を放つ。

雷撃は見事、〝鉄筋〟に命中した。だが、その時には既に――。

『オラぁっ！』

『ぐふっ⁉』

肉薄したエンティアの前足の一閃が、彼の脳天に叩《たた》き込《こ》まれていた。

『おの、れ……』

ボス狼君は数歩足元をふらつかせ、そのまま横たわり、昏倒《こんとう》した。

「……ふぅ」

『やったな、姉御』

とりあえず、パワーアップした私のスキルとエンティアの魔法によって、危機を脱することは出来たようだ。

「……さぁて」

◇◇◇

『ぐ……』

黒い体毛に覆われた大きな体を動かし、ボス狼君は目を開けた。

まだ微睡《まどろ》んでいる金色の瞳《ひとみ》が、こちらに向けられる。

彼は体を起こそうとして、そこで身動きが出来ない事に気付き、不思議そうな目で自身を見る。

その全身が、金属製のロープ――〝ワイヤー〟で完全に雁字搦《がんじがら》めにされている事に気付いた。

『な、なんだこれは！』

「あ、目が覚めた？」

『うぉぉぉぉお！　解け、クソッ！　俺に何をした！』

『静かにしていろ』

じたばたと暴れるボス狼君の頭に、エンティアの前足が乗せられた。

『うう……』

『く……少しは見えるように……』

『ぐぅ……な、なんだ……体が……』

そこで、他の狼達も気絶から目を覚まし始めた。無論、彼等の体も既に拘束済みである。

更に、全員の体に触れ《対話》が出来るように条件も満たしている。

『か、体が動かないぞ！』

『クソ、卑劣な人間め！　お前の仕業か！』

『ボス！　助けて、ボス！』

焦燥し、皆がボス狼君の方を見る。しかし、現在そのボスも同じように捕縛されており、更にエンティアに生殺与奪の権を握られている体勢となっている。

『『『『ボス！』』』』

『無暗に抵抗するなら、頭を潰すぞ』

エンティアの脅しに、狼達はたじろいでいる。

『く……皆、大人しくしていろ』

対し、ボス狼君は抵抗を諦《あきら》めたのか、体から力を抜き力無く横たわる。

『仕方が無い。我々は敗北した。今は、その結果を素直に受け止めよう……ところで、人間』

潔く負けを認めたところで、ボス狼君は改めて私に向き直る。

『我々に、何を要求する』

「うーん、じゃあ、まず名前。君の名前を教えて」

『……名前、か』

その質問に、ボス狼君はふっと鼻で笑う。

……何だろう、いちいち態度が中二臭い。

『古《いにしえ》より神狼の血を受け継ぐ俺に、名前などという概念は無い。それでも俺を固有の名称で呼びたいのであれば、こう呼ぶがいい――――《黒き凶星》と』

『『『『ボスかっけ――――――!』』』』

「うん、わかった。いまいち呼び辛《づら》いから、略してクロって呼ぶね」

『……クロ』

「で、クロちゃん達って本当に神狼の末裔なの?」

『……クロちゃん』

ボス狼君改めクロちゃんは、私の発言に絶句してしまった。

ごめん、いちいちつっこむの面倒だから、サクサク行くね。

「クロちゃん達は、本当に神狼の末裔なの?」

『当然だ。俺達こそ太古の昔、この大陸に覇を唱えし伝説の神獣、神狼の血を受け継ぐ一族』

『だーかーらー！　神狼の末裔は我！　我なの！　勝手に名乗るな！』

ぎゅむー、っとクロちゃんの頭を押さえるエンティア。

『おい、やめろ、貴様！　貴様如《ごと》きが俺を足蹴《あしげ》にするなど身の程を知れ！』

『なんだと！』

「うーん、それなんだけどね……」

そこで私は、頭の中でステータスウィンドウを開き、スキル《テイム》を発動する。私が触れて《対話》が成立するようになった動物は、全《すべ》てこの【テイムリスト】の中に載るんだけど……。

■クロ（Lv.19）
種族：黒狼（ブラック・ウルフ）
魔力：○
属性：雷

……こう書かれてるんだよね。

「君達、本当は《黒狼《ブラック・ウルフ》》っていう種族なんでしょ？」

『……！　何故《なぜ》それを！』

『お前、やっぱり嘘《うそ》を吐《つ》いていたのか！』

一層強くぎゅむー、っと踏み付けるエンティア。対し、クロちゃんは身を揺すりながら吠える。

『違う！　嘘ではない！　我等は高貴なる神狼の末裔なのだ！　神がそう言った！』

「……神？　……まぁ、いいけど、私にはね、君達の種族や力を見極める力があるんだ。さっき、エンティアがいきなり魔法を使えるようになったのも、その力のせいなんだけど。で、それによるとエンティアの方が本物の神狼の末裔みたいなんだよね」

『何だと⁉』

『ほら見ろ、思い知ったか馬鹿め！　バーカバーカ！』

『グググ……俺は認めないぞ！　こんな阿呆《あほう》が神狼の末裔などと！』

「はい、二人共クールダウン、クールダウン」

一層激しく喧嘩《けんか》を始める二匹を、私は制止する。今は、その話は一旦《いったん》措《お》いておこう。

「じゃあ、次の質問。なんで君達は、ここら辺の牧場や農場を襲っていたの？　さっきはきちんと理解出来なかったから、もっとわかりやすく説明して」

『何故？　……ふんっ、そんなもの、人間への報復に決まっているだろう』

私からの問い掛けに、クロちゃんは鼻を鳴らす。

『元々、俺達は人間に住む場所を奪われた。ゆえに、人間に怨《うら》みを持っている。その復讐《ふくしゅう》だ』

「居場所を奪われた……」

『漆黒の鎧《よろい》を着た騎士達の一団と、それを指揮する高飛車そうな女がやって来て、俺達を住処《すみか》にしていた土地から追い出したのだ』

「……あ」

それ完全に、アンティミシュカの事だ。

やっぱり、あの蛮行は巡り巡って人間側にも被害をもたらしてたんだね。

『その敵なら、姉御が倒したぞ』

『何！』

エンティアに言われ、クロちゃんは驚いて私を見上げる。

『馬鹿な、相手は生半可な勢力では……』

「うん、一応事実かな。と言っても、私だけの手柄じゃないけどね。エンティアや、私の仲間達に力を借りて倒したんだ。もう彼女達が無暗《むやみ》やたらに他の種族から居場所を奪うような事は無いよ。あと、奪った土地も、今は別の王子様が元の姿に戻るように尽力してくれてるんだ」

私の発言に、最初は訝《いぶか》るように見ていたクロちゃんだったが、聞いている内に、徐々にその目から疑いの念が消えていっていた。

『……確かに、この俺達をここまで窮地に追い込むとは、その実力、紛《まが》い物《もの》ではなさそうだな』

『何が窮地だ、完全に敗北しているだろうが』

『黙れ！　白い毛むくじゃら！』

『なんだと、黒い毛玉！』

「もー、いちいち喧嘩しないで。それで、クロちゃんは人間に住処を奪われた復讐に、ここら一帯の牧場や農場を襲っていたと」

『ああ……いや、正確には、少し事情がある』

「？」

『先程、俺が神狼の末裔を名乗るのは、神にそう言われたからだと言ったな？』

うん、確かにそう言っていた。

『その騎士団に住処から追い出され、復讐心に身を焦がしていた時、不意に、頭の中に声が響いたのだ』

「声？」

『ああ、【神狼の末裔として、仲間を導き悪《あ》しき人間を倒すのだ】と。天啓かと思った。そう言われ、俺は自分達が神狼の末裔だと信じ、この国で最も人間共が集う場所……王都を攻撃するつもりで、ここまでやって来たのだ』

「じゃあ、君達にとっての最大の目標は、王都への攻撃だったってこと？」

『ああ。その手始めに、ここら一帯の牧場や農場を襲い、壊滅させ、恐怖を味わわせてやろうとしたのだ』

……なんだか、話が一筋縄ではいかない感じになってきた気がする。

その声って、本当に神様の声？　……いや、神様だとしたら、嘘を吐いている事になるし。単なるクロちゃんの勘違い？　……それとも、誰《だれ》かがクロちゃん達を洗脳しようとした？

『……人間、名前は何という』

思案する私に、そこでクロちゃんが尋ねてきた。

「え？　私は、マコ」

『マコ……俺と、そして仲間達の縄を解いてはくれないか？　もう抵抗する気は無い』

先程までと比べ穏やかになった声で、クロちゃんは言う。

「本当？」

『俺は、俺達の土地を奪った人間を倒したというお前に、畏敬《いけい》の念を覚える。敗北も認めよう……いや、従属を認める』

「じゅう……ぞく？」

クロちゃんは真剣な顔で言う。

『俺達はお前に忠誠を誓う。マスター・マコと呼ばせてもらおう』

「いや、名前でいいよ。別にそんな変な風に呼ばなくても」

『……変な』

『姉御、我が言うのもなんだが、こいつの声は本気だ』

エンティアが私を見る。

うん、クロちゃんの本心は伝わった。

多分《ペットマスター》の力で、ある程度、感情とか心の機微とかが読み取れるのかもしれない。

私はクロちゃんと、他の狼達《おおかみ》を拘束していた〝ワイヤー〟を消去していく。

自由を手にした黒い狼達は、しかし逃げたりせず、私の前に整列し腰を下ろした。

どうやら本気で、私に忠誠を誓うらしい。

『……ところで、お前』

そこで、クロちゃんは改めてエンティアに話し掛ける。

『お前は何故、マコと一緒に居る』

『む？』

『どういう馴《な》れ初《そ》めがあったのだ。本当の神狼の末裔《まつえい》のようだが、俺はお前を認めてはいないぞ』

……おやおや？　なんだか、雲行きが怪しくなってきたぞ。

『マコの傍に立つ騎士として相応《ふさわ》しいのは、この俺だ』

『ふーん、貴様、我と姉御の絆《きずな》をわかっていないな？』

ふふんと鼻先を上に持ち上げ、エンティアはニヨニヨと笑いながら言う。

『なに？』

『今しがた出会ったばかりの貴様如《ごと》きが、傍に立つに相応しいなどとは片腹痛いわ。言っておくが、我はとっくの昔から姉御と一緒に毎晩寝ている仲だぞ？』

『なぁにぃ⁉』

クロちゃんが殺気立つ。いや、殺気立たれても。

『更に、姉御にはよく腹をわしゃわしゃしてもらったり、美味《うま》い飯を毎日食わせてもらったり、親密な関係なのだ！　貴様如きが入り込む余地も、入れ替わる余地も無いわ、マヌケめ！』

『ぐぐぐ……』

『なにより、貴様のようなモフモフから程遠いゴワゴワの毛並みなど、姉御がこの世で最も嫌うもの！　そんな無様な毛並みで姉御に近寄るな！』

いや、別にこの世で最も嫌ってはないけどね。

でも確かに、エンティアの言う通りクロちゃんの毛並みは、おそらく野生生活の長さも関係しているのだろうけど、手入れがされておらずかなりのゴワゴワだ。

『な、そうだろう？　姉御』

「うーん……まぁ、確かに、毛並み勝負に関してはエンティアに軍配かな」

『な、ななな…………み、認められるかあああああ！』

瞬間、クロちゃんは咆哮《ほうこう》を上げると、その場から勢いよく走り出した。

『『『『ボス――――！』』』』

仲間達も叫ぶ事しか出来なかった。

その間にも、クロちゃんは渓谷の岩をぴょんぴょんと飛び越えていき――。

『うおおおおおおおおおお！』

岩場の隙間《すきま》に流れていた川（ここまで来る途中に見付けていたのだろうか）に、全力で飛び込んだ。

『ぬあああああああああああ！』

そして、水中でしっちゃかめっちゃかに暴れると、また飛び出し――。

『ふんぎいいいいいいいいいい！』

全身をぶんぶん振るって、水分を飛ばすと――。

『どうだぁぁぁあああああああああ！』

途轍《とてつ》もない勢いで帰って来て、そのまま私に体当たりを食らわしてきた。

吹っ飛ぶかと思ったけど、クロちゃんのふわふわに乾燥された羽毛のような体毛に飲み込まれて
吹っ飛ばなかった。

うわぁ……ふわふわ……。

『どうだどうだ！　これでもまだ俺の毛並みはゴワゴワか！』

『な、貴様！　事もあろうに色仕掛けに走るとは！　プライドは無いのか!?』

え、これ色仕掛けだったの？

と思っている間に、背中側からエンティアが体を押し付けて来た。

『どうだ、姉御！　どっちの毛の方が触り心地が良い!?　毎晩一緒に寝たい!?』

『当然、俺の方だ！　お前はもうマコに近付くな！』

『貴様こそ近付くな！　黒玉！』

『なんだと、白い埃《ほこり》め！』

ほらほらぁ、喧嘩しないでってばー。特にクロちゃん、仲間達の目の前だよー。

ともかく、喧嘩するエンティアとクロちゃんを宥《なだ》め、私達は山を下り、牧場・農場地帯へと戻る。

その途中、不意に、クロちゃんが呟《つぶや》いた。

『あ、しまった』

「え？　どうしたの？」

エンティアの背中に乗っていた私は、彼の囁《ささや》きに振り返る。

『マコ達に追跡されている最中、秘《ひそ》かに群れの一部をあの牧場に逆戻りさせていたのだった』

「え⁉」

一気に撤退したと見せかけて、何割かの戦力で残された牧場へと攻撃も仕掛けていたという事だろう。

全然、気付かなかった。流石《さすが》、変な言動だけど群れを率いる長——指揮力がある。

……いや、今はそうじゃなくって。

「それ、ちょっとまずいかも……」

牧場にはラム達がいるし、私の残した〝防獣フェンス〟や〝有刺鉄線〟の罠《わな》があるとは言え、もし戦闘になっていたら大変だ。

こっちは丸く収まったけど、向こうはまだその事情を知らないだろうし——。

「急いで戻ろう！」

私達は全速力で、斜面を駆け降りる。みんな、無事でいて欲しいけど——。

◇◇◇

「おーっす、マコー、戻ったかー」

「……ありゃ？」

しかし、戻ってみると、私の心配は杞憂《きゆう》に終わっていた。

『お前達！　攻撃は止めだ！　我等が争う理由は無くなった！』

クロちゃんが叫ぶと、防獣フェンスの外で唸《うな》っていた狼達も、大人しくなる。

そう――牧場には一切、被害が出ていなかった。柵《さく》が倒されていることもなく、一匹の狼も敷地内には侵入していない。ラム、バゴズ、ウーガの三人が、ホークを手に持って立っている。戻って来た私達に、柵の内側から疲れ切った声を発した。

「いやぁ、大変だったぜ、上ってくるこいつらを端から端まで走り回って振り落とすのは」

「でも、なんとか被害は出さなかったぜ」

「そっちも、ボス狼と話は済んだのか？　まぁ、大人しく従ってるってことは丸く収まったんだな。流石、マコだぜ」

へへへ、と笑う三人。その後ろから、隠れるようにしていた牧場主のおじさんが顔を出した。

「おお！　お戻りで！　いやぁ、全く頼もしい方々でしたぞ！」

「へぇ」

三人共、頑張ったんだね。凄《すご》く恰好《かっこ》いいじゃん。

「ありがとう、ラム、バゴズ、ウーガ」

「惚《ほ》れ直したか？」

「うん、かなりね」

「「「ヒャッホー！」」」

三人共嬉《うれ》しそうにハイタッチしている。

私はそこで、三人の近くに横たわる、足に包帯を巻いた一匹の黒い狼を発見する。

〝有刺鉄線〟の罠にかかっていた狼だ。なるほど……きちんと、言い付け通り大人しくしている。

おそらく、仲間が治療してもらっている姿を見て、他の狼達もラム達を本気で攻撃するか否か迷ったのかもしれない。

「それで、マコさん。これは……」

「うん、とりあえず結論から言いますと、彼等がこの一帯の牧場・農場を襲う事はもうありません」

柵の外に整列する、黒い狼の群れを恐る恐るといった感じで見詰める牧場主さんは、私の発言にほっと胸を撫《な》で下《お》ろした。

「す、凄い！　……あなたの魔法は、このような便利な品を生み出すだけでなく、動物達を服従させる力もあるのですか！」

「服従というか……まぁ、交換条件というか……」

『マコ』

そこで、整列した狼の群れの先頭に腰を下ろすクロちゃんが、口を開いた。

『先程も言った通り、我々はマコをマスターと認めた。マコに付いて行く』

『『『『俺達も付いて行くぜ！』』』』

声を揃《そろ》える狼達。うーん、流石に、この数で王都に行ったら大騒ぎになってしまうなぁ……。

「んー……」

「しかし、凄い数ですな。もし私達の領地も、これだけの強力な狼達に守ってもらえたなら、他の野生動物や野盗に襲われなくて済むでしょうに。羨《うらや》ましい限りです」

「はい……あ、それだ！」

そこで、私は牧場主さんに耳打ちをする。それを聞いた彼は「え⁉　ええ、まぁ、こちらとしてはありがたいですが……」と、少し困惑しながらも了承してくれた。

「みんな！　みんなに、ちょっと頼みたい事があるんだけど」

『なんだ？』

「みんなに、この一帯の牧場や農場を警備して欲しいんだ」

要は、今までとは逆に、他の野生動物が近付いたりしないようにしたり、盗人が来たら追い払ったり取り押さえたりする役割だ。つまり、猟犬である。

「後は、太りすぎた家畜を追い立てて運動をさせてもらったり……まぁ、色々と仕事はありますので。餌などはその分、私達が出します」

『俺達に、人間の飼い犬になれというのか？』

クロちゃんが言う。

まぁ、簡単に納得はしてくれないだろうけど……流石に、全員面倒は見られないので。

「ちゃんと大人しく頑張ってたら、また来るからさ」

『ぐぅ……俺はマコの騎士になりたいのに』

その気持ちは嬉しいけど、今はちょっとタイミングが悪いのだ。ごめんね、クロちゃん。

◇◇◇

さて、そんなこんなで、〝王都の外れの牧場・農場を襲っていた、黒い狼の群れ事件〟は、一応解決という形となった。

「どこに行ってたの、マコ！」

「心配したんだよ！」

帰って来た私に、早速マウルとメアラが抱き着いてきた。

二人は夜中に起き、そして私とエンティアの姿が見えない事に気付いて不安がっていたそうだ。

それを、ガライがずっと宥めてくれていたのだという。

「ごめんごめん」

引っ付いて来た二人の頭を撫でる私。続いて、目の前に立つガライを見る。

「ガライも、ありがとうね」

「……問題は、解決したみたいだな」

「うん」

後から知ったが、ガライは事前に、ラム達から事情を聞かされていたらしい。で、ラム達から言われて（ラム達が私に良い所を見せたかったので）、今回は大人しくしていたのだという。

「少し心配だったが、無事なようで何よりだ」

「エンティアのおかげかな。それに、ラム達も頼りになったからね」

「マコ……どうして、関係無い問題に首を突っ込んだの？」

メアラが言う。あれ？　もしかして、ちょっと怒ってる？

「今は、お店を作るのに大変なのに、それでマコの身に何かあったら……」

「ありがとう、メアラ。心配かけちゃって、ごめんね」

「……別に、そこまで心配はしてない」

メアラがそっぽを向く。

「うん、正直に言うとね、ちょっと下心があったというか……」

「したごころ？」

マウルが首を傾《かし》げる。

「それは、また明日になったらわかるかもしれないかな。とりあえず、うん、今度からはちゃんと、みんなにも言ってから動くようにするよ。反省します」

今回みたいなのは、これっきりにしよう。

先程言った、下心。

昼間、エンティアには色々と言ったけど、結局、私が今回こうして人助けをした理由。

――王都の人達の私達に対する目が、獣人に対する目が、少しでも好意的なものになってくれればと、そういう考えからの行動だった。

「ともかく、今日はもう寝よう！　明日も朝から大忙しだからね！」

◇◇◇

結論から言うと、私の下心は功を奏したようだった。

「……おい、あの人達か？　例の狼《おおかみ》騒ぎを解決したのって」

翌日。今日も店舗建築に勤《いそ》しむ私達の下に来る野次馬が、なんだか増えているような気がした。

彼等、彼女等は、私達の姿を見ながら、昨夜の件を話している様子だ。

「ああ、冒険者ギルドへの依頼が取り下げられたんだと。ギルドで働いてる知り合いが言ってたぜ」

「狼の群れを調教して、今じゃ逆に牧場や農場で働く猟犬に仕立てたんだとか」

「すげぇな、それもやっぱり、獣人の力なのか？」

野次馬は、いや、狼共を《ベオウルフ》達を見ながらそう言っている。

「狼共をボコボコにして屈服させたのは、あっちの人間の女らしい」

「なんでも、魔法を使ったらしいぞ？」

「マジかよ……じゃあ、相当位の高い家の生まれなのか？」

「あのバカでかい白い狼も、あの女の使い魔なんだとよ」

……別にボコボコにはしてないんだけどね。

でもどうやら、情報はちゃんと、あの牧場主さんが伝えてくれたみたいだ。

「だが、噂《うわさ》によるとあっちの獣人達も、牧場を守るために必死に狼達と戦ってくれたそうだ」

「本当か？　獣人が、人間のために？　ホラ話じゃないだろうな」

「いや、その牧場の経営者が実際に言ってたらしいからな」

流石に、彼等も少し疑いの気持ちはあるようだ。

でも確実に、私達を見る王都の人達の目が、柔らかくなったのを感じる。

昨夜のラム達の頑張りが、きちんと反映されている気がして、嬉しい気持ちになった。

——そして。

「……おお」

「遂に」

「遂に？」

「……うん」

王都に来て、数日後。

目の前に建つ立派な木造建築を見上げ、私は皆に言った。

「とりあえず、外側は完成だね」

「「「「ヒャッハ――――！」」」」

マウルやメアラ、《ベオウルフ》のみんなが手を叩《たた》き合って喜んでいる。オルキデアさんとフレッサちゃんも拍手をしている。見事、店舗が完成した。

「みんなご苦労様。でも、まだまだ先はあるからね」

「おうよ！　次は内装だな！」

建物自体は見事に完成したので、次は内部だ。棚や小物を設置し、お客さんを迎え入れる空間を作らなくちゃいけない。

「そうそう、それに、厳密にはまだ外観があるからね。〝ペンキ〟を使って、細かいところまで作り上げていこう」

私の生み出した〝ペンキ〟を使い、事前に話し合ったデザイン通りに、皆に店の外側を塗っていってもらう。

「ん？」

作業中の私達の店舗の目の前に、一台の馬車が止まった。

見るからに高級そうな黒塗りの、四頭立ての馬車だ。

「うわあ！　見てください、お父様、お母様！　とても素敵なお店が作られていますよ！」

その馬車の扉が開き、一人の少女が出てきた。

少女は、鈴を転がすようなかわいらしい声で、そう楽しそうに言う。お店の外観は、女性や子供受けが良いようにカラフルな色合いで仕上げている。それが目に留まったのかもしれない。

身を包む高級そうなドレス。流れるような金色の髪に、宝石のように輝く瞳《ひとみ》。整った顔立ちは、この世のものとは思えないくらいに美しい。

（……貴族の子かな？）

素直にそう思えるくらい、美しい身形《みなり》の少女だった。

（……あれ？）

そこで一つだけ、気にかかる点があった。

その少女の〝耳〟……人間のものに対して、先の尖《とが》った、特殊な形の耳をしていた。

あれって、確か――。

「！」

すると、近くで作業をしていたガライが、その少女の姿を見て瞠目《どうもく》したのがわかった。

明らかに、気配が変わった。

そして、まるで少女の視界から逃げるように、建物の中に入っていってしまった。

「……ガライ？」

「はは、メイプル。そんなにはしゃいでいるとコケてしまうよ」

馬車から、おそらく彼女の両親と思《おぼ》しき人物が現れる。

同じように高級な衣服に身を包んだ、位の高そうな壮年の夫婦。

……ただ、その二人の耳は、普通の人間のものだ。

「この商店は、何を売る店かね？」

現れた夫婦の、男性の方が私に問い掛ける。

えっと、多分貴族だよね？　だったら、言葉遣いとか気を付けないと……。

「はい、お声掛けいただきありがとうございます。この店では、アバトクス村で生産された特産品を扱う予定です」

「アバトクス村？　……聞いた事のない村だな」

「野菜や果実、それに生花や木製の工芸品等を主に販売させていただきます」

そうだ――と、私は思い出し、ポケットから木で出来たイノシシの人形を取り出す。

以前、ガライが作ったものだ。

「例えば、このような」

「かわいい！」

そのイノシシの人形を見て、少女は笑顔を浮かべる。

「あら、とてもよく出来た木彫りの人形ね」

「ああ、本当に」

少女の両親も、そう言って絶賛する。

「メイプル、お前のお気に入りと同じくらい良い出来じゃないか？」

そこで、父親の方が、少女――メイプルちゃんにそう言った。メイプルちゃんは「はい」と呟《つぶや》き、ドレスの内側に隠すように首から下げていたネックレスを取り出す。

そのチャームの部分に吊《つ》り下《さ》げられていたのは、宝石や貴金属ではなく、私が今見せているイノシシの木彫りと同じような、フクロウの人形だった。

（……え……）

その、非常に完成度の高い木彫りの人形を見て、私は思わず建物の窓から少し見えるガライの方をチラ見してしまった。

「お店が完成した暁には、来店させてもらうよ」

「あ、はい、ありがとうございます」

そう言い残し、彼等は馬車へと戻る。

「お姉さん、はい！」

メイプルちゃんは、持っていたイノシシの人形を私に返してくれた。

「…………」

馬車が去った後、私はガライの元へ行く。彼はどこか遠い目で、虚空を見詰めていた。

「……ああ」

「……さっきの貴族の子、耳が尖ってたね」

「ご両親は、普通の人間っぽかったのに」

「……エルフという種族だ」

「へぇ」

ふわふわとした会話になってしまった。

でも私は何となく、今のガライの姿を見て、何を思っているのかわかった。

「幸せそうだったね」

「……ああ」

ガライは、どこか嬉《うれ》しそうな顔をしていた。

そこからのガライの働きっぷりは凄《すご》かった（いや、普段も十分凄いんだけどね）。

陳列棚や、色々な小物を次々に組み立て、色を塗り、店の中に並べていく。

内装の完成は、予定よりもずっと早く終わりそうだ。

「よし」

店舗自体は、ほぼ完成。ここまで来たら、次の段階に進むしかない。

「それじゃあ、そろそろ商品搬入のターンだね」

◇◇◇

「では、ひとまずは店舗の完成を祝しまして……かんぱーい！」

「「「「カンパーイ！」」」」

私の音頭に合わせて、皆が持ち上げたジョッキをぶつけ合わせる。

今夜は、店舗（の外観だけだけど）完成を祝い、皆で宴会をすることになった。

《ベオウルフ》のみんなやガライ、オルキデアさんとフレッサちゃん、マウルにメアラの建設作業メンバー。そこにエンティアや、緊急の際のために残ってもらったイノシシ君が二匹。

全員総出での宴会だ。

ちなみに会場は、すっかり常連と化してしまった料亭――『黄鱗亭』である。

「あんた達……うち以外に行くところはないのか？」

料理の載ったお皿を運んできたのは、先日、うちの建設現場に文句を言いに来た三人組の一人――リーダー格の男性だ。後で聞いた話だけど、どうやら彼、このお店のシェフの一人だったらしい。

「あれ？　シェフが料理を運んだりするんですか？」

「ま、まぁ、いつも利用してもらっているからな……上客には挨拶《あいさつ》が必要だし」

うん、思えばあの一件以来、すっかり常連になっちゃったからね。

別に嫌がらせをしているとかではなく、普通においしいからなんだけどね。

「性格は悪いけど、料理の腕は良いからな」

「ああ、充分美味《うま》いからな。性格は悪いけど」

「捻《ね》じれてるけどな。性格も髪型も」

「く、褒められているのか、貶《けな》されているのか……」

彼は、その捻じれている独特の前髪を揺らしながら呟く。

『流石《さすが》王都のメシだな、コラー！』

『うまいぞ、コラー！』

床の上でサラダをガツガツと食べるイノシシ君達も、そう言っている。

「それにしても、ありがとうございます。動物の入店まで許してもらえて」

「……まぁ、上客っていうのもあるが、あんた達、今王都でも結構評判がいいからな。断るのも野暮ってものだろう」

ほら――と、彼は秘《ひそ》かに他の席のお客さんに視線を向ける。

そのお客さん達は、私達の方をチラチラと見ながら、何やら囁《ささや》くように小声で話をしている。

最初は、こんな種族も性別もバラバラの集団だから悪目立ちしてしまっているると思っていたのだが……どうやら、そういうわけでもないらしい。

「あの……」

そこで、私達の席に一人の青年がやって来て、声を掛けられた。

「お話、聞きました。あなた達が、あの狼《おおかみ》の群れを倒したっていう方々なんですか？」

「あ、はい、一応」

軽い防具を身に着け、投げナイフのような武器も所持している。冒険者だろうか？

「凄いですね！　数々の冒険者達が手子摺《てこず》っていたのに！」

「ありがとうございます。あなたも冒険者の方ですか？」

「はい、まだ駆け出しですが。冒険者達の間では、朝からその話で持ち切りでしたよ！」

青年は興奮した様子で喋《しゃべ》り、握手をすると帰っていった。冒険者達の間にも噂《うわさ》が広まったのか。

これは、もしかしたら予想以上に良い効果があったのかも……。

「へぇ、あいつ等が」

そこで、私の耳に、また別の席の会話が聞こえてきた。

「なんでも、この近くに店を作りに来た、獣人の村の連中なんだと」

「怪しげな奴等だな……本当に信用出来るのか？」

「狼の獣人だろ？　ほら、例の狼の群れの騒ぎを解決したっていうのも、こいつらがそもそもけしかけたんじゃないかって話も……」

……まぁ、そりゃそうか。

全《すべ》てが肯定的なわけじゃない。中には、懐疑的な声があるのも当然だ。

信頼は一分一秒の積み重ねと言うし――地道に誠実にやっていこう。

第三章　商売には敵がつきものです

「わぁ！　見て見て、マコ！　人が宙に浮いてるよ！」

マウルが、大通りの広場で実演中の大道芸人の芸を見て、興奮している。

宴会の翌日、作業も一段落ついたということで、今日はリフレッシュ休暇の日にした。

皆、自由に息抜きをしてもらっている。私はと言うと、久しぶりにマウルとメアラ、そしてガライの四人で、王都の街中をぶらぶらと歩く事にした。

マウルとメアラは、ここ数日ずっと私達のお手伝いをしてもらっていたけど、やっぱり年頃《としごろ》の子供だ。華やかで色々な刺激が多い王都の街並みに、興味を惹《ひ》かれまくっている。

「マコ、ガライ、武器屋に入ってもいい？」

メアラは武器屋の方を指さして目を輝かせている。男の子だねぇ。

「大丈夫かな？　何も買わなかったら、嫌な客だと思われるかな？」

「……問題は無いだろう」

私自身も、まだこのファンタジー世界の都会に慣れていないので、色々とガライにアドバイスをもらいながらの散策となった。道端の芸人さん達の芸を見たり、お菓子を買ったり、ウィンドウショッピングしたり、だらだらしながら街中を歩いていく。

「メアラ、あっちの路地の方も見てみようよ」

「大丈夫？　危なくない？」

「マウル、メアラ、あんまり危険なとこには行かないようにね」

走り回るマウルとメアラに注意する私。

いやぁ、本当に元気だね。まぁ、個人的には私も一緒に走り回りたい気分だけど、そこは大人なので周囲の目を気にしておくことにする。

「ふぅ……」

街中、適当な建物の外壁に背中を預け、私は空を見上げる。

雑踏の音の大きさが、元の世界の都会と大して変わらないくらい、この街は大きい。

「疲れているのか？」

横に立ち、ガライも壁に体重をかける。

「働き過ぎは、危険だぞ」

「大丈夫、大丈夫。この程度の重労働、慣れっこだからね」

あはは｜、と、ホームセンター時代の事を思い出しながら、私は乾いた笑いを漏らす。

本当に、体力勝負の職場だったからね、あそこは。

「この前の夜の事も、そうだ」

「ごめんってば。でも、ガライもありがとうね。ラム達の希望を汲《く》んでくれて、マウルとメアラを宥《なだ》めてくれて」

「どこかで信頼していたからな。あんたなら、きっと大丈夫だろうと」

嬉しい事を言ってくれる。そこで、ガライはふっと微笑《ほほえ》みを浮かべた。

「街中に、あんたの活躍が広まりつつあるらしい。無償で困っている人間を助ける。まるで、正義のヒーローだと」

「正義のヒーローかぁ」

そう言ったガライの発言に、私は腕組みして唸《うな》る。

「どうした？」

「私はヒーローなんかじゃないよ。打算ありきだし」

『見返りを期待したら、それは正義とは言わない』

仮●ライダービルドの、キリュウ・セントの言葉を思い出す。

「……昨日《きのう》の、あの貴族の子」

私はそこで、話題を振る。

「あの子、もしかしてガライが追われる立場になった事に、何か関係があるの？」

「……まぁ、そんなところだ」

ガライは呟《つぶや》くように答えた。

「あの子、凄く幸せそうだったよね」

「…………」

「勝手な妄想だけどさ。ガライは、あの子にとってのヒーローだったんじゃないのかな？　って、そう思ってるんだよね」

「……そんな大層なものじゃない」

軽く溜息《ためいき》を吐《つ》き、ガライは言う。

「……ん？」

と、そこで、私達のもとにマウルとメアラが帰ってきた。

「どうしたの？　二人共。面白いものは見付からなかった？」

「あ……うん」

なんだろう、二人共、ちょっとよそよそしい雰囲気だ。

どこに行ってたんだろう？　私は、二人が入っていった裏路地の方を見る。

「……あ」

怪しげな色合いの看板に、店先に立つセクシーな恰好《かっこう》をした女性達。

昼間だというのに、結構な賑《にぎ》わいを見せる歓楽街。あっちは、なるほど、『色街』だったか。

「はい、良い子のみんなは表通りの方で遊ぼうね」

◇◇◇

その翌日。

「ごきげんよう！」

店舗が出来上がり、内装もほぼ仕上がり済み。

必要な小道具（陳列棚や、その他の営業小物）を、作ったり他の店に買い出しに行ったり、そんな作業を進めていた——その最中だった。

いきなり、お店の入り口に立ち、一人の女の子が声を張り上げてきた。

「えーっと、どちら様で？」

金髪をツインテールに結わえ、腕組みし、何故《なぜ》か自信たっぷりな顔で店舗の中を見回す少女。

「ふぅん……意外と、ちゃんとしたお店じゃない」

高飛車そうな声で、彼女は言う。

「あの、お店はまだオープンしてませんよ？」

「知ってるわよ。それに、あたしは客でもないわ。今日は、宣戦布告に来ただけよ」

ふふん、と、彼女は笑う。

宣戦布告……ということは、他のお店のスタッフとか？

「本来、ウィーブルー家の青果店が立つはずだった場所に、獣人達が店を作っている。最初に聞いた時は、半信半疑だったけど……」

「申し訳ありません、どなたでしょうか？」

ずっと一人で話を進めている彼女に、私は問い掛ける。

「は!? あたしを知らないの!?」

すいません、存じ上げません。彼女は額を押さえながら、深く溜息を吐く。

「あたしは、レイレ・グロッサム。この国で、青果・果実の卸売りを取り扱う商家――グロッサム家の令嬢よ」

レイレ・グロッサム。店の入り口に立ち、そう名乗ったご令嬢様は、胸を張って見せる。

……自分で自分を令嬢と言うとは……。

「あたしの事を知らないなんて、とんだ田舎者《いなか》達ね。これを機に顔をよく覚えておきなさい。お客様の顔を覚えるのも、立派な仕事の内よ」

偉そうだけど、結構マトモな事も言っている。

「えーっと、レイレお嬢様。大変失礼致しました。お顔もお名前も、よく記憶させていただきます」

私はぺこりと頭を下げ、再び彼女を見る。

「それで、宣戦布告というのは？」

「ふふん、この通りの近くには、あたしの家が経営する青果店があるのよ」

レイレは、おそらくそのお店があるだろう方向を指さす。

「先日十八歳の誕生日を迎え、あたしもそろそろ家の跡継ぎとして、実際にお店の経営を受け持ち、勉強をさせてもらうことにしたの」

「はぁ……」

「そこで手始めに、にっくき商売敵であるウィーブルー家の新店が出来ると聞いて、その近くのお店の経営を担当し、ぶっ倒してやろうと思っていたの」

でも——予定が狂ったのよ……と、彼女は溜息を吐《つ》く。

「そう……あんた達のせいでね！」

「……ああ」

なるほど。言動はいちいち派手だけど、なんとなく彼女の言いたい事はわかった。

「ウィーブルー家の新店舗の代わりに、私達を倒すと」

「あのウィーブルー家が、自分の店の出店を取りやめてでも推した店。まぁ、相手にとって不足は無いわ」

宣戦布告というのは、単純に店として、という話だ。

「ここは一等地の激戦区。生半可な考えじゃ、閑古鳥と一緒に泣いて帰る事になるわよ」

ふふん、と気取った笑顔でレイレは言う。

「それと、言っておくけどあんた達のライバルはあたしだけじゃないわ。他の同系統の品物を扱う店も、あなた達に対して対抗意識を燃やしているわよ」

チラッと見ると、流石に敷地の中には入ってきていないけど、遠巻きに他の店の人間と思《おぼ》しき方々が偵察に来ているのがわかった。

「まぁ、精々頑張りなさい。どこぞの田舎で作られたような、ブランドも無い品物を扱う店なんて、この王都で流行《はや》るわけがないだろうけど」

レイレは背を向け、そう言い残す。どうやら、言いたい事は言い終わったようだ。

「お気遣い、ありがとうございます。そうならぬよう、誠心誠意努力させていただきます」

その背中に、私は言う。

レイレは「……ふん」と鼻を鳴らし、去っていった。

「なんだ、あいつ」

「いいじゃん、逆に燃えてくるよ」

怪訝《けげん》そうな顔をするウーガに、私は言う。

「おう、そうだな、その田舎の名産品がどんだけ売れるか、見せ付けてやろうぜ」

「負けねぇぞ、お前ら！」

《ベオウルフ》達は、声を揃《そろ》えて「おう！」と叫ぶ。皆、心は一つだ。

「よし」

私はそこで、手を打ち鳴らす。

内装の準備は順調だ。諸々《もろもろ》、計画通りに進んでいる。

となれば、私は私で次の段階に行こうと思う。

「じゃあ、私は商品搬入のために一回アバトクス村に帰るから」

◇◇◇

『では、出発するぞ！　姉御《あねご》！』

「うん、バーンと飛ばしちゃって！　エンティア！」

王都の門を出て、私達は街道を走りだす。と言っても、実際に走るのはエンティアだけど。

彼の引く荷車に乗って、私達はアバトクス村に向かう。

「うおおおお！　速《はえ》ぇな、おい！」

興奮した様子で、同乗しているウーガが叫ぶ。

「この調子なら、村には想定よりも早く到着するな……」

その横で、ガライが冷静に呟く。

村へ向かうメンバーは、私、ガライ、ウーガの三人を選出する形となった。とりあえず、農産物担当のウーガと、工芸品担当のガライと共に、村で最終的な出荷物を決める事にしたからだ。

「うひゃあ、それにしても爽快《そうかい》だね」

本当に、自動車に乗っている気分だ。

エンティアのこのスピードなら、行きには二日かかった旅路も、半日程度に短縮出来るはずだ。

王都に残ったみんなには引き続き作業をしてもらい、私達と商品運搬班（また、イノシシ君達に協力してもらう）の到着を待ってもらう。

「……あれ？」

王都からしばらく街道を進んだあたりで、私は例の牧場・農場地帯に差し掛かった事に気付く。

見ると、そっちの方から、幾つもの黒い影が街道に向かって走ってくるのがわかった。

「エンティア、ちょっとストップしてもらっていい？」

『む？』

エンティアがブレーキをかける。

黒い影達は徐々に、私達の方へと近付いてきて――その正体がわかった。

『マコ！』

『『『『マスター！』』』』

《黒狼《ブラック・ウルフ》》のみんなだった。その先頭に立つのは、クロちゃんだ。

「みんな、久しぶり。ちゃんと真面目《まじめ》に働いてる？」

『ああ！　そりゃもうバッチリ！』

狼《おおかみ》達は、そう言って元気そうに飛び跳ねる。

心なしか、その表情も最初に出会った時に比べて穏やかになっている気がする。

『ここは天国だぜ！』

『飯は美味《うま》いし、のんびりしながら仕事も出来るし！　最高だ！』

『野生時代は毎日ピリピリしてたけど、いやぁ人間に飼われるのも悪くねぇな！』

みんな、すっかり飼い犬になってしまった様子だ。

しかし、そんな中、クロちゃんだけがどこか不服そうな顔をしている。

「どうしたの？　クロちゃん。クロちゃんはやっぱり、野生時代の方がよかった？」

『いや、そういうわけではない。俺が不満なのは、マコ、お前が全く俺のところに来てくれないことだ』

クロちゃんは、ジトーっとした目で私を見てくる。

『俺は本気なんだぞ？　マコ。お前の傍《そば》に立つ騎士として、共に歩みたいんだ。その白い毛むくじゃらより、遥《はる》かに俺の方がマコに似合っているぞ。あと先日のモフモフ対決も俺の圧勝だっただろ』

『貴様になど負けた記憶がないわ！　まっくろくろすけ！』

「まぁまぁ、落ち着いて」

クロちゃんはどうにもこうにも私に付いて来たいらしい。うーん、どうしたものか……。

『もう行こう、姉御！　こいつと話してたら日が暮れる！』

『ん？　ところで、お前達、これからどこに向かうんだ？』

「うん、私達の村に帰るところなんだ。お店に並べる商品を持ってくるためにね」

私が言うと、クロちゃんは目を見開いた。

『村！　マコの住んでいる村か⁉』

「え？　あ、うん、そうだけど」

『ならば、俺も付いて行こう！　ゆくゆく、俺とマコが共に住む予定の村だからな！　ご近所さん達にも挨拶《あいさつ》しておかねば！』

『なんだ、こいつ！　うっとうしいぞ！』

エンティアが吠《ほ》える。

すると、クロちゃんがエンティアの体に繋《つな》がれた荷車のロープを一本奪い、口に咥《くわ》える。

『お前はどけ！　ここからは俺が引いていく！』

『ふざけるな！　貴様こそどけ！　邪魔だ！』

「ちょ、二人共――」

瞬間、エンティアとクロちゃんが同時に走り出す。互いに互いを振り払おうとしているのだが、二匹の力によって引っ張られた荷車は凄《すさ》まじいスピードで動き始めてしまった。

『『『『ボスー！』』』』

狼達は勿論《もちろん》、周囲の風景が凄《すご》い勢いで過ぎ去っていく。

「うわわわわ！」

何とか荷車に掴《つか》まる私と、そんな私が飛び出さないように押さえてくれるガライ。

「やべぇぇ！　なんつー速度だよ！」

ウーガも必死に縁を掴んで悲鳴を上げている。

『貴様、邪魔だと言っているだろ！』

『黙れ！　この座は渡さんぞ！』

……もしかしてこの二匹、何気に息が合うのかも……。

◇◇◇

結局、二匹のパワーにより引かれた荷車は、半日どころか三時間程で目的地に到着してしまった。

「凄い……」

『ぜぇぜぇ……黒カビめぇ……』

『はぁはぁ……白カビがぁ……』

地面にへたり込み、舌を出して荒く呼吸をしている二匹。流石《さすが》に、体力を使い切ったようだ。

しかし、何はともあれ――。

「ありがとう、エンティア、クロちゃん。無事到着だよ」

私達は数日ぶりに、アバトクス村へと帰ってきた。

「おお！　マコ！　戻って来たか！」

「待ってたぜ！　予定より随分早かったな！」

村に残った《ベオウルフ》のみんなが、私達を出迎えてくれる。

「ただいま、みんな。どう？　作物の方は」

「そりゃもう、全力で育てて全力で収穫してたぜ！」

「俺の畑のもしっかり面倒見てくれてたよな？」

ウーガが言う。彼の家には、実験的に植えて育てている多種多様な野菜や果物の畑があるのだ。

「おう、あったりめーよ。見て、びっくりして頭打つなよ！　前みてーによ」

「うるせぇ！」

私達は、ウーガの家の裏手に向かう。

「おお！」

凄い！　トマトにキュウリ、ナス、ピーマン、ズッキーニ……健康的な色合いの夏野菜が、いっぱい実ってる！

「野菜だけじゃないぜ！」

ウィーブルー家当主にお裾分《すそわ》けしてもらって、育て方も教えてもらった果物の苗も、すっかり成長している。あれはスイカだ、それにメロン、サクランボも……。

「ま、正直言うと、マコの《液肥》のおかげで放《ほ》っといてもぐんぐん元気に育っちまうから、俺らがやることなんて見守るくらいだったけどな」

「いやいや、みんながいなかったら、こんな立派な野菜も果物も作れないよ」

私が言うと、皆「へへへ」と恥ずかしそうに笑う。いや、本当に、よく頑張ってくれたよね。

「よし……じゃあ、さっそく収穫を始めよう！」

今の時間帯は、夕方ちょい手前くらい。

出来れば、明日の朝には出発したいので、急いで商品の選定を始める。

ウーガが先頭に立ち、品質を確認しながら、出荷する果物や野菜を選び出していく。

『姉御ー！』

そこで、私の足を何かがつんつんと突《つつ》いてきた。見ると、そこにイノシシ君達が集まっていた。

『帰って来たか、コラー！』

『じゃあ、また王都に荷物を運ぶんだな、コラー！』

「うん、みんなは大丈夫？」

『任せろ、コラー！』

イノシシ君達も、元気いっぱいだ。

『姉御！　今日は姉御に、紹介したい奴等《やつら》がいるんだ、コラー！』

そこで、一匹のイノシシ君がそう叫んだ。

「紹介？」

『最近生まれたばっかりの、うちのチビ達だ、コラー！　姉御に挨拶したいって言うんだ、コラー！』

見ると、そのイノシシ君の足元から、更に小さい子犬くらいのサイズのウリ坊達が現れた。

え！　めっちゃかわいい！

よちよちと、ウリ坊達は私の足元に寄って来る。
その一匹一匹に触れると、皆の声が聞こえるようになった。
『あねごー！』
『よろしくおねがいします、こりゃー！』
『おれたちもあねごのおてつだいしたいです、こりゃー！』
『あそんで、あそんで、こりゃー！』
『こりゃこりゃ！』
そう言いながら、私の足に「ぷい」「ぷい」と、鼻を押し付けてくる。
あかん……かわい過ぎる……。
「一緒に遊んでやったらどうだ？」
横に立つガライが、そう言った。
「商品の選定は俺達で出来る。マコは、少し休んでいろ」
「え？」
そう言って、ふっと笑うガライ。ううう……みんなには悪いけど、けど……。
『あねごー！　あねごー！』
『こりゃー！　こりゃー！』
ダメだ！　このかわいさの前には耐えられない！　ごめん！
というわけで、私はチビちゃん達と一緒に夜中まで遊び呆《ほう》けてしまった。
夜には、チビちゃん達と一緒に引っ付き合うようにしてベッドで寝た。
……夢のような時間だった。

◇◇◇

『あねご、あねご！』

『あさだよ、こりゃー！』

『おきて、おきて、こりゃー！』

「うーん……」

腕や顔や、体中にウリ坊達が乗っている。

コロコロと私の体の上を転がりながら、みんなが起こしてくれた。

「ふあぁ……よしっ」

朝――出発の準備だ。私は身支度を済ませると、家を出る。

昨日《きのう》の内に、ウーガやガライが先頭に立って、《ベオウルフ》のみんなと商品の選定を行ってくれた。それらが山積みになった荷車が、十台近く用意されている。主に野菜や果実、生花、それにガライの作った工芸品や、向こうでも需要に合わせて用意出来るよう、作成のための材料木材。フラワーアレンジメントを作るための籠《かご》や、他の小物等、万全の状態だ。

「よーし……みんな！　起きて！　準備するよー！」

私は、きっと昨日の夜も宴会をしていたのだろう……広場で寝転がっている《ベオウルフ》達に、そう叫んで回る。

「朝から元気だな」

流石、ガライは既に起きていた。井戸の水で顔を洗っていたようで、頭を振るって水を飛ばす。

「そりゃもう。商品陳列は、店作りで一番楽しい段取りだからね」

ホームセンターの新店スタッフだった頃《ころ》も、手伝いに来た各メーカーの営業の人達と協力しながら、色々売り場を作ったものだ。本当に、そこだけは自由に楽しく出来るからね。

そんなこんなで、ノソノソと起き上がり始めた《ベオウルフ》達と共に、出発の準備を始める。

『よっしゃー！　頑張るぞ、コラー！』

『王都までしっかり荷物を運ぶんだぞ、コラー！』

『こりゃー！』『こりゃー！』

荷車を引っ張る役目を負ったイノシシ君達が、今回も声を上げてやる気を鼓舞している。

その足元では、ウリ坊達がはしゃいでいる。

「おや？　もう商品搬入開始か。随分、計画は順調みたいだね」

と、そこでひょっこり現れたのは、見慣れた二人の人物だった。

「イクサ！　スアロさんも！」

「やぁ、マコ。こっちの仕事も一段落したからね、手伝いに来たよ」

イクサが、いつも通りの爽《さわ》やかな笑顔と軽妙な口調で、私に手を振る。

「やぁ、ガライも。相変わらず、マコに扱《こ》き使われてるかい？」

「……恐縮です」

「ちょっと、イクサ。ガライに人聞きの悪いこと言わないでよ」

髪を掻《か》くガライと、憤慨する私。

イクサは、そんな私達を交互に見比べると、安堵《あんど》したように溜息《ためいき》を吐《つ》いた。

「……安心したよ。どうやら、向こうじゃ何も起こってないみたいだね」

「？」

「ところで、あのでかい黒い狼《おおかみ》は何だい？」

『……ん、何者だ？』

イクサの物言いに疑問を覚えた私の一方、彼はすぐにクロちゃんの方に興味を移していた。

「あ、クロちゃん。この人はイクサ。この国の国王の息子……王子様の一人だよ」

『……ほう？　王子とな』

ふっと、いつものような気取った態度で鼻を鳴らし、クロちゃんはイクサの前に進み出る。

『お初にお目にかかる、人間の王子よ。俺は、《黒狼《ブラック・ウルフ》》を統べる群れの長、名を《黒き凶星》。マコを守る騎士の立場に立つ者だ。以後、お見知りおきを――』

『誰《だれ》がマコの騎士だ、黒タワシ！』

横から飛んできたエンティアが蹴《け》りを食らわした。

「マコ、彼は何て言ってたんだい？」

「えーっと……『よろしくお願いします』って」

「へぇ、礼儀正しいね」

……クロちゃんの第一印象は守られた。

そんな感じで、イクサとスアロさんが合流。お昼前にして、私達はアバトクス村を出発した。

数日前、そして昨日帰ってきた街道を、今日もまた進行していく。

「……うん？」

出発から、しばらく経《た》った後の事だった。私は、服の内側に何か違和感を覚え、自身の体を見下ろす。何かが、もぞもぞと、私の服の下で這《は》い回っている。

「え⁉　な、なに……」

『こりゃ！』

すぽん、と、私の服の胸元から顔を出したのは、小さなウリ坊だった。

「わ！　ま、まさか……」

『こりゃ？』

昨日、一緒に遊んだウリ坊の中でも、一番幼かった子だ。チビちゃんは、ここがどこかわからない様子で、不思議そうに周囲を見回している。どうやら、一匹だけ気付かない内に私の服に引っ付いていて、そのまま付いて来ちゃっていたようだ。

「おや？　どうしたんだい、マコ。その子は？」

「な……なんだ、そのかわいい生き物は……」

驚いた様子のイクサと、口元に手を当てキラキラした目でチビちゃんを見詰めるスアロさん。

「うーん、どうやら一匹間違って付いてきちゃったみたい」

『こりゃ！　こりゃ！』

チビちゃんは楽しそうに首を振っている。

状況を飲み込めていないのか、気にしていないのかもしれない。

「ここまで来たら、もう引き返すのも難しいんじゃないかな？」

「仕方がないか。ごめんね、チビちゃん。王都まで、一緒に行こうか」

『こりゃ？』

「ま、マコ殿……私にも触らせてもらえないだろうか……」

スアロさんが、ふんふんと興奮した様子で手を伸ばす。

『こりゃ！』

すると、チビちゃんはスアロさんを怖がって、私の服の中にスポッと隠れてしまった。

……スアロさん、めっちゃ落ち込んでる。

「くくっ……ドンマイ、スアロ」

……イクサ、性格悪いぞ。

さて。そんな風なやり取りを道中で行いながら、私達は王都へと向かう。

今回は大移動のため、エンティアとクロちゃんに引っ張ってもらった時のような高速移動は出来ない。一日目の夜には、初日にも利用した街道沿いの宿で宿泊し、一夜を明かす。

そして二日をかけて、私達は再び王都へと戻って来た。

……そこで、思いもかけない光景が待っているとも知らずに。

◇◇◇

「………」

王都に戻った私達が店舗に行くと、その内装が荒らされていた。

棚や机が倒され、色鮮やかに塗装した壁にも穴が開いている。

「あ……マコ」

床に座り込んだ、マウルとメアラ。オルキデアさんとフレッサちゃんは、会計台にする予定だったテーブルの近くに隠れるようにして震えている。

「ま、マコ……これは……」

「すまねぇ、俺達がいながら……」

ラムとバゴズ、それに他の《ベオウルフ》達も、店に入ってきた私達に気付き、立ち上がる。見ると、擦り傷や切り傷のある者もいる。

「お、お前ら！　どうしたんだよ！」

ウーガが叫ぶ。その後ろで、ガライとイクサも、状況の異変を察知し顔を顰《しか》める。

「みんな、怪我《けが》はない？」

慌てふためく皆に、私はまずそう声を投げ掛けた。その言葉に、みんなの動きが止まる。

「あ、ああ、怪我は大したことない」

「そう……私達が王都を離れてる間に、何があったの？」

私は努めて、落ち着いた声で問う。ホームセンター時代には、クレーマー対応や、事件等が店内で起こった際の行動を、まず新人研修で教えられた。何より重要なのは、冷静でいることだ。

「……こうなったのは、ついさっきだ」

ラムが呟《つぶや》く。一方、メアラがマウルを立たせ、二人は私の足元へと駆け寄り引っ付いてきた。

「マウル、メアラ」

「……怖い顔した男の人達が来たんだ」

「それで、いきなりここから立ち退《の》けって言ってきた」

二人は震えながら説明する。

「怖い顔した男の人達？」

「ああ、見るからに堅気じゃなさそうな連中だった」

バゴズが、歯噛《はが》みしながら呟く。

「……王都の中には、幾つか暗黒街がある」

そこで、横からイクサが呟いた。

「暗黒街？」

「ゴロツキやチンピラ、表を堂々と歩けない、ならず者の集う街さ」

……なんとなく想像はついた。

「人の店に乗り込んで暴れ回るなんて、そんな事するのは連中くらいだろう。だが、何故《なぜ》この店を狙《ねら》ったんだ……」

「……他の店の差金か」

ガライが、鋭い目で店内を見渡しながら言う。

「その可能性もあるだろうね。報酬さえ用意すれば、裏で汚い仕事をしてくれる連中だ。この店の出店を邪魔し、立ち退けなんて言ってくるって事は、商売敵を潰《つぶ》そうとしたいのかも――」

「いやいや、イクサ王子、そいつはいささか早とちりってヤツですわ」

瞬間――店内に響き渡った、聞き覚えのない声。イクサの軽妙な口調に似ているが、彼に反し浮薄と表現するしかないような調子。その声に、皆が振り返る。

店の入り口に、黒いコートを着た男が立っていた。

黒と白に分かれた奇抜な髪色に、その下には安っぽい笑みを浮かべた顔がある。

口元に覗《のぞ》く鋭い歯といい、その恰好《かっこう》といい、蝙蝠《こうもり》のような男だ。

「どなたですか？」

私は、マウルとメアラに目配《めくば》せしながら、そう問う。

マウルとメアラは首を振る。どうやら、この店を襲ったという男達の中にはいなかった人物らしい……と言っても、関係があるのは丸わかりだ。

「ああ、これは失礼、アタシは暗黒街で用心棒業を営んでるチンケな組の頭やらせてもらってます。名前は、ブラド。以後お見知りおきを」

ペラペラと喋《しゃべ》る男――ブラドは、そう言って頭を下げる。

「用心棒業？」

「建前上名乗っているだけさ。さっき言った、金次第でなんでもやるチンピラ共だよ」

イクサが辛辣《しんらつ》な声で言う。

「で、早とちりというのはどういう意味かな？　ブラドだったか？　この僕に意見するのなら、キチンと説明してくれるのだろうね」

イクサが冷たい声で言い放つと、それに対し、ブラドは――。

「ああ、これは申し訳ありません！　アタシのような三下が、王子様にお声掛けするなど言語道断！　いやいや本当に失礼いたしました、お目汚しにならぬよう、これにて立ち去らせていただきます」

「……説明をしろと言っているんだよ。早く喋るんだ」

ぺこぺこと、ペラペラと、どうにも飄然《ひょうぜん》とした態度でのらりくらり。

……なるほど、この得体の知れない雰囲気、堅気じゃないって感じだ。

「アタシらは、あるお方のご意向に添って、正当な理由を以《もっ》てこちらに出向いたまででしてね。いやね、アタシらとしても穏便にお話をさせていただこうと思っていたんですよ？　ですけど、そちらさんが、なんと言うか、こちらのお話をあまり理解していただけなかったというか、『売り言葉に買い言葉だ』『先に手を出したのはそっちだ』、気付いた時にはドッタンバッタン」

「…………」

「いえいえ、悪いとは思っていますよ。でもね、何もうちの若い奴等も無傷ってわけじゃないですからね。ここは痛み分けということで」

よく回る口でよく喋る、落語家のようだ……いや、失礼、落語家の皆様、すいません。

ここにきて、ブラドはまだ問題の核心を全く言っていない。

「……で、その〝正当な理由〟とやらと、君達を動かした〝ある方〟という人物の正体を教えてくれないかな。早々に」

そんな彼に業を煮やし、イクサが苛立《いらだ》ちながら問う。流石《さすが》に、この騒動の依頼主の正体は口にしない――と、私は思ったが、意に反し、ブラドは口の端を吊《つ》り上《あ》げると。

「ええ、ええ、それは当然。イクサ王子のお言葉とあらば、言わないわけにはいきませんからねぇ」

鋭い八重歯を見せて、あっさりと言った。

「第八王子、ネロ・バハムート・グロウガ。そのお方のご依頼にあらせられます」

「ッ！」

イクサが目を見開く。その表情が、驚愕《きょうがく》と……そして、嫌悪に染まった。

「あいつ……」

「あー！　あー！　勘違いされないでくださいね、イクサ王子！　なにもネロ王子は、この土地や店を力尽《ちからず》くで奪おうなんて言っていませんよ！」

不機嫌に満ちたイクサの顔を見て、ブラドは慌てて注釈を挟む。

「きちんと、ウィーブルー家当主が買った金額の、それこそ倍の金額でこの土地を買おうとおっしゃってるんです」

「……僕の名前を見たからか」

イクサが呟く。

「僕の名前を後ろ盾に、この店舗の出店を支援した……そのせいで、あの〝暴君〟に見付かったというわけか」

「いえいえ、そんなイクサ王子。ご自身を責めても仕方がないでしょう。きっと偶然ですよ、偶然。ネロ王子はただ、この王都の一等地を買い、そこでご自身が支援する店を出店したいだけなのですから」

そんなはずがないのは、明白だ。

察するに――これは、王子同士の因縁のぶつかり合い。

前回、イクサがアンティミシュカの征服活動に横槍《よこやり》を入れたのと同様――今度は、イクサの行動に他の王子が邪魔をしてきた。イクサの顔は、自分のせいでこのような状況になってしまったと、自身を責めている表情、そのものだ。私は、イクサの肩に手を置く。

「ここを出て、また別の場所で店を出せばいいじゃないですか。逞《たくま》しい皆様なら、どこの土地でもきっとやっていけるはずですよ？」

そして、その先でも難癖をつけて出店を取り止《や》めさせるのだろう。

その後も、その後も。

「私達を、玩具《おもちゃ》か何かと思っているんですか？　その王子様は」

私は、イクサの肩に手を置いたまま言う。ブラドはそこで、改めて私に向き直った。

「お嬢さん、何を勘違いされてるのかは皆目見当が付きませんが……むしろ、この状況は喜ぶべきことですよ？」

ブラドは嫌らしく笑う。

「だって、相手は王族。あの方にかかれば、本来ならあんたらなんて消そうと思えば簡単に消せるんですから」

「…………」

「さぁ、そうとわかれば話を進めましょう。まずこの――」

「イクサ」

私は、イクサを見る。イクサの目が、一瞬驚きに見開かれ……そして、引き絞られる。

「……やるんだね、マコ」

「うん」

私達を応援してくれたイクサに、負い目を感じさせたくない。

私達を信じて土地を譲ってくれた当主に、申し訳ない。

何より、今日までみんなが頑張って作り上げてきたものを、簡単に奪われてたまるか。

こんな、薄汚い連中の手で。

「ブラド……君は今回の件を、ネロから委託されているんだね」

「はい？　ええ、まぁ」

「わかった、つまりこれは、王子が支援する者同士の争いということになる」

私は、イクサと共にブラドを睨《にら》みつける。

「王子と王子の対決……王位継承戦の監視官を、これから呼ぶ。僕はネロに、代理戦という形で宣戦布告をするよ。この場所は渡さない」

◇◇◇

「それでは、改めまして勝負のルールを定めさせていただきます」

黒い背広のような衣服を着た、老年の男性。この前のアンティミシュカとの闘いの時にも現れた、あの老年の監視官がやって来た。なんという神出鬼没……と思ったけど、よくよく考えれば、ここは国王のお膝元《ひざもと》、王都だ。ここが拠点なら、対応が早いのも当然か。

王子同士の戦い——その審判・記録を行うという監視官により、今回のルールが取り決められていく。この人達が存在するのは、おそらく王子同士の競争をスムーズに進めるための配慮。ただ単に国中の至る場所で勝手に王子達が戦い合ってたんじゃ途方も無いし、埒外《らちがい》の被害が出てしまう可能性もある。

そういった不利益を生み出さないための、『勝負形式』なのかもしれない。

「今回は少々、変則的な争いとなります。イクサ王子が出店を支援する方々の保有する土地の権利を、ネロ王子と彼から今回の一件を委託されたブラド様の用心棒業者組合が買収したい……ここまでが、そもそもの原因でよろしいですね」

「ええ、構いません」

「ああ」

ブラドとイクサが返答する。

「よろしい。では、これより行われるのは、それぞれが代理人を立てた王位継承権所持者同士の対決と記録させていただきます。無論、この時点ではまだネロ王子の同意を得られておりませんので、ネロ王子への確認が済み次第、勝負の開始とさせていただきます」

「いやぁ、助かります。アタシもね、流石にここまでの大事に発展するとは思ってもいなかったんで、勝手に同意すべきかどうか迷ってたところでしてね」

「よく言うよ」

イクサは下らなそうに言う。

「こうなる事が、そもそも目的だったんだろう？　確認するまでもない。あいつは、乗るよ」

……イクサは、今回の相手である、第八王子のネロという人物に対し、あまり良い印象は無い様子だ。いや、むしろ印象は最悪だと見て取れる。

……そういえば、第八王子って、いつかの会話の中でも出てきたような……。

「それでは、今回の対決に関してですが……代理人であるマコ様達は、この王都に商店の出店……つまり、商売を行いに来られたのが第一の目的。商売人であるマコ様方には、商売で勝負をしていただくのが最良だと考えます」

そして――と、監視官はブラドを見る。

「ブラド様達の目的は、この土地を奪いたいという点。ならば、ブラド様達も普段の生業《なりわい》である〝用心棒業〟にて争っていただくのが、最も互いの長所を生かし合った戦いとなると考えます」

用心棒……なんて言ってるけど、要はゆすり、たかり、汚れ仕事の荒事稼業だ。

だが、監視官の発言で、今回の戦いの概要は大体理解出来た。

「提案させていただく勝負の内容を、読み上げさせていただきます」

監視官は、手にした紙にインクで字を綴《つづ》りながら、述べる。

「本日から三日後。それが、この店舗の開店の日にちで構いませんね」

「はい」

私は答える。当初の予定通りなら、そのはずだった。

「でも、こうして荒らされてしまった内装の補修等を考慮したいので、あと一日時間が欲しいです」

「よろしい。では、四日後をオープン日とします」

本当なら、プレオープン《試験開店》のはずだったんだけどね……。

でも、こうなってしまったからには、仕方がない。

「開店後は、通常通りに経営をしていただいて構いません。今回、その経営における〝売上〟が、勝敗のカギとなります。対し――ブラド様」

監視官が、ブラドを見る。

「ブラド様は、マコ様達の売上を向上させないよう、その対策を行っていただきます。方法、手段等におきましては、ブラド様が〝普段行っているやり方〟で構いません。自身のノウハウを駆使してください」

私達は、店を経営して〝売上〟を稼ぐ。

ブラド達は、経営が上手《うま》く回らないように邪魔をして、〝売上〟を落とす。

「期間は一週間と定めます。オープンから一週間以内の〝売上額〟で勝負を行います。この地域周辺で、この店と同じく青果・野菜を扱う店舗で最も売上高の良い商店は、グロッサム家の経営する青果店となります。その一週間の売り上げは、直近でおよそ500万G《グロウガ》ほど」

G（グロウガ）というのが、この国の通貨の単位らしい。ちなみに、金貨一枚が10000G。

詳しい物価とか貨幣価値が、元の世界とどれだけ違うのかはわからないけど……まぁ、10000G＝10000円くらいに意識しておこう。

「今回、ネロ様及びブラド様は、この土地を当初の倍の値段で買うとおっしゃいました。ですので、一週間で1000万G。マコ様達には、一週間で1000万G以上を稼いでいただきます」

「い、いっせん……っ！」

みんな、当然だけど度肝を抜かれている。

「最後に、勝利した際の互いの報酬ですが、今回互いの利益と希望を均等になるよう配慮させていただき……ネロ王子代理人ブラド様が勝利した場合、土地の権利の無償での取得。イクサ様代理人マコ様が勝利した場合、土地売買・地上げ行為の中止、今回の取引のためにブラド様が提示した金銭の獲得、そして、今後一切、ネロ様がこの土地、この店舗に手を出す事を禁止とさせていただきます。加えて、イクサ王子とネロ王子に関しては、今回の勝負の結果を記録し、国王へと報告。順位変動の参考とさせていただきます」

監視官は、私を見る。

「以上となりますが、よろしいですね？」

ルールを整理する。

私達は、四日後のオープンから一週間内に1000万Gを稼ぐ。

ブラド達は、売り上げがノルマを達成しないように邪魔をする。

私達が負けたら、この土地も、お店も相手に取られる。

私達が勝ったら、相手はこの土地に今後一切関わる事を禁止され、尚且《なおか》つ最初に『この土地をこの金額で買う』と言っていたお金まで相手からもらえる。

そして、ネロとイクサの王子としての勝敗も記録される。

「………」

どう考えても、この周辺で一番売れている競合店の、更に倍の売り上げを出せなんて、そんなの破格のノルマだ。元いた世界のホームセンターで、私が店長だったら吐いてると思う。

しかも、ならず者達からの妨害があり。更に言えば、敵はブラド達だけではない。

あのグロッサム家のお嬢様をはじめ、事情を知らぬ周囲の店も競争相手だ。

「かしこまりました」

それでも、私は頷《うなず》く。

ライバル店の倍のノルマ？　ならず者の嫌がらせ？　一流の競合店が犇《ひし》めく一等地？

上等だよ。

「私の、全身全霊をかけて挑ませていただきます」

「大層な自信ですなぁ、はぁ、怖い怖い」

わざとらしく身震いするブラドの一方、監視官は「承知いたしました」と事務的に処理を進める。

「それでは、以上。戦いの全《すべ》ては、我々監視機関が記録をさせていただきます」

——その日の夜。

内装を補修中の私達のもとに、監視官が再び訪れた。

今回の勝負の内容で、ネロ王子が同意したという。イクサの想像通りだ。

かくして、全てのお膳立《ぜんだ》ては整った。

第三王子イクサｖｓ第八王子ネロ。その代理人戦争の、開始である。

◇◇◇

時刻は夜中だけど、私達の作業は終わっていない。内装を補修し、その他諸々《もろもろ》の準備を進める。

プレオープンの余裕もなく、四日後がぶっつけ本番だ。

ここから、急ピッチで作業を進めないといけない。

現在のこちらの戦力は、私、マウルとメアラ、店舗建設時から来ていた十八名+今回の商品搬入で合流した十二名=合計三十名の《ベオウルフ》……うち、二名は明日の朝、イノシシ君達を連れて帰らないといけないので、二十八名。

ガライ、オルキデアさんにフレッサちゃん。エンティアと、何故《なぜ》かまだ一緒にいるクロちゃん。

そして、イクサとスアロさん。合計、三十六人+二匹。

マウルとメアラ、フレッサちゃんには、もう宿に帰って寝てもいいと言ったが、三人共手伝うと言って聞かなかった。アンティミシュカとの戦いの時と一緒だ。皆が一丸となって、この危機に対応しようとしている。

「本当に、申し訳ない」

監視官が去った後、店舗の外。私とイクサは、二人きりで話をすることにした。

そして開口一番に、イクサはそう言って、頭を下げた。

「最悪の奴《やつ》に目をつけられた。こんな事になってしまうなんて、僕の思慮不足だった」

「大丈夫だよ、イクサ。そもそもイクサがいてくれたから、この王都で大手を振ってお店を作れる事になったんだから。気にしないで」

平謝りのイクサに、私は言う。だって、本当にその通りだからね。

誰《だれ》が欠けたって、最善の形にはならないのが、今の私達だ。

「ところで、イクサ。今回因縁をつけてきた相手の王子の、ネロって……」

「……危険人物だ」

イクサは、眉間《みけん》に皺《しわ》を寄せながら言う。

「あいつは、ある意味、全王子達の中で最も純粋に、この王位継承戦を楽しんでいる」

蹴落《けお》としたいのさ、他の全てを――そう、イクサは語る。

「ネロ・バハムート・グロウガ……年齢は、現在七歳」

「七……」

七歳って……。

ク●ヨンしんちゃんの二歳上じゃん。

「七歳だが、育った環境や、そもそも持って生まれた素質なのか才能なのか……その人格は〝暴君〟と呼んで差し支えない。常識が通用しない」

イクサは額を押さえ、溜息《ためいき》を吐《つ》く。

「あいつは今まで、目につく他の王子達をあらゆる手を使って蹴落とし、倒し続け、第八王子の座まで上り詰めた。それこそ、遊戯に熱中する子供のような純粋さで。そして、そんなあいつに目を付けられているのが、一つ上の位の第七王子である僕だった」

思い出した。イクサと出会った最初の頃《ころ》。

市場都市《しじょうとし》で、ウィーブルー家当主の青果店が盗賊に襲われるという無茶苦茶な事件があったのだ。

マウルとメアラも人質に取られた。

その首謀者……を動かすよう、裏から手を回していたのが、第八王子ではないかと疑われていた。

「今回、第三王子に昇格した事で、あいつのターゲットから外れたと思っていたんだけど、どうやら状況は変わらなかったようだ。すまない」

「だから、大丈夫だってば、イクサ。私もみんなも、よくわかってる」

「……こうなった以上、僕ももう他人事《ひとごと》じゃない。まぁ、端《はな》から他人事とは思っていないけどね」

イクサは腕捲《うでまく》りをして、髪をうなじの後ろで縛る。

「店舗運営、僕もスタッフとして手伝わせてもらうよ」

「うん、ありがとう。じゃあ、まずはこれやって」

私は即答で、イクサに木桶《きおけ》と刷毛《はけ》を手渡した。あまりの即答っぷりに呆気《あっけ》に取られているイクサには悪いが、今は一人でも人手が欲しいので助かる。

私は、イクサの手に持った桶に、スキル《塗料》で濃い黒色の塗料を注ぐ。

「これで、あのガライに作ってもらった看板や木の板を塗装して欲しいんだ」

「これは？」

「〝黒板塗料〟って言ってね、塗ると黒板になるんだよ。チョークとかで文字を書いて、水で拭《ふ》けば簡単に落ちる。これで掲示板やメニューボードを作るんだ」

店先に黒板が置いてあるお店って、結構お洒落《しゃれ》っぽいからね。

それに、店内に文字情報《POP》を多く掲示しておくと、お客さんもいちいち店員を呼び止めたりせず詳しい内容を知ることが出来るので、とても合理的だ。

必要に応じて書き換えられるから、値段表示や『本日のおすすめ！』みたいな表示にも使えるし。

「入荷物の保管の方は大丈夫なのかい？」

「そっちも、一応は大丈夫」

店舗の裏手に作った在庫置き場に、既に商品は収めている。作物の数々は生物《なまもの》なので、私が《錬金》で生み出した複数の〝真空断熱バケツ〟を冷やし、その中に入れてある。

日の当たらない場所で保管し、鮮度を保たせる。

「オープンまで、色々とアイデアを整理して準備も進めたいんだよね。この王都なら、きっと色々なものが手に入ると思うから。きっと、商品のバリエーションを増やすことが出来ると思う」

「……こんな状況に陥ったっていうのに、逞《たくま》しいね、マコ。流石《さすが》だ」

イクサは微笑《ほほえ》む。

そう、今回の件に関しては、私も流石にちょっとキレた。

怪我《けが》をした《ベオウルフ》達や、荒らされた店の内装を見た時、頭の中が一瞬、真っ白になった。

本気の本気でやらせてもらう。軽はずみに、私達に手を出した事を後悔させる。

そのためには、まず商品だ。

私のスキルで生み出せるものにも、限度がある。だから、この世界にある素材を駆使して、〝ホームセンターの人気グッズ〟を作り出し、展開する。

「知識、アイデア、フル稼働で行くよ」

◇◇◇

――開店まで、あと三日。

時刻は昼。場所は、私達の店舗の近くの料亭――『黄鱗亭《おうりんてい》』。

私、ラム、バゴズ、ウーガの四人は、そこで昼食を取っていた。

他のメンバー達は既に食事を終えており、内装のレイアウトに関して色々と話し合っていた私達四人だけが、遅れてやって来たというわけだ。

「……おい、見ろよ」

すると、私達の耳に近くの席に座ったお客さん達の会話が聞こえて来た。

見た感じ、普通の王都市民と思われる、若い二人組の青年達だ。

「あいつらじゃないか？　例の……」

「ああ、獣人達が、自分達の村で作った質の悪い商品を持って来て、高値で売《う》り捌《さば》こうとしてるって話だろ？」

その発言に、ラム達三人が反応する。私は黙って聞く。

「この前の、王都近くの牧場や農場を襲ってたっていう狼《おおかみ》の群れを駆除して助けたっていうのも、結局自分達で群れをけしかけた自作自演だって噂《うわさ》だからな。この街で、大手を振って商売を出来るように……」

「妙な連中だと思ってたが、そういう目的だったのか。嫌な奴等だぜ」

「やっぱり、獣人なんて信用出来ねぇな」

「あの女も、人間のくせになんで獣人共と一緒にいるんだ？　怪しいもんだ」

その言葉に、思わず立ち上がろうとしたウーガを、私は目で宥《なだ》める。

どうやら、悪い噂が流されているようだ。きっと、あのブラド達の仕業だ。

彼等の攻撃方法は、直接的な暴力か、間接的な暴力。

今回は、後者の方を使って、事前に店の……というか、私達の評判を落とす作戦なのだろう。

「噂話に踊らされてる人に、当人が絡みに行っても良い結果にはならないよ」

「マコ、けどよぉ……」

ウーガ達が苛立《いらだ》つのも無理は無い。

けど、そこで怒りに任せて行動してしまったら相手の思惑通りだ。

「ほら、頭の中でウリ坊のチビちゃんがコロコロ転がってる姿を思い浮かべて。イライラが収まってくるから――」

すると、そこで『黄鱗亭』の厨房《ちゆうぼう》の方から、一人の店員が、噂話を交わしていた青年達の席へとやって来る。料理を運びに来たわけではない、手ぶらだ。

「失礼します。お代は結構ですので、お帰りください」

彼は誰あろう、以前私達の店にやって来た三人組のリーダー格だった。

色々あったけど、親しくなったこの店のシェフだ。

「なに？」

「他のお客様が不快になられます」

彼は頭を下げながら、そう言い切った。下げた顔は微妙にこちらを向いており、ぱちんとウィンクが飛んでくる。もしかして、私達に配慮して言いに来てくれたのか。

良い人だ。

「不快？」

しかし、そこで青年二人は表情を顰《しか》め立ち上がる。

「事実を言って何が悪いんだよ。お前、まさか獣人を庇《かば》うのか？」

「う、え？　いや、あの、その……」

青年二人に逆に言い詰められ、しどろもどろになるシェフ。

まずい雰囲気かも。すかさず、私も席を立って割って入ろうと考えるが――。

「おい！　お前らに何がわかるってんだよ！」

それよりも早く、別の席のお客さん達が怒鳴り込んで来た。

「あ」

やって来たのは、先日、クロちゃん達狼の群れが、牧場・農場を襲って被害を出しているという話をしていた――私達を牧場主に紹介してくれた、あの二人組のおじさん達だ。

牧場や農家から商品を卸してもらってる店の者だと言っていた、あの二人である。

「狼の群れの問題の解決は、俺達が彼女に依頼したんだ！　牧場主達も、今じゃ敷地を守ってくれる猟犬が出来たって、喜んでるんだよ！」

「根も葉もない噂に踊らされてんじゃねぇ、馬鹿共！」

おじさん達が、私達を擁護するように青年組に食って掛かる。

青年達も、流石にその勢いにたじろぎ、そそくさと店から退散していった。

「ったく、しょうもない連中だぜ」

「ああ」

「みんな……」

三人は、私達の方へと向き直ると笑顔を浮かべる。

「よう、マコさん。妙な噂話がここら辺で流れてるみたいだが、気にすんなよ」

「俺達はあんたの味方だからな」

「……ありがとう」

私達の味方になって、応援してくれる人もいる。この勝負、決して私達にとって不利じゃない。

「シェフも、ありがとうね」

「ははっ……まぁ、最後はあまり恰好《かっこう》が付かなかったけど」

◇◇◇

大体のレイアウトは決定。つまり、これで店作りの作業は完成したも同然となった。

後は、計画通りに商品を陳列する。それらの作業は、皆に任せる事にして――。

「んじゃ、行こうか。ガライ、イクサ」

「ああ」

「お付き合いしますよ、店長」

私は、ガライとイクサと一緒に、王都の街に繰り出す事にした。

無論、ただのショッピングではない。ここからは、店の売り上げを作り、人気を高めるための、様々なアイデアを形にするための時間だ。その準備に、色々と素材を集めないといけない。

ちなみに、お店のボディガードはスアロさん、エンティア、クロちゃんが務めてくれている。

「でも、イクサ。今回は、私とあのならず者達との代理人戦争だから、イクサがあんまり直接的に関わってくるのはまずいんじゃないの？」

「そこらへんの裁量は、この戦いを記録している監視官が決めるんだけど、今のところ注意を受けていないからね、スタッフとして参加する程度は大丈夫なんだろう。極論、ネロが自分の王権騎士団を率いてあの店を潰《つぶ》しに来るなんてことになったら、流石に止められるだろうけどね」

懐から王都の地図を取り出し広げ、イクサが言う。

「それで、マコ。まずはどこに行くんだい？」

「うん、目的地はもう決めてあるんだ」

そう言って、私が向かった先は――。

「あ、着いた着いた」

「ここは……」

昼間だというのに、煌《きら》びやかで妖《あや》しい雰囲気の漂う路地。

そう、先日マウルとメアラが迷い込んだ、歓楽街だ。

「マコ、こんな場所に何の用があるんだい？　まさか、美女をスカウトして店頭に立たせて、客の引き込みをするなんてアイデアじゃないよね？」

「いやいや、そんなわけないでしょ」

ここに来たのには、れっきとした理由がある。今回、私の作戦は、私の知識をフルに使って『元の世界で人気のホームセンターグッズ』を、この世界の物資で再現する……というものだ。

そのための道具が、きっとこの街で手に入るはずなのである。

「よし、まずは……」

私達は最初の目的地へと向かう。ここが歓楽街なら、多分、どこかにあると思うんだけど……と、探し回っていたら、やっぱりあった。

「良い匂《にお》いがするね、ここは何だい？」

「オイルショップだよ」

潤滑油など、様々な用途に使う油――〝オイル〟を扱っているお店だ。

ん？　なんで、歓楽街にオイルショップがあるのかって？

…………良い子のみんなは、お父さんに聞いてみよう！

早速、私達は店内に入る。

かなりの品揃《しなぞろ》えだ。古今東西、様々なオイルを売っているという感じである。

「でも、僕達の店で売るのは青果や野菜だろう？　どうして、オイルが必要なんだい？」

棚に並んだ、小瓶に入った色鮮やかなオイルを見回しながら、疑問符を浮かべるイクサ。

「使い道があるんだよ。あ、すいません」

そこで私は、店内にいた店員さんに声を掛ける。

「このお店に、〝透明なオイル〟ってありますか？」

◇◇◇

オイルショップでの仕入れを終え、続いて私達が向かったのは酒屋だった。

「まぁ、歓楽街なら絶対にあるよね」

「酒屋か……まぁ、確かに、酒盛りもあの村の名物といえば名物だけど」

店内に入ると、かなりの種類のお酒が取り揃えられている。

流石《さすが》、王都の、しかも歓楽街の酒屋。品揃え豊富だ。

「ははぁん、わかったよ、マコ。店に来たお客に酒を振る舞い、酔わせて気持ち良くさせて高値で商品を売りつけようという作戦だね」

「いやいや、そんなんじゃないから」

イクサ、発想が貧困過ぎる問題。

そんなイクサは放っておいて、私は店員さんと話をしながら、お酒の種類を確認していく。

元の世界で、カクテルなんかに使われていたような種類のお酒も発見出来た。

……イクサのアイデアも、そのままではないにしろ、少し取り入れようかな。

「あ、ところで、店員さん」

それは措《お》いといて、私はそこで、このお店に来た最大の目的を店員さんに聞く事にする。

「ここに、炭酸水《ソーダ》って売ってます？」

◇◇◇

「ふむふむ……大分、いけそうだね」

私は紙に書いたリストをチェックしながら、頷《うなず》く。

商品も十分だし、情報も集まった。これだけの素材が手に入れば、色々と出来る。

無論、これらをそのまま売るというわけじゃない。それじゃあ転売と一緒だし、むしろ損をしてしまうだけだ。これらの素材を使って、新しい商品を生み出す。村で作られた作物や、私のスキルと組み合わせて。

「とりあえず、必要なものは手に入ったか」

仕入れた物品はガライに持ってもらい、私達は一旦《いったん》店舗へと戻った。

店の裏に併設された、在庫倉庫で集めた物資を広げている。

『こりゃ！　こりゃ！』

するとそこで、聞き覚えのある声と共に、私の足元を何かが突《つっ》いてきた。

「あれ！　チビちゃん⁉　みんなと一緒に帰ったんじゃなかったの？」

『こりゃこりゃ！』

見下ろすと、チビちゃんがぴょんぴょんと飛び跳ねていた。

今日、他のイノシシ君達と一緒に帰るように言ったのに……。

……というか、スアロさんが倉庫の入り口の陰からずっとこっちを見てる。

「もう、しょうがないな」

私はチビちゃんを抱き上げる。

『こりゃ〜♪』

「えーっと……うん、大体、今のところ欲しいものは手に入ったかな……ただね」

「まだ、足りないのか？」

ガライが問う。そう、あと一つ。

「あと一つだけ、どうしても欲しいものがあるんだ」

「それは……」

「〝ガラス〟なんだよね」

これに関しては、流石に歓楽街にもなかった。

「ガラス細工があれば、それこそバリエーションが大きく増えるんだよ」

「……ガラスか」

そこで、顎《あご》に手を当てながら、イクサが呟《つぶや》いた。

「ガラスの工芸品を扱っている店なら、表通りにも幾つかあったはずだよ。行ってみよう」

◇◇◇

イクサの案内により、私達は王都の商店街の一角に向かっていた。

「ほら、ここことか」

イクサが指をさした先には、ガラス細工を取り扱っているショップがあった。

「へぇ……なるほど、ガラスで作った容器が主な商品なんだね」

早速店内に入ると、大きさが様々なガラスの容器が幾つも並んでいる。

「どうだい？　マコ。お眼鏡《めがね》に適《かな》うようなものはあるかい？」

「うーん……」

確かに、これで合っている……ただ……。

「……デザインは、一辺倒だね」

基本的には、瓶だ。いや、それが悪いというわけじゃないんだけど。

サイズや形は多種多様な種類があるが、あくまでもシンプルな普通のものばかりで面白みに欠ける。全《すべ》て、規格品といった感じである。

「マコが望むような形のものは、無いみたいだね」

「うん。でもね、私が求めてるようなガラス細工って、多分、もう直接職人さんに話して作ってもらうしかないいんじゃないかと思って」

「なら、探すのは店じゃなくて職人の方か」

ガライが店の中を見渡しながら、そう呟く。そう、店ではなく、職人。

「この王都に、ガラス細工の職人さんなんているのかな？」

「いますよ」

そこで、私達に声を掛けたのは、このガラス品ショップの従業員の娘だった。

店の制服を纏《まと》ったまだ若いお姉さんが、私達の会話を聞いていたようだ。

「知ってるんですか？　お姉さん」

「ええ、この先の居住区の外れの方に、ガラスを扱う芸術家の方のアトリエがあるんです」

結構、有名なんですよ――と、お姉さんは言う。これは、良い情報が手に入った！

「ありがとう、お姉さん！　出来れば、その人のアトリエがどこにあるか、詳しく教えてもらえると、もっとありがたいんだけど」

「はい、大丈夫ですよ」

王都の地図を広げる私に、快く応じてくれるお姉さん。

美人だし人柄も良いし、きっとモテるね、この娘《こ》。看板娘だね。

「ただ……」

そこで、お姉さんが顔に苦笑いを浮かべた。

「あの人は、その……うーん……」

「？　何か、問題があるんですか？」

私が問い掛けると、お姉さんはおずおずといった感じで答えた。

「ちょっと、変わった方なので。初めて会ったら、きっと驚きますよ」

◇◇◇

「……ここ、かな?」

広げた地図の隅に、ガラス品ショップのお姉さんが付けてくれた丸印がある。

その丸印を目指して歩いてきた私達の目の前に、そのアトリエは現れた。

アトリエ……と言っても、木造の一軒家だ。しかも、言っては何だけど、ちょっとボロい。

「見たところ、普通の民家みたいだけど……本当にここで合っているのかな?」

「……だが、他にそれに近いような建物も無いぞ」

イクサは首を傾《かし》げ、ガライは周囲を見回している。

もしかして、どこかで道を間違えちゃったのか……。

「……――」

そこで、私の耳に、不意にその〝音〟が届いた。

「……今の」

音は、この家の中から聞こえた……だとしたら……。

「ガライ、イクサ、やっぱりこの家が、その芸術家の人のアトリエで合ってるかもしれない」

「え?」

「……何か、わかったのか」

私は、家の入り口に立つと、ドアをノックする。

「すいません。私は、近くに青果類を扱う商店を開店予定の者で、名前をホンダ・マコと申します」

自分の名前を言って、相手の反応を待つ……しかし、中から返答は無い。

「あれ？　もしかして、留守なのかな？」

「開けちゃえば早いよ」

私が注意する間も無く、イクサが前に出ると、扉を開けた。

「ちょっと！　イクサ！」

「アトリエって事は、自分の作品を展示して開放してるってことだろう？　なら、勝手に入っても大丈夫のはずだよ。もし後で見付かって怒られても、『すいません！　先生の作品を是非とも見たくて！』とでも言っておけば、芸術家なんて気を良くするだろうし」

そう言って、イクサはアトリエの中に入って行く……こういうところは、王子様なんだよねぇ。

「おお！」

すると、入って行ったイクサの驚く声が聞こえた。

その声に導かれ、私とガライも恐る恐る中へと入る。

「……うわぁ」

そこで私が見たのは、そこかしこに置かれた、様々なガラスの工芸品の数々だった。

単なる、ガラスの容器だけではない。その形や色のバリエーションが、とても多い。

「あ！　あれって、もしかしてステンドグラス!?」

色のついたガラスで構築された一枚絵、ステンドグラスが壁に掛かっている。

私は、部屋の中に展開した作品の数々を見回す。

凄《すご》い。かなり独創的なデザインで、技術が窺《うかが》えるガラス細工ばかりだ。

「……あ」

そこで、私は天井から吊《つ》るされていた〝それ〟を見付けた。

「やっぱり、さっきの〝音〟はこれだったんだ」

「これは、一体なんだい？」

イクサが疑問符を浮かべる。天井から吊るされた、楕円形《だえんけい》の薄いガラスの玉の中に、ガラスのビー玉が吊るされており、それが当たって音が鳴る仕組みのもの。

そう――私にとっては馴染《なじ》みの深い代物。

〝風鈴〟だ。

「………この人、風鈴を作ったんだ」

その芸術家の人が、自分で思い付いたアイデアだろうか？

それとも、この世界のどこかにも風鈴があり、それを模倣して作ったのだろうか？

奏でられる音色は心地好《よ》く、かなり出来の良い風鈴だとわかる。

「それにしても、変だね」

「ああ」

キョロキョロと周りを見回していた私の零《こぼ》した言葉に、ガライも反応する。

どうやら、彼も同様の疑問を抱いたようだ。

流石《さすが》、技術者は〝道具〟の存在が一番に気になるのだろう。

「このアトリエ、ガラスの工房だっていうのに火を熾《おこ》すような場所が無い」

ガラスを熱するための、炉とかがありそうなのに……。

奥の方に工房があるのかな？

「誰《だれ》だ？」

その時、入り口の扉が開き、そう声が聞こえた。私は慌てて振り返る。

おじいさんだった。勝手にアトリエの中に入っていた私達を見て、顔を顰《しか》める。

「あ！」

もしかして、ご本人登場⁉

「す、すいません！　勝手に上がっちゃって！　どうしても、アナタの作品が見たくて！」

咄嗟《とっさ》に私の口から出た言葉は、さっき呆《あき》れたはずのイクサの言っていた台詞《せりふ》そのものだった。

恥ずかしい……。

「ああ、ワシはこの家の持ち主じゃないぞ」

「……へ？」

おじいさんの返答に、私は拍子抜けしてしまった。

「あんたら、ここに何の用だい？」

「えーっと……このアトリエの主人……芸術家の方に用が」

「ほう、あの男に仕事の依頼にでも来たのか？　珍しい。だが、残念だがあいつはここにいない。

数日前に出て行ったっきり、帰ってきておらん」

「え、帰ってきてない？」

「大方、金に困って適当な任務でも請け負ったんだろう」

任務？　その発言に、私は首を傾げる。

「なんだ？　あんた達知らんのか？　あの男は、冒険者ギルドに登録している冒険者だ」

「え」

芸術家であると同時に、冒険者？　なんとも、異色な二足の草鞋《わらじ》である。

「まぁ、いつもの事だ。その内、帰ってくるんじゃないか？　それまで、気長に待っているといい」

そう言って、おじいさんは去っていく。

「どうする？　マコ」

隣から、イクサがそう聞いてくる。

うーむ……冒険者で芸術家。益々《ますます》気になる。

「……よし、試しに、冒険者ギルドに行って情報を集めてみよう」

◇◇◇

王都の街中に、その厳かな外見の建物はある。

石を積んで作られた要塞《ようさい》のようなそれは、冒険者ギルド。

様々な装備をした人達が行き交う玄関を通過する。中はかなり巨大なエントランスホールになっており、そこで冒険者達が情報を交換していたり、何やら掲示板の前でたむろしていたりする。

私達はまず、幾つかある受付のカウンター、その内の一つへと向かった。

「ようこそ、王都冒険者ギルドへ」

受付の、きっちりとした制服を纏った理知的な雰囲気のお姉さんが、お辞儀をしながらそう出迎えてくれた。

「本日のご用件は？」

「あの、先日、ここのギルドにガラス細工の芸術家をされている冒険者の方が来られませんでしたか？」

「……デルファイ様の事でしょうか？」

受付嬢は、少し顔を強張《こわば》らせてそう言った。

デルファイ……それが、彼の名前……。

「確かに、先日デルファイ様はこのギルドを訪問し、そして任務を請け負い出立されました。そして、今現在も帰還されておりません」

「そうなんですね……その、デルファイさんが行ったたっていう任務ってどんな内容のものだったんですか？」

私が問うと、受付嬢は視線を落とした。

……なんだろう。やっぱり、何か事情がある感じだ。

「とある山間地域の奥地に、財宝が眠っているという噂《うわさ》のある洞窟《どうくつ》があります。内容は、その洞窟の調査。財宝の噂は本当かどうか、洞窟内部を探索し、その真偽を確かめるだけの低難易度……Eランクの任務でした」

しかし――と、受付嬢さんは一拍置き。

「デルファイ様の帰還が遅いため、その後にも数名の冒険者の方々がこの任務に追加参加されましたが……皆様、未《いま》だにこの任務を達成出来ておりません。今や、この任務はBランクにまで難易度が上昇しております」

「それは……どうして」

「皆様、洞窟に辿《たど》り着《つ》く前に、謎のモンスターの襲撃を受けて撤退を余儀なくされるからです。手練《てだ》れの冒険者の方々が、何人も返り討ちに遭っています。おそらく、デルファイ様も既に……」

「…………うーん」

デルファイ氏は、人知れず命を落としたものと考えられているようだ。

でも、確証は持てない。もしかしたら、その謎のモンスターに襲われはしたものの、洞窟まで辿り着いているとか、それで逆に下山出来なくなってしまっているとか、そういう可能性もある。

「あの、私達がその任務に参加することとかって出来ますか？」

「はい？」

私の言葉に、受付嬢さんは瞠目《どうもく》する。

今の話聞いていましたか？　というような顔だ。

「えーと、問題は無いですが……失礼ですが、冒険者の方ですか？」

「いえ、違います」

「……では、まずは登録が必要になります」

あ、もしかしたら今、呆れられたのかもしれない。

ひやかしなら帰ってくれ、といった感じだ。

受付嬢さんの声が、急に事務的になった。

「ただ、登録されたばかりの方の冒険者ランクはFランクになります。自身から希望して受けられる任務のランクは、自身のランクの一つ上まで……つまり、Eランクの任務までです」

なるほど、今の状態では、Bランクまで育ってしまったその任務には参加出来ないと。

「うーん……ダメですか？」

「ダメです」

受付嬢さんはきっぱりと言い切った。

「おい、お嬢ちゃん。ギルドの職員を困らせるんじゃねぇよ」

そこで、後ろの方から声が飛んできた。他の冒険者達が、にやにやとこちらを見ている。

「どうした？」

「このお嬢ちゃんが、Ｂランクの任務に参加したいんだとよ」

「はっはー！　新人にはよくいるな！　高ランクの任務を請け負って、手っ取り早く名を上げようって奴《やつ》がよ！」

「そういう奴は、大抵早死にするがな」

「悪いことは言わねぇ。低ランクから地道にこなしていきな」

ゲラゲラと大笑する冒険者達。

馬鹿にされているようだが、まぁ、そう言われても仕方がないか。

「マコ、どうする？　別に冒険者にならなくても、情報を集めて目的地に向かうことは出来るが」

「んー……」

イクサの言葉に、唸《うな》る私。

「まぁまぁ、皆さん。そう言わずに」

と、そこで、一人の男が、その場に現れた。

背丈も体格も普通で、眼鏡《めがね》をかけている。如何《いか》にもインテリというか……そんな感じの人だ。

「この方と、ベルトナ嬢の話していた任務は、今正に火急の一大事。解決のためには、猫も杓子《しやくし》も必要な状態となっております」

「モグロ様……」

ベルトナと呼ばれた受付嬢さんが、その眼鏡の人を見る。

モグロ、と呼ばれた彼は、眼鏡を光らせながら私を見る。

「試しに〝鑑定〟してみましょう。もしかしたら、その任務を解決するのに適した、お誂《あつら》え向《む》きのスキルをお持ちの方かもしれませんよ？」

「鑑定？」

「ええ、鑑定」

私が呟《つぶや》くと、モグロさんが言う。

「わたくしは《鑑定士》の称号を持つ、モグロと申します。どれ、あなたの能力がBランク任務に挑むに相応《ふさわ》しいか、わたくしが見てあげましょう」

◇◇◇

「鑑定、ですか？」

「おや？　ご存じない？」

眼鏡をくいっくいっと持ち上げながら、《鑑定士》と名乗るモグロさんは言う。

「わたくしは《鑑定》というスキルを持っており、その力を使って人の持つ能力を数値化・文章化することが出来るのです。この数値や文章は『神の定めた特有の言語』であり、それを翻訳するのがわたくしの能力、と言ってもいいですね」

妙に気取った喋《しゃべ》り方が、正にインテリ……なんだけど、芝居がかりすぎてちょっとクドい。

受付嬢のベルトナさんも、少し引き気味の顔をしている。

「そして、翻訳した数値・文章はステータスと呼び、その冒険者の能力として記録されるのです。例えば――」

するとモグロさんは、近くにいた冒険者――さっき、私をからかってきた男達の一人――の方を見ると、「はあっ！」と眼鏡に指をあてて叫ぶ。ビームが出るのかと思った。

「今、彼のステータスを鑑定させてもらったのですが……ほほう、これはこれは」

モグロさんは懐から紙を取り出すと、そこに筆を走らせていく。

名前：ブーマ・ガゼル
冒険者ランク：C
スキル：なし
属性：なし
HP：800／800
MP：0／0
パワー：B
テクニック：D
スピード：D
称号：《重戦士》

書かれたのは、私がいつも見ているステータス画面のような数値だった。

更にその下には、パワーやスピードといった、他の細かい内容まで書き出されている。

「また腕を上げましたね、ブーマ氏」

「へへっ、いつもながら正確な鑑定、流石《さすが》だなモグロさん」

冒険者達から、結構信頼されている様子だ。

このモグロという人物、言動はクドいけど実力は確かなようである。

「あ、ちなみにパワーやテクニック等に関しては詳しく数値も出ていますが、わかりやすくギルドの定めた基準に基づきランクで表現しております。どうです？　これが、《鑑定》の力です」

さて——と、モグロさんはそこで、改めて私を見る。

「ではでは、失礼ながらあなたのステータスを見させていただきますよ、お嬢さん」

「あ、お願いします」

そう言われると、少し緊張するな。私は背筋を伸ばし、モグロさんの方を向く。

「大抵の新人は、理想と現実の差にショックを受けるからなぁ」

「予想外に結果が悪くても、落ち込むなよ？　お嬢ちゃん」

「へへへっ」

ブーマをはじめ、冒険者の男達がそう囃《はや》し立ててくる。一方で、ガライはくだらなそうに溜息《ためいき》を洩《も》らし、イクサはこれから起こる何かを期待しているかのようにニヤニヤしている。

「では……」

モグロさんが、私の方を見て、眼鏡に指をかける。

「はぁっ！」

そして、力を籠めるように叫び——。

「……——ぎゃあああああああああああああ！」

絶叫してひっくり返った。後頭部をめちゃくちゃ床に叩《たた》き付けた。その衝撃で眼鏡が割れた。

「モグロさん⁉」

「おい、どうした！　モグロさん！」

冒険者達が、その反応に困惑している。

「あ、あの、大丈夫ですか？」

「あ、あが、あがが」

私とガライが、慌ててモグロさんを抱き起こす。イクサが「くっくっ」と、楽しそうに笑っている。君も手伝いなさい。

「モグロさん、オーバーリアクションでギルドの床を壊さないでください」

受付嬢のベルトナさんが冷静に言う。いや、君も冷たいな。

「べ、ベルトナ嬢……か、紙と筆を……」

「はい？」

モグロさんは、転倒した衝撃で吹っ飛んだ紙と筆を、ベルトナさんから受け取る。

そこに、震える手で文字を連ねていく。

「こ、これが……この方の……マコ嬢のステータスです」

そして、その場にいる皆に見えるように、その用紙を掲げた。

名前：ホンダ・マコ
冒険者ランク：—（冒険者として未登録のため、無）
スキル：《錬金Lv.2》《塗料》《対話》《テイム》《土壌調査》《液肥》《殺虫》

属性：なし
HP：750／750
MP：1470／1600
パワー：C
テクニック：A
スピード：C
称号：《DIYマスター》《グリーンマスター》《ペットマスター》

「「「「なんじゃ、このステータスはぁぁぁあああああああああ！！？」」」」

冒険者の男達が絶叫を上げた。その声のせいで、ギルド内の皆がこっちを見てくる。

恥ずかしい……。

ベルトナさんは口に手を当てて絶句している。冒険者達は、私のステータスが書かれた紙に群がり、本当に信じられないものを見るように声を上げていく。

「なんで称号が三つもある⁉　普通は一人　つだろ！」

「いや、それよりもこのスキルの数だ！　何がどうなってんだ⁉　しかも、どれも見たこともねぇものばっかりだ！」

「MP最大値1600⁉　1600ってなんだ⁉　Aランクの魔術師より上だぞ⁉」

「どうして、テクニックとスピードが俺よりも高いんだよ！」

喧々囂々《けんけんごうごう》、騒ぐ男達。そろそろ静かになって欲しいかな……。

周りに、他の冒険者達の人だかりが出来ている。

というか、私のステータスって今こうなってたんだ。最近見てなかったから、すっかり忘れてた。

「ま、待て待て……数に圧倒されちまったが、問題はスキルの内容の方だろう」

そこで、ブーマ達が落ち着きを取り戻そうとしているのか、そう口走った。

「そうだな、スキルの内容によって使える魔法が決まるんだ」

「数が多いだけで、ゴミスキルだったら意味ないぞ」

そう話すブーマ達。

「だ、そうだよ？　マコ」

イクサが、そこで私の方へと声を掛けた。

「試しに……そうだな。《錬金》あたりでも使ってみたらどうだい？」

ニヤニヤしながら言うイクサ。……この男、さてはこの状況を楽しんでるな？

「おう、そうだ見せてくれよ！　試しにその《錬金》とやらを！」

「わ、わたくしも一目見たいものですね……」

ふらふらと立ち上がりながら、モグロさんも言う。

あなたは、もう寝てた方がいいんじゃないですか？　眼鏡《めがね》も割れてるし。

「はぁ……わかりました」

私はとりあえず、《錬金》を発動する。淡い光が浮かび始めると、ブーマ達は勿論《もちろん》、人だかりの中からもどよめきが起こった。やっぱり、魔法を使える人間は珍しいようだ。

「よっと」

光が収まり、私の生み出した金属が手中に収まる。

とりあえず、長さ一メートルほどの〝アルミパイプ〟を作ってみた。

「……と、いった感じですが。どうでしょう？」

「な、なんだそりゃ、金属の棒か？」

「僕が説明しよう」

そこで、イクサは私の手前に躍り出た。嫌な予感がする……。

イクサは私の手からから〝アルミパイプ〟を受け取ると、力を籠める。

〝アルミパイプ〟の表面に、光の粒子が舞い出した。その現象に、またざわめきが起きる。

「ご覧の通り、彼女が今生み出したこれは魔道具。そう、彼女の《錬金》とは魔道具を自在に生み出す力なのさ！」

いや、間違ってないけどさ！　その発言に、ブーマ達は完全に魂が抜けたかのように呆《ほう》けてしまい、ギャラリー達のどよめきは大きくなる一方だ。

「ちなみに、この魔道具は『名槍《めいそう》タンカンパイプ』と言ってね、今はこの程度だが長さを自在に変えられるんだ。その一閃《いっせん》は鎧袖《がいしゅう》一触《いっしょく》にして一騎当千！　一薙《ひとな》ぎで一ツ目巨人《タイタン》の胴を両断すると言われる代物だよ！」

ノリノリだな、こいつ！　嘘《うそ》も混ざっているが、イクサは本当に楽しそうである。

「そ、そういえば……」

そこで、受付嬢のベルトナさんが、イクサを見ておずおずと言う。

「先刻から気になっていたのですが、その、貴方《あなた》様は……」

「ん？　お察しの通りさ。僕はイクサ。イクサ・レイブン・グロウガ。今は第三王子だったかな」

その発言にもまた、皆が驚愕《きょうがく》している。王子が規格外のステータスを持つ女を連れて冒険者ギルドに現れたのだから、まぁそうなるでしょうけど。

「で、えっと、あの、話を戻しますけど」

この雰囲気……ずっと前の、あの市場都市で盗賊を倒した直後の時と同じ気配を感じる。

なので、私は早々にキリをつけるべく、モグロさんに話し掛ける。

「私達、さっき言ってた任務を請け負うことは――」

「た、大変だぁ！」

そこで、ギルドの玄関扉が開き、数人の男達が転がり込んできた。

「おい、あいつら……」

「確か、例の山の任務に行ってた……」

その男達はボロボロだ。体中に、負傷の痕《あと》がある。

「あの人達は？」

「先程話していた、例の任務に挑んだBランク冒険者の方々です」

ベルトナさんが、ひそひそ声で言う。

「どうやら……今回も失敗だったようですね」

「おい、お前ら！　一体何があったんだ！」

ズタボロで、息も絶え絶えにうずくまるBランク冒険者達に、他の冒険者が近付く。

「……あ、悪魔だ」

Bランク冒険者の内の一人が呟《つぶや》いた。

「敵のモンスターの正体がわかった！　奴《やつ》は、《悪魔族》だ！」

その発言に、ギルド内の空気が凍り付いたのがわかった。

「あ、悪魔……本当か？」

「なんで、そんなところに悪魔が……」

「見間違いじゃないのか？」

「見間違いなものか！　まるで歯が立たなかった……いいように弄《もてあそ》ばれて、命からがら逃げ帰ってきたんだ……」

Bランク冒険者達は震えている。先程までの空気とは違った意味で、ざわめきが起こる。

私が横を見ると、ベルトナさんも蒼白《そうはく》な顔をしていた。

「ベルトナさん、悪魔って……」

「……《悪魔族》。魔族の一種です」

ベルトナさんは言う。

「非常に知能が高く、狡猾《こうかつ》且つ残忍……《ドラゴン族》に並ぶ超危険指定種族です」

「……」

《悪魔族》……その詳細はわからないが、相当恐ろしい存在なのだということは空気でわかった。

「嘘だろ……悪魔が関わってるなんて」

「大丈夫なのか？　そんな奴等に下手《へた》に手を出したら、ここに報復に来ないか？」

「俺達の手には負えねぇよ……Aランク……いや、Sランクが討伐に向かうべきだろ」

悪魔、という単語が出ただけで、血気盛んな冒険者達が別人のように及び腰になっている。

「モグロさん」

そんな中、私はモグロさんとベルトナさんに言う。

「私のステータス、ランク的にはどれくらいですか？」

「マコ嬢……何を……」

割れた眼鏡を律義にかけたままのモグロさんに、私は問う。

「もし許されるなら、この任務、私が参加出来ませんか？　他に行く人がいないなら、私が行きます。私が悪魔を討伐し、行方《ゆくえ》知れずになっている芸術家――デルファイさんの救出に向かいます」

冒険者ギルドの中は、異様な雰囲気に包まれている。

そもそも私が現れた事によって起きた騒乱。悪魔の出現というニュース。そして、そんな私が悪魔を倒しに行くと言い出したのだ。空気は不穏だ。

「何言ってんだ！　そんな簡単に、《悪魔族》を倒せるわけねぇだろ！　何人もの冒険者が過去に恐怖を味わわされた相手だぞ！」

ブーマ達が口々に叫ぶ。

「その芸術家のナントカだって、とっくに殺されてるはずだ！」

「悪いことは言わねぇから、やめとけ！」

「私も反対です」

受付嬢のベルトナさんも、ブーマ達と同意見のようだ。

「ここは万全を期すために、王国騎士団等にも救援を要請――」

「しかし、正直申し上げて、彼女の能力はAランク……いや、Sランクにも相当する、そうわたくしは思いますよ」

対し、モグロさんは――大分落ち着いてきたのか、レンズの無くなった眼鏡を指先で持ち上げながら、そう言った。

「モグロさん……」

「どうでしょう。彼女のステータスを鑑みて、ここは特例的にBランク任務への参加を許可するというのは」

「しかし……」

苦い顔をするベルトナさん。

彼女もギルドの受付嬢として、正しく冒険者を導く役目を担っているのだ。

軽々しく、うんとは言い切れないのだろう。

「もし、ルール的に難しいようなら――俺との共同参加という形は取れないか？」

その時だった。冒険者達の中から、一人の男性が前へと出た。

長身で、鍛え上げられた体。全身を覆う装備に、背中には巨大な剣を背負っている。切り揃えられた黒髪の下に、傷だらけの面貌《めんぼう》。

年齢はかなり上だろう……見るからに、歴戦の勇士といった風格だ。

「ウルシマ様……」

ベルトナさんが驚いたような顔をする。

周囲の冒険者達も、彼の登場に少なからずざわついている。

「彼は？　見るからに、ベテランっぽいけど」

イクサがベルトナさんへと問い掛ける。

「……あの方は」

「いや、いい、自分で名乗ろう。俺はウルシマ。Aランク冒険者だ」

そう言って、彼は冒険者を表す紋章を見せてくる。

以前、ガライが持っていたものとは違う形……おそらく、この冒険者ギルドの紋章なのだろう。

わざわざ見せてきたということは、あの意匠がAランクを表すものなのかもしれない。

「称号は《大剣士》。魔力も持っている。属性は力。スキルは《加速》だ」

ウルシマさんは名乗ると、続いてベルトナさんの方を見る。

「『該当ランクの冒険者がいれば、低ランクの冒険者も任務に同行する事が出来る』……確か、そういった制度が昔に作られていたと記憶しているが」

「そんな制度があるんですか?」

私も、ベルトナさんに問う。

「……昔、まだ人手不足だった時代に作られた制度です。今じゃ、ほとんど利用されません。実力の足らない冒険者を仲間に入れても足手纏《あしでまと》いになるだけで、任務の達成率は悪くなりますし、報酬の分配も必ず揉《も》めるので」

「憶《おぼ》えているのは、ベテランの俺くらいか?」

そう言って、ウルシマさんは苦笑する。

「ありがとうございます、ウルシマさん。よければ、助けてもらえますか?」

「自分の娘ほどの子が行くと言っているのに、怖気《おじけ》づいている場合でもないからな。で、実際に参加するのは何人だ?」

「無論、僕も行くよ」

「俺もだ」

そう言って、イクサとガライが手を挙げる。

「……かしこまりました。では、マコ様他三名は、これから冒険者としてのお手続きをお願いいたします。それが済み次第、任務の詳細な資料を——」

「俺も行きます！」

そこで、更に一人、冒険者達の輪の中から飛び出て来た。

「あれ？　君は……」

「お久しぶりです、マコさん！」

そう、彼は先日、『黄鱗亭』で話した若手の冒険者だ。

クロちゃん達の狼《おおかみ》の群れの問題を解決した件で、私に声を掛けてきてくれた。

「自分はアカシ！　ランクはDで、称号は《レンジャー》っす！　属性は力！　スキルは《忍足《しのびあし》》です！　自分も、マコさんの近くで勉強させていただきます！」

「いや、勉強するところなんてないと思うよ？」

そう言って苦笑する私。アカシ君、目のキラキラが凄《すご》い。

かくして、私達五名は件《くだん》の任務に挑む事となった。

ベルトナさんの指示通り、私とイクサ、ガライは形式上、冒険者としての登録を済ませる。

「でも、王子が自分の国の冒険者になるって、凄いね」

書類を書きながら、私はそうイクサに言う。

「いや、そうでもないよ。王子達の中には、今も現役で冒険者をやってる変わり者もいるからね」

「そうなんだ」

六十一人もいるんだから、そういう人も中にはいるか。

「さて、イクサ王子、ガライ氏」

手続きを終えると、モグロさんがイクサとガライに声を掛けた。

「よろしければ、あなた達のステータスも鑑定させていただきますが？」

「僕はいいよ、昔見てもらったことがあるからね」

「……俺も、遠慮しておこう」

イクサはともかく、ガライはやっぱり断るか。

この王都で、自分の正確な素性を見られたくはないだろうからね。

「さて、目的の場所だが、ここからかなりの距離がある」

諸々《もろもろ》の手続き終了後、ウルシマさんが私達を集めて説明を開始した。

「徒歩で六時間くらいだ、今から出発すれば夜中になるだろう」

「じゃあ、急がないとだね」

当然のように今から行くと言う私に、ウルシマさんもびっくりしている。

残念ながら、私達には時間がない。芸術家――デルファイさんの安否を、早急に知りたいのだ。

「流石《さすが》ですね、マコさん。そのバイタリティ、マジで見習わないとです！」

横からアカシ君が言う。凄いやる気のある若者だね、君。

「では、ここにいる全員準備は万端というわけだな。出発するとしよう」

ウルシマさんの発言と共に、私達は目的の地へと歩き出した。

◇◇◇

目的地は、その財宝が眠るという噂《うわさ》のある洞穴――のある山。王都を出て、この前の牧場や農場方面とは逆方向に進むこと数時間――険しい山道を、私達は進んでいた。

「君……タフだな」

先行するウルシマさんが、額の汗を拭《ぬぐ》いながら振り返り、私に言う。

「えへへ、体力には自信があるので」

「本当っすよ、俺だって結構疲れてきたのに」

アカシ君も苦笑いしながら言う。

「……目的地まで、あと半分ってところか」

列の一番後ろで、ガライが後方を見張りながらそう呟く。

「半分⁉　まだ、半分もあるのかい⁉」

イクサが一番ヘトヘトになっている。と言っても、まだ付いてきているだけ十分な体力だ。

「半分か……ウルシマさん、ここらへんで一回休憩を挟みませんか？」

私は提案する。

確かに急がなくちゃいけないけど、辿《たど》り着《つ》いた時にみんな体力の限界じゃ意味がない。

「それもそうだな。よし、休憩にしよう。アカシ、何か腹に入れられるものはあるか？」

「はい、幾つか」

アカシ君が、自分の荷物の中から干し肉や、加熱処理された野菜なんかを取り出す。

「そのまま食えるものだな。よし、ひとまずはこれで腹ごしらえするか」

「あ、でもどうせ食べるなら、温かいものが食べたくないですか？」

そう言う私に、ウルシマさんが訝《いぶか》る。

「確かに、それはそうだが……流石に鍋《なべ》なんて持ってきてないぞ。炙《あぶ》り焼きにするのか？」

「いえいえ、こういう時に便利なものがあるんです」

私は《錬金》を発動。作り出したのは〝お鍋〟と、丸い円筒型のストーブ……いわゆる〝缶ストーブ〟と呼ばれるものだ。

この〝缶ストーブ〟は、薪《まき》や木炭のみならず、そこらへんの落ち葉や枝も燃やせる構造をしており、上に鍋を載せれば加熱も出来る、災害現場などで重宝される金属ストーブである。

「凄いな……そんなものも作れるのか」

私は〝缶ストーブ〟で火を熾《おこ》すと、上の鍋に水と野菜、干し肉を切って入れていく。

即席のスープだけど、これで体力はかなり回復するはずだ。

「標高も高くなってそろそろ肌寒くなり始めましたからね。温まりましょう」

〝缶ストーブ〟を五人で囲む。ガライと取り分けをし、皆で食事の時間となった。

夕日が沈み始めている。そろそろ、夜になる。

「そもそも、悪魔って何なんですか？」

不意に、私はウルシマさんに質問する。

「……俺も長いこと冒険者稼業をやっているが、こいつらの正体は色々と謎に包まれている」

器に注がれたスープを、スプーンで掬《すく》いながら（ちなみに、食器類も私が錬成した）、ウルシマさんは語る。

「そもそも、出自がわからない。どこからやって来たのかも不明。伝承によると、違う世界……闇《やみ》の世界から、こっち側の世界にやって来たなんて話もある」

「ふぅん……」

悪魔っていうと、生き物っていうよりも精霊とか幽霊とか、そっちの存在っぽいと思ってたんだけど。そうか……違う世界か……。

「奴等は狡猾な種族で、知恵が働く。加えて、残忍な性格で、人間だけではなく様々な生き物を騙《だま》して弄《もてあそ》ぶ事を楽しみとしている」

「狡猾で残忍な種族、か。人間も似たようなものだけど」

イクサがそう言って、乾いた笑いを漏らす。

「人間だけじゃなくて、様々な生き物を騙す……」

私は、その言葉を繰り返す。

そういえば以前、クロちゃんがどうして王都を襲おうとしていたのか……という話をした時。

彼は、頭の中に声が聞こえたと言っていた。

《黒狼《ブラック・ウルフ》》の彼を、《神狼》だと言って騙した声。

「……まさかね」

――その後、食事を終えて体力を回復した私達は、進行を再開する。

既に日は落ち、夜の時間。

進み、進み――そして、目的の場所の近くにまで辿り着いた。険しい岩肌と、槍《やり》のように隆起した岩石が転がる山間地帯。この前、クロちゃん達と戦った場所に地形は近いかもしれない。

「……止まれ！」

先頭を歩いていたウルシマさんが手を挙げ、後方の私達を制する。

瞬時、私達は近くの岩の陰に身を隠し、空を見上げる。

天に上った月に被《かぶ》さるように、背中から翼を生やした何かが飛んでいた。

「まさか、あれが……」

それは、身を隠している私達の方を見下ろした。

見た目は、人間と変わらない。黒い衣服、黒い髪。但し、その頭部からは角が生えており。

そして両目は、白目に当たる部分まで真っ黒だった。

「ふむ……来たか、吾輩《わがはい》の新しい玩具《がんぐ》が」

そいつは、牙《きば》のように鋭い歯を見せ付け、ニタリと笑う。

「くくっ……本当に人間とは面白いな。無様に這《は》い蹲《つくば》る事になるとわかっているのに何度も何度も、しかも自分から仲間を引き連れてやってくるとは」

そう言って、悪魔はバサリと大きく翼を広げた。

月下、大仰に展開された羽が光を受けて妖《あや》しく輝いている。

「まぁ、こちらとしては好都合だがな。吾輩に蹂躙《じゅうりん》される正に今わの際、その時に発生する恐怖の心が、吾輩達にとっては何よりの馳走《ちそう》」

「…………」

私をはじめ、皆が悪魔の漏らす独り言を聞きながら、その挙動を警戒している。

その中、私は悪魔の背中に生えた翼を見て、少し違和感を覚えた。

(……あの翼の〝模様〟……)

「来るぞ！　構えろ！」

ウルシマさんの声が響く。

悪魔が、天空で大きく翼を引いていた。そして引いた翼が、前方へと煽《あお》がれる。

強風が発生した。

「うおお！」

アカシ君の悲鳴が響く。吹きすさぶ強風が、私達の体を揺らす。否、それだけではない。

「ガライ！」

私は気付いた。私達の隠れている岩に、徐々に亀裂が走ってきており――。

瞬間、岩が切り裂かれた。

まるで鋭利な刃《やいば》によって切断されたかのようだった。

寸前、私とイクサはガライに抱きかかえられ、その場から退避していた。

アカシ君とウルシマさんも、私の声に反応し、同様に回避出来ていたようだ。

「風の刃か！」

百戦錬磨のウルシマさんは、瞬時に敵の能力を読み取ったようだ。多分、カマイタチとかそういうのだろう。翼が起こした風で、真空波の刃を生み出しているとか。

「マコ、何か策はあるかい？」

別の巨大な岩の陰に隠れた私達。イクサが私の目を見て言った。

（……イクサ……）

イクサは、本当に私の事を信頼してくれているようだ。それは、相手が悪魔でも変わりはないのだろう。いつも、重大なことでも、必ず私に意見を求めてくれる。

（……じゃあ、それに応《こた》えてあげないとね……）

「なんだ……何か考えがあるのか？」

ウルシマさんが眉間《みけん》に皺《しわ》を寄せながら問う。

「まず、あの翼が邪魔ですね。拘束しようと思います」

言いながら、私はスキル《錬金》を発動する。

「ウルシマさん、アカシ君、私の事を信じてくれますか？」

「当然です！」

「……いいだろう、作戦を聞かせてくれ」

◇◇◇

「……くっくっ、何をコソコソと」

空に浮遊したまま、悪魔は私達の隠れた岩の方を見下ろし、その顔に邪悪な笑みを浮かべている。

「取るに足らない人間共め、隠れても無意味だということがわからぬか？」

悪魔は再び、大きく翼を稼働させる。

発生する風の刃が、こちらに向かって飛んでくる――。

「ハァッ！」

刹那《せつな》、岩陰から飛び出したウルシマさんが、その背に背負っていた大剣を振り上げ、襲来した風の刃を切り飛ばした。

「……ほう」

悪魔が、少しだけ感心したように声を漏らした。

ウルシマさんに聞いたところ、彼はスキル《加速》を用い剣の速度を速く出来るらしい。

あの巨大で相当な重量であろう剣を、高速で振り抜いている。

「くくっ、いいぞ。少しは抵抗してもらわねば、面白みがない」

悪魔は嗤《わら》いながら、次々に風の刃を飛ばして来る。ウルシマさんは大剣を振るい、それらを弾《はじ》いていくが、その圧倒的な数の前に徐々に押され始める。

「くぅッ……！」

「ほれほれ、どうした。吾輩はまだ、一割の力も出していないぞ？」

嘲笑《あざわら》う悪魔。

瞬間――その悪魔の背後に、何かが接近した。

「！」

悪魔が振り返る。まるで気配を感じなかったのだろう。

「うおりゃああ！」

アカシ君だ。彼は《忍足《しのびあし》》という、全身から物音や気配を消すスキルを持っていた。

その力を発動し、ガライに投げ飛ばしてもらい、悪魔の背後にまで到達したのだ。

そして、アカシ君は手にしていた〝それ〟を、悪魔の体に巻き付ける。

「ぐっ⁉」

悪魔は、きっと急激に体に襲い掛かってきた重みを味わっていることだろう。

アカシ君が悪魔の体に巻き付けたのは、私が錬成した金属の〝鎖〟。

「せいっ！」

そして巻き付けると共に、アカシ君は同じく私の生み出した〝南京錠《なんきんじょう》〟で〝鎖〟をロックする。

体、そして翼の根元に巻き付いた〝鎖〟に、更にアカシ君がしがみつき体重をかける。

翼が上手《うま》く動かせない悪魔が、地面へと落ちてくる。

「よしっ！　やったか⁉」

ウルシマさんが叫ぶ。

ウルシマさん、それフラグ！

「ちょこ、ざいな！」

そこで、悪魔は額に青筋を立てると、全身に全力で力を籠めたのだろう。

彼の体に巻き付いていた〝鎖〟が、引き千切れた。

残念ながら、フラグは回収されてしまった。

「うわああ！」

落下してくるアカシ君は、ガライによって受け止められる。

悪魔は依然、滞空状態。

「駄目だったか……マコ、次はどうする？」

私と一緒に岩陰に隠れていたイクサが、そう促す。

「駄目だ、一旦退《いったんひ》くぞ！」

対し、ウルシマさんは叫んだ。

「やはり、俺達だけでどうこう出来る相手ではない！　王都に戻り、応援を――」

「一個、確かめさせてもらってもいいですか？」

そこで、私は岩陰から、ウルシマさんの隣へと出てきた。

「馬鹿！　隠れていろ！」

「んん？　なんだ、小娘？」

悪魔は、私の姿を見てほくそ笑む。

「この吾輩に、何か勝てる方策でも思い付いたか？　どれ、やってみろ」

完全に舐《な》められている。でも、都合が良い。

私はさっき、あの悪魔の〝翼〟を見た時に覚えた違和感に基づき、自身のスキルを発動する。

そう――先日目覚めた、私のスキル。その、最後の一つ。

「確か……スキル《殺虫》」

私の手の中に、淡い光が浮かぶ――と同時に出現したのは、霧吹きだった。

「わっ、霧吹きだ」

透明な容器に、吹き出し口のついた持ち手。なんだか久しぶりに見た、ザ・現代という感じの代物だ。その容器の中には、おどろおどろしい妖しい色合いの液体が揺蕩《たゆた》っている。

これが、殺虫剤なのだろう。

「何をするのか知らぬが――」

瞬間、悪魔が一直線に空から降下。私に向かって、不用意に突っ込んできた。

「人間如《ごと》きが、この魔皇帝が一角《蟲《むし》の王》、ベルゼバブ様の配下、侯爵クロロトレスに勝てると思うな！」

「逃げろ！」

更に翼を広く展開し、全身全霊で飛来してくる。

ウルシマさんが叫ぶが、私は動かない。

悪魔――クロロトレスが、私の目の前にまで迫った、瞬間。

「えい」

私は、彼に向かって霧吹きをシュッと吹き付けた。

「べぼおおおぶぁぁぁぁぁぁぁぁぁっぁぁぁぁ！」

刹那、絶叫を上げて、クロロトレスは地面に突っ込み、勢いのままゴロゴロと転がっていった。

そのまま地上の岩石の一つに命中――砂煙を上げて停止する。

「な……」

隣で絶句するウルシマさん。一方、クロロトレスは地面の上でのたうち回っている。

「が、ぐが、な、なんだ、この感覚は……く、苦しい……」

「やっぱり、〝ハエ〟だったんだ」

この悪魔の背中に生えていた翼。その形、模様に見覚えがあった。

そう、蠅《はえ》のそれにそっくりだったのだ。

「虫の姿に似ているだけの悪魔……だったらまずかったかもしれないけど、試しにやってみてよかった」

「ぎ、貴様ぁ、吾輩に何を……」

そういえばさっきこの悪魔、《蟲の王》ベルゼバブの配下とか言ってたよね。

流石に、私でもベルゼバブは知っている。じゃあやっぱり、完全に虫の悪魔だったんだ。

「た、倒した……のか？」

皆が、痙攣《けいれん》するクロロトレスの周囲に集まる。ウルシマさんは、いまだに半信半疑だ。

「マコさん、一体何をやったんですか？」

アカシ君も困惑している。

言って、信じてもらえるかな？　殺虫剤をかけただけだって。まぁ、多分、普通の殺虫剤じゃここまでにはならないんじゃないかな。私の魔力で生み出した……ある意味、魔道具の殺虫剤だから、虫属性の悪魔にもこれだけの効き目があったのだろう。

「大丈夫か？　完全にとどめを刺したほうが……」

「おっと……いや、もう大丈夫そうだよ」

抜け目なく言うガライの一方、イクサはクロロトレスの体がじわじわと消えつつある事に気付いた。まるで塵《ちり》になるように、その肉体が徐々に消失している。

「ま……まさか、この吾輩が人間如きに倒されるとは……ふ、不覚」

……なんか、ごめん。

さらっと倒しちゃったけど、きっと相当強い悪魔だったのだと思う。

「こ……この吾輩を倒したことは、魔界にも広く伝わる……貴様の功績は、他の悪魔達にも知れ渡るだろう……」

クロロトレスが、息も絶え絶えになりながら喋《しゃべ》る。

魔界？　やっぱり、魔界という世界があって、悪魔はそこから来るのだろうか。

「ゆめゆめ、忘れぬ事だ……お前は魔界そのものを敵に回したも、同然……矮小《わいしょう》な人間である貴様など、他の人間同様、我等の玩具となって弄《もてあそ》ばれ、破壊される運命……」

「…………」

「くくっ……この世界に生きるもの、全《すべ》てが我等の遊び道具……せいぜい、一時の勝利に酔っているが――」

シュッと、私はクロロトレスの顔にもう一発殺虫剤を吹き付けた。

「おぎゃあああ……」

「来るなら来なよ。君達は、遊び感覚でこの世界を無茶苦茶にする気みたいだけど――」

悲鳴と共に、勢いよく消えていくクロロトレスに、私は言う。

「悪魔だろうが、私が全員倒してやる」

まぁ、虫の悪魔に限るけど。

言っている間に、クロロトレスの全身が塵芥《じんかい》となり、消滅した。

私は、手にしていた殺虫剤を意識して消す。どうやら、不要な時は引っ込められるようだ。

「……えーっと」

私は、皆を振り返る。特に、驚愕《きようがく》の表情を浮かべているウルシマさんとアカシ君へと向き直り、何と言っていいのかわからないが状況を伝える。

「……倒しちゃったみたいです」

「倒しちゃった、じゃない！」

瞬間、ウルシマさんに凄《すご》い力で肩を掴《つか》まれた。

「悪魔を！　俺達人間にとってドラゴンに並ぶ恐怖の象徴である悪魔を、いとも容易《たやす》く屠《ほふ》ったんだぞ！　Aランク、Sランク冒険者でも、対峙《たいじ》するには覚悟のいる相手を！　マコ、お前は一体何者なんだ！」

「た、只者《ただもの》じゃないとはわかっていましたけど……ここまでの方とは思わなかったっす……」

「いや、あの……ま、まぁ、ともかく！　悪魔の件は一件落着ということで！」

混乱する二人を何とか宥《なだ》めながら、私は先を指し示す。

「ほら！　私達の任務は、例の洞窟《どうくつ》の調査ですから！」

◇◇◇

とにもかくにも、私達は問題の洞窟へと辿《たど》り着《つ》いた。

「ここが、財宝が眠っているという噂《うわさ》の洞窟だね」

イクサが、ギルドで預かってきた任務の資料を見ながら言う。

悪魔の存在が大きくなりすぎてたけど、本来のこの任務の目的は、洞窟内に財宝がないかの調査。

そして、芸術家兼冒険者の探し人――デルファイさんを、生きているなら救出する事。

「じゃあ、行こう」

私達は、洞窟へと入る――。

「……え？」

「おう、やっと救助が来たか」

入って、すぐだった。松明《たいまつ》が焚《た》かれ、火の明かりが照らす洞窟内。

その中……地面の至る場所に、様々な小さなガラスの人形が並んでいた。

「やべぇ奴《やつ》がいて、下山出来なかったからな。どうせ後任の冒険者が来ると思って、暇潰《ひまつぶ》しにここで色々芸術的に作ってたところだったんだよ。あ、ちなみに財宝の噂はホラ話だったぜ。ここの奥に行っても、何もなかったからな」

「あなたが……」

まだ、全然若い男性だった。年齢は、私と同じか、少し下かもしれない。

銀色の髪を肩にかかる程度に伸ばしている。

その髪に隠れている顔には……なんだろう、頬《ほお》に少し鱗《うろこ》のようなものが見える。

魔族……もしくは、亜人なのだろうか？

纏《まと》った衣服、体の至る場所に、ガラスの玉……ビー玉をアクセサリーのように着けている。

この人が――。

「芸術家の……」

「ああ！　大芸術家様のデルファイ・イージス様とは俺様の事だ！」

男――デルファイは、その顔に不遜《ふそん》な笑みを浮かべて言った。
「で、お前ら何者だ？　この俺様の、芸術的なファンか何かか？」

◇◇◇

「そうかそうか、俺様に会いたくてわざわざ冒険者になってまで助けに駆け付けたというわけか。流石《さすが》は俺様。芸術的に人気だな」

そう言って、デルファイは呵々大笑《かかたいしょう》する。

うーん……奇抜な恰好《かっこう》といい、この性格といい……今更ながら、あのガラス品ショップのお姉さんが言っていた言葉を思い出す。

――会ったら、きっと驚く。

なるほど、中々、いや、かなり濃いキャラだ。

「結局、財宝は無かったんだね」

イクサが洞穴の奥――岩壁に触れながら言う。

「ああ、ホラ話もいいところだったな。まぁ、もし財宝とやらがあったなら、ギルドには黙って持って帰って、俺様の芸術作品に利用してやろうと思っていたが」

「お前、そんな事ばかりしているからずっとEランクから上がらないんだろう」

ウルシマさんが嘆息混じりに言う。呆《あき》れてしまうくらいに唯我独尊である。

この傲岸不遜《ごうがんふそん》っぷり、仮●ライダーカブトのテンドウ・ソウジを思い出す。

「よし、俺様のファン共！　その熱意に応《こた》えて、面白いものを見せてやろう！」

銀色の髪を振り上げ、デルファイは叫ぶ。

彼は自身の体に括《くく》り付けているビー玉の一つを手に取り、それを握り締める。

そして握り締めた拳《こぶし》に口を当て、息を吹き込んだ。

「え？」

すると、彼の手の中から、ふわりと風船が生み出された。

いや、違う、風船ではない。それは、ガラスで出来たシャボン玉だ。

「凄いな。これ、どうやって……」

イクサが、ふわふわと浮かぶシャボン玉に指を伸ばす。

「おい、無暗《むやみ》に触らん方がいいぞ」

すると、デルファイに止められた。シャボン玉は空中を浮遊し、やがて洞窟の壁にぶつかる。

――瞬間、爆発が巻き起こった。

「！」

「うわ！」

シャボン玉が爆《は》ぜた――と思った瞬間、爆音と爆炎が発生し、轟音《ごうおん》が洞窟内にこだまする。

アカシ君が、思わず声を上げた。

「くっはは、驚いたか？　名付けて、芸術的爆弾！」

「えーっと、そのネーミングセンスはどうかと思うけど……今のは、一体」

「なんだ？　俺様のファンのくせに、俺様のことをまったくわかってないな、お前。よく見ろ」

そう言って、デルファイは自身の髪を掻《か》き上げる。露《あら》わになった両頬には、薄《うっす》らと鱗が浮かんでいた。鱗……爬虫類《はちゅうるい》……。

「火蜥蜴《サラマンダー》、か」

隣で、イクサが合点がいったように呟《つぶや》いた。

「ああ、正解だ。俺様は、《火蜥蜴族《サラマンダー》》の血が混じった亜人よ。その力が体に宿り、炎の息を吐くことが出来る」

「……なるほど」

よくわかった。彼はガライと同じような亜人であり、その身に魔族特有の異能力を宿している。

デルファイの場合は、高熱の息を吐く力――その力を使って、ガラスを加熱して、道具を使うことなく様々な芸術作品を加工していたんだ。彼がガラスで作ったシャボン玉の中に火蜥蜴の魔力を封じ込めて、破裂と同時に爆発する爆弾にしたというわけだ。

「そうやってガラス細工を作ってたんだね」

「ガラスは芸術の卵だ。俺様が最も、俺様自身の才能を発揮出来る素材と思ったのがガラスだ」

そう言って、デルファイは屈託なく笑う。心の底から、本気でそう思っているのだろう。

「で、何故《なぜ》俺様に会いたかったんだ？」

そこでデルファイは、改めて私達に問うてきた。

「まぁ、ただのファン心理ってやつかもしれないが、もしかして俺様に何か作って欲しいものでもあったのか？」

「そう！　正にその通り！」

その言葉を待っていた！

私はデルファイの元に駆け寄ると、懐から紙を取り出す。

私が探している、〝ガラス細工〟のイメージを描いたものだ。

「実は、こういうのを作って欲しいんだけど」

「ん～？」

デルファイは、私が詳細に記した絵を見る。

「……お前」

その紙に描かれた絵を見て、デルファイは目を丸めた。

「お前、面白い奴だな！　こんなもんを俺様に作れってのか⁉」

「え！　もしかして、気に入ってくれた⁉」

「逆だ！　めちゃくちゃ腹が立つ！」

「ええ⁉」

デルファイは顔を顰《しか》めて怒り出した。なんですか、その感情の変化。

「お前が作れっつったこの作品！　はっきり言って俺様には無かった発想だ！　そこが途轍《とてつ》もなく腹が立つ！　まるで俺様が芸術的に負けたみてぇじゃねぇか！」

「ええ……じゃあ、作ってくれないの？」

「いや、作る！」

「どっち⁉」

「お前の発想の方が優れていようが、それを実際に生み出せば俺様の方が芸術的にすげぇって事だからな！　嫌だっつってもこいつを作ってやる！」

もー……よくわからないな、芸術家の考える事は。

けど、作ってくれるっていうなら止める必要は無い。

「ともかく、まずは下山するか」

ガライが冷静にそう言った。

うん、そうだね。

◇◇◇

その後――私、ガライ、イクサ、ウルシマさん、アカシ君、そしてデルファイは、夜中の山道を下り王都へと帰る形となった。

当然ながら、行きの時間と同じほど時間のかかる下山。

更にその間、ずっとデルファイから「マコ！　お前の発想は中々素晴らしい！　お前となら芸術家として気が合いそうだ！」と延々話し掛けられ続けた。

うぐぅ……疲れる……。

ホームセンター時代も、接客中一人のお客さんに気に入られると一時間も二時間も付き添う羽目になってしまう時があったけど、正直言ってその他の作業が滞ってしまって困るんだよなぁ……。

何はともあれ、私達は朝方に王都へと帰還を果たした。朝日が昇り始めてる……。

「冒険者ギルドには、俺から報告をしておこう」

ウルシマさんが、見るからに困憊《こんぱい》している私の様子を慮《おもんぱか》って、そう提案してくれた。

別に体力の限界というわけではないのだけど、純粋に眠たい……。

「君達は……宿に戻って早く休むといい」

うう、ありがとう、ウルシマさん。

「よし、マコ！　俺様も準備を進めておこう！　ひと眠りしたら俺様の工房に来い！」

デルファイは、まったく体力が衰えていないといった感じだ。その元気、分けて欲しい。

「マコ、結局皆に説明の無いまま一夜が明けちまった。俺が説明に行っておくから、アンタは身を休めておけ」

「あ、ありがとう、ガライ……」

そこからの記憶は曖昧《あいまい》だけど、とりあえず宿へと戻った事は確かだ。

途中で眠気に耐えきれず眠ってしまったのを、ガライに抱き上げられて宿まで運ばれたようだ。

私はしばらく、夢の世界にいた。

ウリ坊のチビちゃん達と、マウルとメアラと草原でコロコロ転がって遊んでいる夢だった。

……本当に疲れているのかな、私。

その夢の中に、デルファイが現れて私に芸術の話をしてきた瞬間に目が覚めた。

若干、トラウマになっているのかもしれない。

「……あれ？」

宿の自室の中――私は窓の外を見る。

真っ暗だ。変だな、確か朝方に帰ってきたはずなのに……。

「……まさか」

私は慌てて部屋を出ると宿の受付ロビーに向かい、そこに居る従業員の人に尋ねた。

「すいません！　今って何月何日の何時ですか⁉」

従業員の人は、私の剣幕に驚きながらも説明してくれた。

今は、私達が下山した日の夜だった。

……不覚、一日中寝てしまった。

「みんな、まだお店で作業中なのかな……私も行かないと！」

私は大慌てで、店舗に向けて走り出した。一日寝て、体力も気力もバリバリ全回復である。

◇◇◇

オープンまであと二日……の夜。

私は、まだ明かりがついている私達のお店に急いで駆け込んだ。

予想通り――皆、まだ店の中で細かい装飾を作ってくれている最中だった。

「みんなごめん！　完っ全に寝坊した！」

「「「「マコ！」」」」

急いで店に駆け込むと、私の姿を見た途端に、皆が凄《すご》い勢いで駆け寄って来た。

「昨日《きのう》の夕方からいなくなっちゃって、心配してたんだよ！」

「朝、宿に帰って来てからずっと寝っぱなしだったし」

マウルとメアラが、心配そうに私の足に引っ付いてきた。

そんなに心細かったのかな？

「俺達も心配してたんだぜ？」

「一応、もらってた指示通り仕事は進めてたけどよぉ」

「ありがとう、ラム、バゴズ」

《ベオウルフ》のみんなも、私の姿を見て安堵《あんど》したように言う。

「今日の朝一で、ガライが事情を説明してくれたから良かったけど」

「頼むぜ、マコ。あんたが俺達の屋台骨なんだからな」

「えへへ、ごめんね」

私はチラッと、店の隅の方にいるガライを見る。

ナイスサポート。やっぱり、ガライは頼りになる。

「そうだ、マコ。マコがいない間、エンティアと……あと、あの黒い狼《おおかみ》」

「ああ、クロちゃん？」

「その二匹と、スアロさんが店を守ってくれてたんだぜ」

『おう、姉御。一晩会ってないだけなのに、なんだか久しぶりな感じがするな』

エンティアとクロちゃん、そしてスアロさんが私の前に来る。

私が居ない間、彼等に店のガードをお願いしていたのだ。

『あのならず者共、色々ちょこまかと店に嫌がらせをしにやって来たからな。見付け次第ぶっ飛ばしてやったわ』

「卑劣な連中だった。店の周りにドブ水を撒《ま》こうとしたり、下品な文句の書かれた紙を貼り付けようとしてきたり」

スアロさんが溜息《ためいき》を吐《つ》く。うわぁ、古典的。

しかしどうやら、皆のおかげで店の平和は無事守られていたようだ。

「ありがとうございます、スアロさん。それに、エンティアとクロちゃんも」

『ふふふっ、マコの騎士として、マコの大切なものも守るのが当然の務め』

『まーた、気取った事ばかり言いおって』

「……なぁ、それよりもマコ」

そこで、《ベオウルフ》の一人――ラムがコソコソと、店の後ろの方を指さしながら言う。

そこに居たのは、誰《だれ》あろう、デルファイだった。偉そうな態度で仁王立ちしている。

「マコ、あいつ一体何者なんだ！」

「今日の夕方くらいにここに来て、ずっと居座ってんだ！」

「『俺様はマコに用がある』って、全然詳しい説明しねぇし！」

「と思ったら、『暇だから話し相手にでもなれ』っつって一方的に話し掛けてくるし！」

「凄いウザいぞ！」

《ベオウルフ》達から非難囂々《ひなんごうごう》である。まぁ、やっぱりあのキャラじゃね。

「なんだこいつら、この俺様がわざわざ芸術的なトークをしてやったというのに、失礼な連中だ」

本人は、まるで悪びれた様子も無い。

「そうだ、マコ！　お前が一向に工房に来ないから、こちらから出向いてやったのだぞ！　せっかく、希望の品を作って持って来てやっていたというのに！」

「え！　もう作ってくれたの⁉」

デルファイは、傍に置いてあった大きな風呂敷《ふろしき》を持ち上げ、適当なテーブルの上に置く。

「どうだ！」

そして、風呂敷が広げられる。

そこに現れたのは、私が彼に発注した――様々な形をした、ガラスの容器の数々だった。

「凄い！　本当に、私が指定した通りの出来だよ！」

三角錐《さんかくすい》型のガラスの瓶――その表面に、多様な装飾の施された芸術的な出来のガラス容器。

六角形に八角形、十二角形、オシャレな形の瓶がいっぱい。

「くっはは、恐れおののいたか、お前の芸術的発想を見事形にした、この俺様の芸術的な手腕に」

「うんうん、恐れおののいた恐れおののいた。芸術的に恐れおののいた」

「うわぁ、綺麗《きれい》だね」

「見た事ない形だ」

マウルやメアラを始め、他の皆もデルファイの作って来たガラス容器に目を奪われている。

そうそう、正にこの反応。

ありがとう、デルファイ。これで、最後のピースが揃《そろ》った。

「よし、じゃあ、みんな一旦《いったん》宿に戻ろうか。昨日から、本当にありがとうね」

「なに⁉」

デルファイがびっくりしている。

いや、流石にもう夜だし、みんなぶっ続けの作業で疲れているからね。

「今からこのガラス容器の真価が発揮されるんじゃないのか⁉　俺様はそれが見たくて知りたくてここまでわざわざ運んできたのだぞ！」

「大丈夫大丈夫、明日からでも遅くないよ。今日は夜も遅いから、続きは明日」

そこで私はデルファイの耳元に顔を近付けると、ヒソヒソ声で言う。

「それに、こんな凄い出来の作品をまさか本当に作り上げてくれるなんて、かなり驚いたよ。その製造過程の話とか、聞かせて欲しいな」

「ん？　そうか？　俺様の芸術的作成秘話を知りたいのか？　ならばしょうがない、語ってやろう」

デルファイはニヤニヤとしながら、そう納得した。

よし、なんとなく、この人の扱い方がわかってきた気がする。

というわけで、私達は今日の作業を休止し、宿へと戻る事にした。

「スアロさんも、お礼がしたいので宿に戻りませんか？」

「私は、ガライ氏と共に夜間警備を行う」

スアロさんは、ガライ氏と一緒に残って、ブラド達の組が何か仕掛けてこないか警備をしてくれるという。この人も、ガライも、全然休んでないのに……頼もしいなぁ。

「ありがとうございます。深夜に差し入れ持ってきますので。あ、オルキデアさん」

私はそこで、オルキデアさんに声を掛ける。

「オルキデアさん、明日、こういうのを用意して欲しいんだけど」

新商品の開発に必要な〝植物〟の内容を、オルキデアさんに伝える。

「うふふ、かしこまりましたわ、マコ様。わたくしも、久しぶりの出番ですわね」

「お姉ちゃん、頑張るです！」

フレッサちゃんに応援されて、オルキデアさんもやる気になってくれている。

更に私は、欠伸《あくび》をしているエンティアとクロちゃんにも声を掛けた。

「ねぇ、エンティア、クロちゃん」

『ん？』

『何事だ、マコ』

私は二人にヒソヒソ声で、〝あるお願い〟をする。

『……ほほう、わかったぞ、姉御』

『マコの願いなら仕方が無い、頼まれよう』

こうして、私達は一旦宿へと戻り休息を取る事にした。

私はまた結構な時間まで、デルファイの話し相手をする形になったけど。

彼も、どうやら長い間、変わり者の芸術家として周囲から距離を取られていたようだ。

ここまで胸中を曝《さら》け出《だ》せる話し相手が居なかったのだろう、無邪気に芸術について語る姿は、とても楽しそうだった。

――そんなこんなで、翌日の朝を迎える。店舗オープンまで、最後の一日が開始した。

◇◇◇

最後の一日は、皆で協力して商品開発に徹した。

「よし、じゃあ、私の指示通りよろしく！」

先日、歓楽街周辺で掻《か》き集《あつ》めてきた素材を使って、新しい商品を作っていく。

皆、初めて見るようなものが多いようで、作り出されていく商品の数々に驚いていた。

そして――一瞬で時間は過ぎ去り、夜。

作業及び、陳列、全《すべ》てが完了。明日から、いつでも店をオープン出来る状態となった。

私は改めて、店の玄関口に立ってその全容を見る。

掲げられた看板に、カラフルな塗料で書かれた『アバトクス村名産直営店』の文字。

……うーん、改めて、このお店を一から全部作っちゃったのか。

そう考えると、どこか夢うつつな感覚に襲われる。

「お疲れ様、マコ」

むずむずする気持ちを味わっていたところに、背後から声を掛けられた。

イクサだ。彼にも、今日まで一スタッフとして色々と手伝ってもらった。

けど、明日から始まる戦いにおいては——責任ある立場に戻る事となる。

「いやぁ、てんやわんやだったね」

しかし、そんな気配など微塵《みじん》も感じさせない柔らかい表情で、彼は言う。

「でも、何はともあれ、みんなのおかげで明日オープンの準備は整ったよ」

「どうだい？　勝算の程は」

イクサが、私に聞いてくる。

一週間で、１０００万Ｇの売り上げを稼ぐ。それが、私達の勝利条件。

「イクサはどう思う？」

「僕は、マコなら勝つと信じてるよ」

イクサは、一つも疑問など無いといった風に、そう言った。

「そう、ありがとう」

私は答える。

先程から、胸の中に生まれているうずうずとした感覚。これは、恐怖とか、焦燥とか、そういうのではない。紛れも無い、期待だ。

——きっと明日から、私達のお店は凄い事を起こす気がする。

「私もね、この勝負、まるで負ける気がしないんだ」

この感覚が、まやかしか真実か、明日、はっきりとわかる。

元ホームセンター店員、本田真心《ほんだまこ》。

私の集大成が、この異世界の王都でいよいよ発揮される。

第四章　私達のお店、グランドオープンです！

――そして、遂にオープン当日を迎えた。

……の、だが。

「どういうことだよ！」

朝の店内に、ウーガの困惑した声が響き渡る。

「なんで、まだオープンしないんだよ！」

「ウーガ、落ち着いて」

私達の店は、一応開店時間を事前に朝九時から夜八時と決めていた。

別にルール上、営業時間は何時から何時までと取り決めしなくちゃいけない決まりはないが（やろうと思えば二十四時間営業でもいい）、単純に周囲の商店に合わせて決めた設定だ。

しかし、オープン初日である今日――私は、営業開始時間になっても店を開けていない。

「しかも、今日の開店時間を夜の七時からにするって……他の店が、店仕舞いする時間帯じゃねぇか！」

グランドオープンは、今日の夜七時。そう、店の入り口にも張り紙を貼ってある。

「そうなったら、とっくに暗くなってるぜ？　大丈夫なのかよ……」

「落ち着け、ウーガ」

焦るウーガの肩に、ガライが手を置く。

「マコには考えがある。その上での判断だ」

「そりゃ、そうだろうけどよぉ……」

「ごめんね、ウーガ。それにみんなも、不安だよね」

私は、店内に集まった皆の姿を見回す。

勝負の時間は一週間。

今日まで、皆頑張って力を注いで作り上げてきたお店が存続するか否かの、大切な勝負なのだ。

「でも、みんな昨日《きのう》も遅くまで頑張ってくれて、一旦落ち着く時間も無かったでしょ？　中には、緊張して寝られなかった人もいるんじゃないかな」

ギクッ――と、何人かの《ベオウルフ》達が反応する。

「俺様は芸術的に熟睡したがな」

「デルファイはちょっと静かにしてて。だからね、今からは夜の開店までは最終調整の意味も込めての休憩時間。しっかり体を休めながら、お店での対応の仕方なんかをイメージトレーニングしておいて」

「そんな、ノンビリしてていいのか？」

呟《つぶや》くバゴズに、私は自信満々の表情を向ける。

「大丈夫。むしろ、今の内に最終チェックをしっかりしておかないと、夜から忙しくなるからね」

「え？」

「マコ！　じゃあ、やっぱり何か秘策があるのか⁉」

「ふふふ、当然」

私が言うと、皆が何かを期待するように、表情に元気を取り戻していく。

うんうん、信じてくれたみたいで嬉《うれ》しいよ。

「よし、じゃあみんな、夜のオープンまでそんな感じでね」

「あれ？　マコ、どこか行くの？」

私の発言に、マウルが問い掛けてくる。

「うん、そうだ、マウルとメアラも一緒に行く？　ちょっと、イクサと一緒に他のお店の偵察に行こうと思って」

「偵察？」

「そういえば、エンティアと、あの黒い狼《おおかみ》はどこに行ったの？」

メアラが、少し前から姿を消したエンティアとクロちゃんの事に気付いた。本当は一昨日《おととい》の夜からいなくなっているのだが、それに今更気付くということは、やっぱり心と頭が休まっていないのだろう。気分転換がてら、お出かけしよう。

「エンティア達には、特別任務にあたってもらってるんだ。よし、じゃあマウル、メアラ、イクサ、ちょっと出かけて来よっか」

◇◇◇

私達が最初に訪れたのは、おそらく近隣の競合店で一番の強敵となるだろう青果商店。

先日、ご令嬢が宣戦布告にいらっしゃった、ウィーブルー家と並ぶと名高い大商家。

グロッサム家が経営しているという店舗だった。

「おお」

ここら一帯で、同業者の中では一番の売り上げを出している店——とは聞いていたが……。

実際に訪れてみると、店頭からお客さんが溢《あふ》れる程の盛況っぷりだった。

「凄《すご》い……」

「中に入れない……」

マウルとメアラが目を丸めている。

「確かに凄いが……流石《さすが》に、普段からこれほどではないだろうね」

言いながら、イクサが何やら紙を私に見せてきた。

「これって、このお店のチラシ？」

「ああ」

「あら、誰《だれ》かと思えば」

聞き覚えのある声が聞こえ振り向くと、豪奢《ごうしゃ》な衣装を着た金髪ツインテールの少女が立っていた。

「あたしが店長を務めるお店に、何の用かしら？　アバトクス村名産直営店の皆さん」

「これは、レイレお嬢様。お久しぶりです」

私が深々と頭を下げると、レイレは「ふん」と喉《のど》を鳴らす。

「聞いたわよ。あんた達の店、今日の夜に開店するんだってね。一体何のつもりなの？」

「気に掛けていただき、ありがとうございます」

「別に心配してるわけじゃないわ。正気な行動とは思えないだけよ。だって——」

そこで、レイレがイクサの存在に気付く。

「……え、え？　イクサ王子？」

「それよりも、レイレお嬢様。今日はかなり盛り上がっていますね」

困惑する彼女に、私は店の様子を見ながら言う。

「え、ええ、そうよ。あんた達に対抗しようとしたわけじゃないけど、今日は特売品の売り出しを決行したからね」

レイレは少し動揺しながら、私に答える。

この盛り上がりと、客入りの良さは、やはり何らかの販売企画の結果だったようだ。

「庶民には手に入らないような高級フルーツや、国外の珍しい作物を普段の価格から二、三割値下げで販売しているのよ。ビラも配ってね。それが話題になって、中々の集客に繋《つな》がったようね」

なるほど、企画内容は値下げ対策か。確かに、この状況を見る限り効果はあったようだ。

これは良い話を聞いた。

流石は王都――話題を作れば、それに反応してくれる人は多くいるということだ。

「しかし、今日は暑いわね。人の量も多いし、貴重な商品が傷んだら敵《かな》わないわ」

そこでレイレは、はたはたと自分の手で顔を煽《あお》ぎながら店内の方を見る。

確かに、今日は天気が良い。その上、人が密集しているので気温が高まっている。

「仕方がないわね」

呟き、レイレは両手を店内の方に翳《かざ》し、集中するように瞑目《めいもく》する。

瞬間――彼女の体から、白い燐光《りんこう》が滲《にじ》み出す。

「あ！」

マウルも、その現象に気付いて声を上げた。

彼女の構えた両手から、冷たい気流が生まれ、それが店内の方へと流れていった。

「……ふぅ、ちょっと店内の温度を下げてあげたわ」

レイレは、額から汗を落としながら深く息を吐く。

そして、「どやっ」と言いたそうな顔をこちらに向けてきた。

「驚いた？　あたしの母上は貴族の出身。だからあたしにも魔力が備わっていて、冷気を生み出す魔法を使えるのよ」

自信満々に言っているけど、数秒冷気を生み出して汗だくになっている姿から察するに、そこまで魔力の量――ＭＰは多くないのかもしれない。

「う……」と、今も立《た》ち眩《くら》みを覚えたのか、足元をふらつかせている。

「立ち話も辛《つら》そうですので、この辺りで失礼させていただきます。お話を伺わせていただき、ありがとうございました」

そう言い残し、私はその場を後にしようとする。

「……ところであんた達、再三になるけど、こんなところで油を売っててていいわけ？」

そんな私達の背中に、レイレは尚《なお》も忠告をしてくる。

「言っておくけど、手加減はしないわよ、あたしは。勝負を挑んだからには、真剣に潰《つぶ》させてもらうから」

……心配しないと言いながら、忠告をしてきたり。

高飛車で、勝気な性格ではあるけど、きっと根から悪い人間ではないのかもしれない。

「わかってますよ、レイレお嬢様。私達も、決して勝負を投げているわけじゃありません」

「……そう。ま、精々頑張ることね。張り合いがないと、あたしにとっても良い経験にはならないから」

その会話を最後に、グロッサム家の商店から去る私達。

「マコ、大丈夫なの？　向こう、凄くお客さんがいっぱいいたよ？」

マウルが心配そうに、そう呟く。私は「うーん……」と、少し唸《うな》り。

「そうだね、悪くない戦略だとは思うよ。値下げって安易な方法に見えるけど、確実に需要に適したインパクトのある企画だから」

ただ……と、私は続ける。

「値下げ自体は悪くないけど、〝させ方〟はもうちょっと考えないといけなかったかな」

「値下げの、させ方？」

繰り返すメアラに、私は「うん」と返す。

「高いものや珍しいものを値下げするのは、確かに目は引くけどもあまり意味がない事が多いんだよ。普段高くて手が出ないものって、ちょっと値下げしたって『やっぱり要らない』ってなる人の方が多いしね」

理想は、高いものを値下げするなら、普段安いものも更に値下げする。

「需要が高いのは明らかに後者だから、来客数は更に上がる。客数が増えて、需要のあるものを安価で買って余裕があるなら、高級品も『この機会に』って財布《さいふ》の紐《ひも》が緩むことがあるからね」

「へぇ……」

低いものも更に下げ、高いものも下げ、相乗効果でトータルの売り上げを上げる――これが大事なのだと思う。そう会話を交えながら、私達は次なる店の偵察へと向かった。

◇◇◇

その後も一通り、近場の商店を見て回り、見学を済ませた私達は自店舗へと戻る事にした。

その途中。

「ああ、これはこれは、イクサ王子」

前方の方から、二人の人物が近付いてきた。

一方は、黒いコートに黒と白に分かれた奇抜な髪色、その下には安っぽい笑みを浮かべた顔。

ならず者集団のボス――ブラドだ。

「今日が勝負開始の正に大切な初日！　のはずなのに、こんなところでお散歩中とは随分と悠長ですなぁ。それとも、自信の表れですかねぇ？」

ブラドは、相変わらずヘラヘラとした態度でそう軽口を叩《たた》く。

「イクサ王子」

そして、ブラドと一緒にいるのは、誰あろう王子同士の戦いの管理を務める、老年の監視官だった。

「やぁ、珍しいね。何の用だい？」

「本日より、取り決め通り一週間の売り上げを以《もっ》て勝敗を決めさせていただきます……そう再確認をお伝えするため、改めてご挨拶《あいさつ》に向かわせていただいたところ、店舗の方にはいらっしゃらないと知り、加えて偶然近くにいたブラド様と遭遇した次第でございます」

監視官はそう言っているが、ブラドが近くにいたのは偶然でもなんでもなく、うちの店の様子を見張っていただけだろう。

「……よろしいのですか、イクサ王子」

そこで、監視官がひそひそと、イクサに耳打ちをする。

「今回の戦い、ルールを定める際に特に物言いをされず了解をいただきました故、それ以上進言は致しませんでしたが……貴方様《あなた》にとってはかなり不利な状況と思えます」

「問題無いよ」

イクサは、静かに私を見た。

「今回の戦いは、全《すべ》て彼女に託した。託した以上、男として無様に足掻《あが》きはしない。それに、逆に言えば、この戦いに勝利すればその分、ネロの株を落とす事が出来るということだからね。アンテイミシュカの時同様、事後取引ではガッツリ優位に立てる」

「……左様ですか」

「ああ、そのネロ王子ですがね。やはり、この勝負、ご自身の賭《か》け馬が勝つ所を見たいと、来訪されるとお聞きしましたわ」

そこで、ブラドが思い出したように言った。

「確か……そう、開店から四日目。なので、しあさってですね。王都にネロ王子が来られるそうで」

ニィッと、ブラドが笑う。

「精々、その時期〝くらい〟は良い勝負が出来ているよう、アタシも願っておきます」

「お心遣い感謝するよ。無用だけどね」

イクサはそう言って不敵に笑った。

うーん……信頼してくれるのはありがたいけど、そこまで頼りにされると緊張しちゃうね。

……まぁ、負ける気は更々無いけどさ。

◇◇◇

……――そして、時間は勝負の時に向かって迫り。

夜、七時前。遂に、その時がやってきた。

店舗に関連する全ての準備は万全。店内ではスタッフのみんなが、今か今かと開店の時を待っている。既に、店頭には噂《うわさ》を聞きつけ数名のお客さん達が並んでくれている。

……しかし、やはり他の店の営業時間から外れて夜だからか、その数は決して多いというわけではない。

「……で、だ」

店舗の裏手。

「こんなところに俺様を呼び出して、何の用だ？　マコ」

そこに、私はデルファイと共にいた。

「デルファイに、協力して欲しいことがあってね」

「なんだ？　この俺様の芸術的感性が生かせる話か？」

「うん、そりゃもう、思いっきりね」

私はデルファイに、今から行う事を手早く説明する。

「……おいおい、マコ」

ふぅ……と、デルファイは銀色の長髪を落として深く嘆息した。

「やはり、俺様はお前が気に入らない」

「どうして?」

「お前の発想が、俺様が思い付かないようなものだからだ」

「じゃあ、協力はしてくれない?」

「するに決まってるだろう!」

笑みを浮かべて、デルファイはその手にガラス玉を掴《つか》み、握り締める。

「この俺様の芸術的手腕で、お前の芸術的発想を文字通り昇華させてやろう!」

「ありがとう、デルファイ!」

私は、前以て用意していたものを、デルファイに渡す。

それは、デルファイに作ってもらっていたガラスの筒……試験管のような細長い筒だ。

その中には、多種多様な〝金属の粉〟が入っており、口はコルク栓で閉められている。

これは、〝アートファイヤー〟と呼ばれる商品をイメージして作ったものだ。

〝アートファイヤー〟とは、薪《まき》ストーブや暖炉の中に入れて燃やすと、炎色反応で炎を虹色《にじいろ》に着色することが出来るという、一種のパーティーグッズである。

デルファイがガラスを使ってシャボン玉を作り、その中に筒を収めるように加工する。

「行くぞ、マコ!」

「うん! 思いっきりやっちゃって!」

デルファイは作り出した〝アートファイヤー〟入りのシャボン玉を、思い切り空高く投擲《とうてき》する。

デルファイのシャボン玉には、彼の血に宿った《火蜥蜴族《サラマンダー》》の魔力が込められており、衝撃を与えると——。

——高く舞い上がったシャボン玉が起爆し、夜空に虹色の光を生み出した。

――それこそ、打ち上げ花火のように。

「な、なんだ！　今の音！」

「それに光！」

思わず、店の中から皆が出てきた。

夜空を染め上げた色鮮やかな光は、この王都のどこにいても見られたはずだ。

一体何が起こったのかと、皆がその発信地に興味を惹《ひ》かれてやって来る。

「おっしゃあ！　次次次ぃ！　もっといくぞ、マコ！」

デルファイが次々に打ち上げる煌《きら》びやかな光と音が、王都中にこの店の存在を宣伝する。

「来たよ、みんな！」

その派手な光に誘われて、夜の七時にオープンした我らが店舗に、続々と人が集まり始める。

「さぁ、扉を開けて！　アバトクス村名産直営店、いざグランドオープン！」

◇◇◇

「どりゃあああああああ！　平伏《ひれふ》せ愚民共ぉ！　この俺様とマコの芸術的共同作業《コラボレーション》の前にぃぃぃぃ！」

《火蜥蜴族》の血が流れる亜人であるデルファイが作り出す、ガラスの爆弾。

その爆弾と、私の《錬金》で生み出した〝金属の粉〟を入れて作った〝アートファイヤー〟が組み合わさり、即席の花火が出来上がった。

赤、黄、緑……〝金属の粉〟との炎色反応で、虹色に染まる空。その光と音に誘われて――。

「マコ！　どんどんお客さんが来るよ！」

「ど、どうしよう……」

最初から店頭に並んでいた人達に加え、近くから人々が集まってくる。

マウルとメアラが、慌てた様子で走り回っているが――。

「大丈夫！　普通に接して、普通にお客さんからの質問に答えればいいよ」

《ベオウルフ》のみんなや、フレッサちゃんやオルキデアさん達にも、同じように言い聞かせ。

私は、店の扉を開けた。

「いらっしゃいませ！」

「「「「い、いらっしゃいませ！」」」」

入店してきたお客さん達は、まずは華やかで明るい店内の雰囲気に目を奪われている。

特に、女性客の方々が瞳《ひとみ》を輝かせている。

店内を彩る、色鮮やかな〝ペンキ〟で塗装された壁や天井。新鮮で瑞々《みずみず》しい、野菜や果物。手書きで作られた、思わず読み込んでしまうＰＯＰ（商品の情報の書かれた板）。良い香りを漂わせる、花々。

「どうぞ、ご覧ください！　アバトクス村の名産品ですよー！」

よし、掴みは大丈夫そうだ。

やはり時間帯も相俟《あいま》って、若いお客さんが多いというのも、狙《ねら》い通り。

「マコ、マコ」

マウルとメアラが、私の足元をつついてくる。

彼等《かれら》が見ている先は、早速稼働し始めたレジの方だ。

「凄《すご》いよ！　もう売れてる！」

「うん、ありがたいね……でも、だからと言って黙って見てるだけじゃ駄目だよ」

私は、店の裏側――バックヤードへと向かう。

このお店を作る際に、広めの空間を一つ、厨房《ちゅうぼう》のような部屋にしておいたのだ。

そこでは既に、ウーガをはじめとした数名の《ベオウルフ》達が切った果物を用意していた。

「じゃあ早速、試食タイムはじめるよ！」

「「「おう！」」」

ウィーブルー家当主にもリサーチしたけど、やはり飲食物を売る場合、試食は大切なようだ。

電動工具だって、実際に手に取ってみないと使い心地はわからない。

服だって、実際に着てみないと着心地は想像出来ない。

パッケージだけじゃ味は伝わらない。

それに、味には自信がある。試食で食べてもらえれば――。

「美味《うま》い！」

「なにこれ、おいしぃ！」

「こんなに美味いトマトなんて、食ったことないぞ！」

「この前、市場都市《しじょうとし》に行った時も思わず買っちまったけど、相変わらず味は絶品だな！」

よし！　反応は良好！

試食効果もあり、売れ行きのスピードはどんどん上がっていく。

「バゴズ！　オレンジの棚が空いちゃう！　裏から在庫を補充して！」

「よっしゃ！」

「マウル、メアラ、あっちのお客さん達に試食品を運んであげて！」

「うん！」

「了解！」

開店して、まだ数分。既に店内は満員状態と化していた。

「え！　何これ⁉」

そこで、一人のお客さんが、展示してある商品に興味を示した。

そこは、花関係の商品が並んでいるゾーンだ。フラワーアレンジメントなどの、創作品も取り扱っている。そのお客さんが目を惹かれたのは、まるで瓶詰のように、ガラスの容器の中に花が浮かんでいる代物だった。

「ハーバリウムです」

私は、そのお客さんに、すすす、と静かに近付き解説する。

ハーバリウムとは、瓶の中にドライフラワーと専用のオイルを入れて作られる植物雑貨。長期の間、綺麗《きれい》な花と良い香りを楽しめる、お洒落《しゃれ》グッズである。

先日、歓楽街のオイルショップで透明なオイルを探していたのは、これを作るためだ。

「そのお花、心を落ち着かせる香りのするお花なのですわよ」

横からオルキデアさんが解説してくれる。

一昨日《おととい》、彼女にこのハーバリウム用のドライフラワーを作ってもらうよう依頼したのだ。

「くっはは、ちなみにそのガラスの瓶、この俺様の芸術的手腕によって作られた特注品だ。光が差し込む角度によって、花の見え方が芸術的に変わるよう細工が施されているのだぞ」

花火の打ち上げが一段落ついたのか、デルファイもやって来た。

このハーバリウム用のガラスの瓶は、彼の言う通り、私の希望通り作ってもらった特注品である。

「本当だ、良い匂《にお》い……」

「仕事の疲れが癒《いや》される～」

王都で暮らす若いお姉さん達が、きゃっきゃと盛り上がってくれている。

うんうん、これも成功だね。

「マコ、外の準備が済んだぞ」

店の裏手から、ガライが現れた。

彼には、お店の横の少し広い敷地で、ある準備を行ってもらっていたのだ。

「よし、じゃあビアガーデンも開始！」

「「「「はい、よろこんでー！」」」」

ビアガーデンと言ったけど、ビールは出さないけどね。

提供するのは、特産品の果物を使った果実酒。まぁ、カクテルみたいなもの。

それに、村の野菜や、いつもウィーブルー家当主に差し入れてもらっているお肉を使った料理
……と言っても、ほぼほぼ丸焼きなんだけど。

外には、事前にガライが作って用意してくれたイスやテーブルが並んでいる。

さながら、屋外バーだ。

「はい、メニューボードはこれね」

「最早《もはや》、特産直営店どころのレベルじゃなくなってきたけど……」

私からメニューボードと注文伝票を受け取ったイクサが、その光景を見ながら苦笑いしている。

「あの村じゃ、夜の宴会も特産みたいなものでしょ！　大丈夫！　ほら、イクサ！　お客さんが来たよ！　注文注文！」

「はいはい、まさかホールスタッフをやる事になるとはね……まぁ、楽しいからいいけど」

イクサは、あるテーブルに着いた女性グループのところに行って、笑顔で接客を行っている。

その女性客達も、最初はイクサ王子の登場にびっくりしていたが、彼の軽快なトークに徐々に警戒心を解いていく。

ノリノリじゃん、イクサ。まぁ、イケメンだしね、口も上手《うま》いし。

「慣れたもんじゃん、イクサ。この女たらしめ」

「ははっ、女たらしは余計だよ、マコ」

厨房では《ベオウルフ》のみんなに、お酒や料理を作ってもらい（村では毎晩宴会続きだったので、流石にみんな手際が良い）、イクサ以外にも、マウルやメアラ、フレッサちゃんやオルキデアさんにも運んでもらう。

「いやぁ……」

開店からまだ一時間も経《た》っていないのに、凄い盛り上がりだ。

この時間帯の主な収入源は、どちらかというとお酒や料理の方に傾きそうである。

（……本当に、飲み屋みたいだね……）

でも、大丈夫。昼間は昼間で、また別の戦略を用意している。

重要なのは、この夜の勢いを朝まで継続することだ。

「あ、スアロさん。どうですか？〝部外者〟の様子は」

「今のところ、私の出番は無さそうだ」

そこで、警備担当のスアロさんがやって来る。彼女が指さした先には、お客さんの流れが凄すぎて、何も出来ずに戸惑っている敵さん達の姿が見えた。

「あはは、ご愁傷様」

その間にも、外のテーブル席はどんどん埋まっていき、運ばれる料理の香ばしい香りが漂い始める。

長い夜は、まだ始まったばかりだ。

◇◇◇

さて。そんな勢いは、結局翌朝の五時くらいまで続く事となった。

……本当に居酒屋のタイムテーブルだよ。

徹夜で棚卸の経験もある私は大丈夫だったけど、マウル達子供勢やオルキデアさんには早々に寝てもらった。

「ふわ～……眠……」

「疲れた……」

そして、夜組の《ベオウルフ》達にも休んでもらう。

事前に夜と翌日の朝組で、スタッフのローテーションを組んでおいてよかった。

「おっす……うお！　すげぇ売れてんじゃん！」

「厨房、だいぶゴタゴタしてんなぁ……」

「じゃ、夜組はお休みね。朝組、おはよう。厨房と店内の掃除、それと商品補充をやろうか」

私は、入れ替わったみんなに指示を飛ばす。

既に、朝から普通のお客さん達が店に入り始めているのだ。

「イクサ、ガライ、ごめんね、ぶっ続けで」

「全然、問題無いよ」

イクサとガライには、引き続き店に残ってもらう。

と言っても、本人達の希望なので、キツイと思ったらいつでも休んでもらうつもりだ。

「マコこそ、大丈夫か？」

「ありがとう。私は全然大丈夫だよ……さて、それじゃあ、ここからが本格的な営業だね」

おそらく今日、昨日《きのう》の夜の花火の存在や、この店の盛況っぷりを知りながらも、時間や事情の関係で来られなかったお客さん達が来る。これから、第二のピークが始まる。

「みんな、頑張っていくよ！」

「「「「おお！」」」」

◇◇◇

二日目──朝。

初日の夜から明け方まで続いた、宴会の勢いは凄《すさ》まじかった。事前に用意しておいた果実酒や、アバトクス村名物の料理は、そもそもの素材の良さもあってお客さん達に大好評。

流石に翌朝は、朝からお酒を飲むような人達はやって来ない。

その代わり、朝食みたいなものが出ないかと訪れるお客さんが現れ始めた。

「簡単な朝ご飯と、野菜や果物のジュースを振る舞おうか」

私が事前に用意しておいたレシピと、新鮮な野菜や果物を使った健康的な果汁１００％ジュース。

これで、朝から料理を求めてやって来たお客さんにも満足してもらえる。

「マコ、これでいいか？」

「うん、大丈夫。ラム、流石に料理の腕が上がって来たね」

《ベオウルフ》の中には、自分達で野菜を作るようになってから、料理に凝り出す者も現れた。

ラムなんかが顕著で、私が指示した通りのレシピをきっちり作ってくれて、ガライやイクサが、それをテキパキとテーブルに運んでくれる。

商品販売だけでなく、店のシステムが綺麗に回っているのも理想通りだ。

早朝からは、そんな感じにモーニングで売り上げを稼いだ。

そして、九時——他のお店も開店を始める時間帯が訪れる。

「さて、ここからが勝負だよ」

昨日の夜は、他の店が閉店後に開く形になったため、実質競争相手が居なかった。

今の時間からは、他店舗との戦いが始まる事となる。

一人でも多く声掛けをして、お客さんを招き入れないと……——。

と、思っていたが、前日の宣伝が予想以上に王都市民に効いていたようだ。

もしくは、昨夜来店したお客さんの口コミ効果が、もう出始めたのかもしれない。

あれよあれよ、昨夜のオープン時同様、一気に店内がお客さんで犇《ひし》めき合う形となった。

「ふぅ……ん？」

作業をし、一息吐《つ》いたそこで、私は気付く。

一般のお客さんの波の向こう——店の前の道に、次々に馬車が停《と》まり始めている。

高級そうな外観の馬車の扉が開き、中から豪奢《ごうしゃ》な衣装で着飾ったお嬢様達が降りて来る。

（……貴族だ……）

やっぱり来た――と、私は思った。

この王都は中心に国王の城があり、その城と城下街の間に貴族達上級国民の邸宅がある。

昨夜の花火は、貴族達の目にも留まった事だろう。特に、珍しいものや新しいものに目敏《めざと》い彼等彼女等なら、きっと何かしら調べに来ると思っていた。

とは言え、いきなり貴族ご本人達が来訪するとまでは思っていなかったけど。

（……よし、どんと来い……）

「失礼、道を開けていただけるかしら」

一般のお客さん達の流れを割り、ドレスに身を包んだお嬢様達が、次々に店内へとやって来た。

「あら？　これはごきげんよう、スナイデル家のビオーラ様。先月のパーティー以来ですわね」

「ごきげんよう、バルトロ家のメリー様。ええ、お変わりないようで嬉《うれ》しいですわ」

ザ・社交辞令な挨拶《あいさつ》を交えるお嬢様達。

「昨晩の騒ぎ、何事かと気になっておりましたが、こちらの商店の開店セレモニーだったようですわね」

「ええ、聞きましたわ。一体、どのようなものを取り扱っているのかと思いましたが……」

そこで、お嬢様達の表情が少し険しくなったのがわかった。

口元に扇子を当てて、眉間《みけん》に皺《しわ》を寄せている娘もいる。

理由は――彼女達の視界に映った、《ベオウルフ》達の姿のせいだろう。この界隈《かいわい》ではいくらか、彼等に対する風当たりは解消されたとは言え、そもそも獣人に対する目が厳しい国だ。

特に、上流階級の王族や貴族に、その差別意識が強くあると言われているのは知っている。

そのせいだろうか、接客中の《ベオウルフ》のみんなの表情や動きも硬い。

「あ、あ、そのショウヒンはデスネ……」

「こ、こ、こちら、30G《グロウガ》のお返しで……」

ありゃりゃ、ガチガチだ。

貴族達の目線が気になって、でも礼儀正しく接客しなくちゃいけない緊張感も相俟《あいま》って、こうなってしまったのかもしれない。

「まぁまぁ、そう警戒する必要は無いよ」

そこで、お嬢様達の前に姿を現したのは、誰《だれ》あろうイクサだった。

「彼等は見ての通り、無害で気の良い連中さ。君達も、今まで話を聞くだけで本物の獣人とここまで近くで接した事もないだろう？　この機会に、彼等のことをよく理解するのもいい。貴族として後学にも繋《つな》がると思うよ」

「い、イクサ王子!?」

お嬢様達も、やはり王子であるイクサを前にしたなら、驚きを隠せない様子だ。

「お、お会い出来て光栄ですわ！　恐れながら、わたくしバルトロ家の――」

「知ってるよ。数年前に一度だけ、会ったことがあるかな。バルトロ家と言えば交易で財を成した貴族だね。変わらない美貌《びぼう》のおかげで、すぐに思い出せたよ」

そう言って、ニコッと笑うイクサ。

（……イクサが……なんか凄《すご》い王子様っぽいキザな事言ってる！）

なんだか吹き出しそうになって、私は咄嗟《とっさ》に笑いを堪《こら》えた。

しかし、ここにイクサが居てくれてよかった。

貴族のお嬢様達は彼にメロメロで、《ベオウルフ》に対する警戒心も簡単に解いてくれたようだ。

「じゃあ、マコ。彼女達にこの店の商品を紹介してあげてくれないかな？」

「はい、かしこまりました」

イクサにアシストされ、私はお嬢様達に村で採れた果物や野菜、お花、それに工芸品の数々を紹介していく。

「おいしい！」

「こんなに甘くて瑞々《みずみず》しい果物、今まで食べたことがありませんわ！」

試食の果物に舌鼓を打ってもらい。

「綺麗……まるで、ガラスの中に花が咲いているようですわ……」

「それに、とても良い香り」

ハーバリウムの美しさを鑑賞してもらい。

「あら、なんてかわいらしい！」

「これは、ウサギ？　それに、イノシシ？　この寄せ植えは庭園をイメージしているのかしら」

ガライの作った木彫りや、フラワーアレンジメントに感動してもらう。

貴族でお高くとまった彼女達も、今や年頃《としごろ》の女の子――女子高生みたいにこの場の雰囲気を楽しんでくれている。

「わたくし、これも欲しいわ！」

「これとこれも、馬車に積んでおいて！」

あれもこれもと、次々に執事に命令してお買い上げである。

いやぁ、流石《さすが》貴族、買い物っぷりも気持ちが良いね。

「ふぅ……とても楽しいけれど、少し蒸し暑くなってきましたわね」

そこで、一人のお嬢様が、そう言ってハタハタと胸元を煽《あお》ぐ。

しめた——と、私は《ベオウルフ》達に目配《めくば》せする。

「よかったら、外で涼みましょうか」

そう言って、私はお嬢様達を外のテーブルへと案内する。

「特産品のフルーツを使った、目にも口にも涼しい飲み物をご用意いたします」

「飲み物？」

そこに、ガライがお盆を持ってやって来て、テーブルの上にそれらを置いていく。

「ふわぁ……」

と、お嬢様達の口から感嘆の溜息《ためいき》が漏れた。

彼女達に差し出したのは、我が村の果物と炭酸水を使った清涼飲料、フルーツソーダだ。

実は今日までに仕込みをして、果物を使ったジャムを作っていたのだ（ジャム自体は店頭でも並べている）。

私が《錬金》で、災害時の炊き出しなどに使われる〝大鍋《おおなべ》〟を錬成。

炭酸水《ソーダ》は、酒屋さんに提供してもらった。酒屋さんは、保存方法が瓶に栓をするだけなので長くは保《も》たないと言っていたけど、そこは私の出番。《錬金》で、〝シャンパンストッパー〟を錬成し（パッキン部分は少し細工）、炭酸水の長期保存を可能にした。

後は、デルファイに作ってもらった芸術的グラスに、ジャムとソーダを混ぜる。

底に沈殿したジャムと透明なソーダが、鮮やかなグラデーションを描く。

なんとも綺麗《きれい》な仕上がりだ。いいねいいね、元の世界だったらインスタ映え間違い無しだね。

「綺麗！　まるで宝石みたい！」

「セバスチャン‼」

そこで、お嬢様の一人が執事を呼びつける。

見ると、執事が何やら手持ちカメラのような機材を持ってきた。

「あれは魔道具だね」

横から、イクサが補足する。

「貴族のお嬢様達の間では、あの紙に風景を瞬時に写し取る魔道具が大流行《おおはや》りでね。良い風景を取り合っては自慢話の種にしてるんだよ」

マジか。この世界にもあるんだ、そういう文化というか風潮。

『こりゃ、こりゃ』

と、そこで、足元から声が聞こえた。

「あ、チビちゃん」

ウリ坊のチビちゃんが、頭の上にお盆と飲み物を載せて、ヨチヨチと歩いている。

もしかして、お手伝いしてくれてる？　偉い！

「な、なんですの⁉　この愛らしい生き物は！」

瞬間、チビちゃんの姿を発見したお嬢様達が目を輝かせ、我先にと手を伸ばしてくる。

『こ、こりゃ～！』

いきなりの事に、チビちゃんは怖がって私の足元に駆け寄って来た。

「こ、この子は一体⁉　この子もお店で売っているんですの⁉」

「いやいや、売ってません売ってません、商品ではないです」

「おいくら出せばいただけますの⁉」

「ですから、売りませんって。大切な従業員です。お触りも禁止です」

私の足元で『こりゃ～』と涙目になっているチビちゃん。

そのチビちゃんに群がるお嬢様達の後ろの方で、背伸びして状況を見ようとしている一人のお嬢様がいた。この貴族達の中では、どちらかと言うと大人《おとな》しい性格の方なのかもしれない。

「あっ」

すると、そのお嬢様が背伸びしようとして足元を踏み外し、コケそうになる。

「……っと」

倒れそうになったそのお嬢様を、すかさず近くにいたガライがキャッチした。

「あ、ありがとう、ございます」

意図せずお姫様抱っこのような状態になったお嬢様が、呆気《あっけ》に取られたような、しかし赤面した表情でガライを見上げる。

「……気を付けてください」

ガライはお嬢様を軽く持ち上げ、そして地上に立たせる。

うわー、紳士的。

それをされたお嬢様も、おそらく普段、あまりガライのような男性に会う機会が無いのだろう。

ワイルドで逞《たくま》しい男に、ポウッとしちゃってる。

「わ、わたくしも！　わたくしもしていただけるかしら⁉」

「あのサービスは、いくらで受けられるの⁉」

「いえ、すいませんがあれはサービスではありません」

◇◇◇

その後も、お嬢様達は私達の店を十分に堪能してくれた。

貴族のお客様という事もあって羽振りもよく、あれもくださるかしら、これもくださるかしら、あとそれも——と、一気に商品を買って行ってくれた。大分、このお店の商品というか雰囲気を気に入ってくれたようで、「また来ますわ」とのお言葉もいただいた。

「いやぁ、上客ゲットだね」

「マコ！　凄いぞ！　商品がドンドン売り切れてる！」

《ベオウルフ》達も感動したように、そう叫んでいるが——。

（……うん、確かに売れ行きは良いけど……）

これは少々、〝良すぎる〟かもしれない。

「あ、そっちももう在庫切れか」

「うん。その商品の棚のＰＯＰ、完売に書き換えておいてくれるかな」

「おう」

さて、心配が出て来た。在庫、保つかな？

◇◇◇

貴族のお嬢様達が帰られた後も、人の流れは途切れる事がない。

むしろ、どんどん増加していっているような気がする。

「す、凄い……お客さんが、全然減ってない」

お昼を回ったところで、マウルやメアラ、オルキデアさんにフレッサちゃんも復活した。

相変わらずの店の状態に、驚いている。

マウル達には、飲食コーナーのウェイター役になってもらい、料理や飲み物を運んでもらう。

「ふぅ……」

しかし、息つく暇が無いとはこのことだね。

と言っても、営業時間中、常にフル稼働だったホームセンター時代も同じようなものだったけど。

「こんにちは、マコ嬢」

するとそこで、不意に声を掛けられた。

「あ！　モグロさん！　それに、ベルトナさんも！」

私の前に現れたのは、先日訪れた冒険者ギルドの従業員。

《鑑定士》のモグロさんに、受付嬢のベルトナさんだった。

「先日は、大変お世話になりました」

深々と首《こうべ》を垂れるベルトナさん。

「え？　いや、むしろお世話になったのは私の方じゃ……」

「何をおっしゃるのですか！　マコ嬢！　あなたの活躍はウルシマ氏から伺いましたよ！」

モグロさんが眼鏡《めがね》の奥の瞳《ひとみ》を輝かせながら、私の手を取った。よかった、眼鏡復活してる。

「あの《悪魔族》を倒すなんて……しかも、瞬殺だったと聞きました！　一体、どのような手段を使ったのですか⁉　この話は既に界隈では広まっており、聖教会の関係者も、今回の件に関してかなり興味を持っているようで伝説の《聖女》が現れたのではないかと――」

「モグロ様、少々トーンを落としてください」

興奮して早口になっているモグロさんを制し、ベルトナさんが改めてペコリとお辞儀をする。

「今回、私達が来たのはその件に関して、お渡ししなければならないものがあったからです。まずはこちらが、先日の報酬となります」

そう言って、ベルトナさんがかなり大きな皮の袋を手渡してきた。

「ウルシマ様とアカシ様の希望により、今回の報酬の配分はほとんどがマコ様の取り分となりました。加えて、同行されたイクサ王子とガライ様の分も踏まえ、このような額に」

「へぇ、別にそんなに気を遣ってくれなくてもよかったのに」

だって、殺虫剤シュッてやっただけだからね、私の仕事。

「加えて、マコ様には今回の任務での働きと能力から判断し、是非Aランク冒険者へ昇格していただきたいと冒険者ギルド本部が判断しました」

「え？」

ベルトナさんは、何やら分厚い書類を取り出す。

「こちらの承認書にサインいただいた後、直ちにマコ様のためのAランク冒険者のライセンスを発行させていただきます」

「ちょ、ちょっと待ってください！　私がAランクですか⁉」

「是非」

ズイッと、ベルトナさんが顔を寄せてくる。

うう……まぁ、嬉《うれ》しいけど、Aランクに上がったりすると、何か他の仕事とか役目とかが増えたりするのかな？　だとしたら、正直そんな暇はないんだけど……。

「マコ、Aランク冒険者になったの？」

「凄い……」

いつの間にか居たマウルとメアラが、キラキラした視線を向けてくる。

「いや、うーん、ちょっと私には荷が重いかなぁ……なんて……」

「《悪魔族》を一撃のもと屠《ほふ》るほどの実力をお持ちながら、何を荷の重い事がありましょうか」

ズズイッと、更にベルトナさんが顔を寄せてくる。近い近い！

「しかし、大盛況ですな、マコ嬢。武力のみならず、これほどの商売の才をお持ちだとは」

一方、モグロさんは呑気《のんき》に店内を見回している。

おたくの受付嬢の暴走をちょっとは制御して欲しいな。

「そ、そうなんですよ、デルファイのおかげで良い商品が作れて――」

と、ベルトナさんの圧から逃れるために、モグロさんの方の話題に乗ろうとした――。

その時だった。

「おい、どうなってんだこりゃあ！」

店内に、だみ声が轟《とどろ》いた。見ると、如何《いか》にも強面《こわもて》な男が、商品の野菜を手に叫んでいる。

「この野菜、傷が入ってるじゃねぇか！　この店はこんな品質のもん売って金儲《かねもう》けしてんのかよ！」

「おい！　こっちのガラス細工、割れて中のオイルが漏れてるぞ！　手が汚れたじゃねぇか！」

また別の場所からも、同じような声が聞こえてくる。二人、三人と、声を荒らげる客が現れ始めた。

（……不良品があったのかな？）

当然、その可能性だって0じゃない、けど……。

「マコ様、あの方達……」

そこで、フレッサちゃんがビクビクと震えながらやって来た。

「わたし、見ました……あの方達は、見えないところで自分で商品にキズを付けていたの……」

「ああ⁉ なんだ、このガキ！ 俺達が何だって⁉」

フレッサちゃんの声が聞こえたのか、男達の一人が咆哮《ほうこう》を発する。

フレッサちゃんが、「ひっ」と悲鳴を上げて私の足元にしがみ付く。

「マコ殿、ここ数日、私は店の警備をしていたが……」

そこで、スアロさんが現れた。

「この男達、例のならず者共の仲間だ……この店の周囲を徘徊《はいかい》しているのを、何度も見た」

「……だと思ったよ」

事ここに至って、直接的な妨害活動に出たというわけだ。

彼等の狙《ねら》いはわかりやすい。

何も、この店の商品に難癖をつけて、粗悪品のレッテルを貼ろうとしているわけじゃない。

彼等のような、質の悪そうな客がやってくる店だという印象を作りたいのだ。

そうすれば、マトモな人達は寄り付かなくなる。貴族なんかは顕著に足を運ばなくなるだろう。

現に、周囲の普通のお客さん達も怯《おび》え、怪訝《けげん》そうな顔をしている。

「下郎共が、ここで切り伏せるか？」

「待って待って、スアロさん。無暗《むやみ》やたらに血を見せちゃいけないよ」

私は、足に引っ付いているフレッサちゃんをスアロさんの方に寄せて、暴れている男達の方へと向かう。

「私が対処する」

私は男達の前まで行くと、深く頭を下げた。

「大変申し訳ございません。商品の品質に関しては、これからも一層入念な確認を行い、販売に当たらせていただきます。しかし、店内で大声を出されますと、他のお客様にとってもご迷惑となる事もございますので、出来れば店の外でお話を――」

「んなこたぁ、どうでもいいんだよ！」

手に持っていた野菜《トマト》を投げ付けられた。

肩に当たったそれを、私はキャッチする。

「申し訳ねぇって思うなら、誠意を見せろよ！」

「ああ、そうだ、土下座して迷惑料でも持ってこんかい！」

「出来ません」

私は頭を上げる。視線はただ、まっすぐ前に向けている。

「わたくし共に出来るのは、ただお話をさせていただくことだけです」

「なんだぁ、そりゃ！　この店はサービスがなってねぇぞ！　お客様は神様だろうが！」

「…………」

私は深く溜息《ためいき》を吐《つ》く。いつの時代にも、こういう人っているんだね。

「……〝客〟」

私は、空中に〝客〟という字を書く。

「〝客〟という字の意味は、招かれて来る〝人〟、訪れる〝人〟、お金を払って物を買う〝人〟を言い表します」

私の目力に、正面に立つ男が少し身構えたのがわかった。

「〝人〟なんです。いくら〝お〟と〝様〟を付けて敬ったところで、お客様は〝人間〟です。私達は、どのようなお客様であれ同じ人間としか認識いたしません」

「こ……このアマ、それが客に対する態度か！」

一向に戸惑いも見せない私に、男は逆上して声を荒らげ始める。

その時だった。

「お客様は人間……」

その男の肩に、ガッと手が置かれた。

「なら、店先でキーキー喚《わめ》くだけの猿は、人間ですらねぇな」

ガライだった。強面の男達がちっぽけに思えるほどの殺気と威圧感を放ち、彼は言う。

「駆除されたいのか？」

ひゃー、あんな顔で迫られたら、常人だったら失神しちゃうね。

「な、なん、テメェ！」

混乱したのは、相手の男の方だ。ドスを利かせても、高圧的な態度を取っても、一向に折れない。

しかも、ガライを前にして明らかに胆力で負けを自覚したからなのか。

それでも、やはりチンピラ。暴力を生業《なりわい》としている、ならず者。

即座、放たれた拳《こぶし》がガライの横っ面に叩《たた》き込《こ》まれた。

「ガライ！」

私は、ガライに叫ぶ。

しかし、殴られたガライは微動だにせず、私の方に「わかっている」というように視線を向ける。

「……っい、ってぇぇ！」

一方、殴った男の方が逆に拳を押さえて蹲《うずくま》った。

「今のって……」

「おそらく、ガライ氏の持つ力なのでしょうね」

後ろで、モグロさんが眼鏡《めがね》を光らせた。

「モグロさん、何か知ってるんですか？」

「先日、彼には鑑定は必要無いと言われましたが、わたくしの性分として気になったものは調べないと気が済まない性質《たち》で。実は隠れて秘《ひそ》かに、ガライ氏のステータスも鑑定していたのですよ」

ニヤリと笑うモグロさん。

「いや、それ覗《のぞ》きと一緒ですからね。絶対ダメなやつですからね」

「け、決して口外はしておりませんよ！　……ガライ氏の持つスキルは《鬼の血》。彼は《鬼人族《オーガ》》の血の流れる亜人であり、自身の魔力を使い、膂力《りょりょく》を倍加させる力を持つようです」

仮にガライの魔力を100とするなら、10の魔力を注げば、二倍。20の魔力を注げば、三倍――といったように、比例してパワーを増強出来るのだという。

「そして、魔力が十全な状態でその全《すべ》てを注いだ際に限り、そのパワーは本来十倍になるところが、百倍……いや、二百倍……おそらく更に上まで増強出来るスキルをお持ちなのです」

「なるほど……」

だとすると、ガライは今殴られてる部位に多少の魔力を注いで、邀撃《ようげき》しているのかもしれない。

相手に顔を殴られるってことは、逆に言えば、顔で相手の拳を殴り返してるとも解釈出来るし。

何はともあれ、ガライに全く攻撃が通じない……むしろ、攻撃した側がダメージを受けている事に、男達は困惑して狼狽《うろた》えている。

「ここか？　通報があったのは」

そこで、店の玄関に一人の騎士が現れた。

王都の紋章の入った甲冑《かっちゅう》を着た、ザ・騎士だ。

「市井警備騎士団だ。何やら揉《も》めていると通報があったため来たのだが……」

「お、おう騎士様！　ちょうどよかった！　この店の従業員に暴力を振るわれたんだ！」

拳を押さえ蹲っていた男が立ち上がり、騎士にすり寄っていく。

本当に調子が良いな。

「その話は本当か？」

「ああ、こいつにやられたんだ！」

騎士がガライの方に視線を向ける——。

「……ん？」

するど、騎士の視線が、ガライではなく私の方へと来たのがわかった。

「……ま、マコ殿!?」

騎士は私の顔を認識するなり、そう叫んだ。え？　誰《だれ》？

「マコ殿！　私です！　以前、市場都市の騎士団に所属していた者です！　青果店での盗賊の立てこもり事件の際、貴殿の雄姿をこの目に焼き付けておりました！」

……え？

「ああ！　あの時の！　え、どうしてここにいるんですか!?」

「配属が変わりまして、今は王都にいるのです！　おお！　お変わりない様子！　貴殿の槍術《そうじゅつ》の腕、いまだに仲間内でも語り草ですぞ！　一体、いつになったら我々に稽古《けいこ》をつけに来てくださるのですか⁉」

その話、まだ生きてたんだ……。

「おい、騎士様！　何の話だ！　それよりこっちだろ！」

「ん？　ああ、暴力の事か？」

騎士は、男とガライを見比べ、そして私を見る。

「あの男の言っていることは本当ですか？　マコ殿」

「いえ、嘘《うそ》です。先に手を出したのは向こうの方です」

「ああ⁉　何を根拠に――」

「黙れ！　マコ殿がそんな下らん嘘を吐《つ》くはずないだろう！」

騎士は敢然と男に向かって怒鳴った。

「他の客人方にも聞きたい！　どちらの言っていることが正しいのだ！」

騎士がそう叫ぶと、一部始終を見ていた他のお客さん達が「店長さんの言ってることが正しいです！」「その男が先に手を出して、というか騒ぎ出したんです！」と証言し始める。

一気に劣勢になったのは、チンピラ達の方だ。

「どういうことだ？　貴様等の言っている事と矛盾しているぞ。そもそも、貴様等どこから来たのだ？　見るからに堅気には見えんぞ。まさか、暗黒街の――」

「ず、ずらかれ！」

騎士に根掘り葉掘り追及されるや否や、男達は疾風の速さで店から出て行った。

どうやら、妨害活動は難なく片が付いたようだ。

男達がいなくなった後、他のお客さん達から「大変だね」「頑張って！」と声を掛けてもらった。

騎士には「また何かあったら呼んでください。すぐに来ますよ！」と言ってもらえた。

なんだか、街が私達の味方になってくれたようで、心強い気持ちになった。

「ところで、マコ様。Aランク昇格の件ですが」

「えーっと……その話、また手隙の時でいいかな？」

ベルトナさんは、マイペースだった。

◇◇◇

貴族達の来訪。敵の妨害活動。

それらの厄介事が済んだ後も、依然としてお客さんの流れは途切れない。

アバトクス村名産直営店の初日動向は、凄《すさ》まじい数値を弾《はじ》き出しそうなほど順調だ。

ただ……。

「マコ！　パプリカも完売だ！　もう倉庫に在庫も無い！」

「……そうか。しょうがないね」

パプリカの棚のPOPに、『完売しました』の表示を書き加える。

そして私は、改めて店内を見回す。売れ行きが好調過ぎて、売り切れの棚が増え始めてきた。

「おいおい、すげぇな。もう店の中のもん、全部無くなっちまうんじゃないか？」

宿で一眠りし、戻って来たウーガがウキウキした様子で言う。

「うーん……」

「ん？　マコ、どうしたんだよ、難しい顔して。完売御礼かもしれないんだぜ？」

「馬鹿！　ウーガ、それがマズいんだろ！」

喜んでいるウーガに、ラムが鋭く指摘する。

「売るもんが無くなっちまったら、1Gも稼げなくなるじゃねぇか！」

「あ……そうだよ！　やべぇぞ、マコ！　早く村に商品を取りに行かねぇと！」

一転して慌てふためくウーガに、私は言う。

「うん、大丈夫。それに関しては、もう手を打ってあるから」

「え？」

「ただ……予想を超えて消化が速すぎるんだよね。間に合えばいいけど――」

と、私が呟《つぶや》いた――その時だった。

『姉御《あねご》ー！』

『マコー！』

『コラー！』

「……！　来た！」

遠くの方から、聞き慣れた声が聞こえた。私はすぐさま、店の外に出る。

『待たせたな、姉御！　追加分を持ってきたぞ！』

「ありがとう、エンティア！　クロちゃん！　みんな！」

そこに、いっぱいの商品を積んだ荷車を引いて、エンティア達がやって来ていた。

三日前の夜、エンティアとクロちゃんに頼んだ極秘任務とは、初日の消化を考慮しての追加発注だったのだ。

二匹のスピードを生かして村に帰ってもらい、早めに到着するように手配しておいたのだ。

「うおおおお！　エンティア！　黒いの！　お前等、村に商品を取りに行ってたのか！」

「よっしゃあ！　これで在庫確保もばっちりだな！」

「早く棚に出せ出せ！」

《ベオウルフ》達が、急いで商品を店の中に担ぎ込んでいく。

ガライとオルキデアさん、それにデルファイには、店のバックで創作商品の作成を進めてもらう。

「ふぅ……いやぁ、大盛況なのは良いけど、これじゃあ休む隙が無いね」

すっかり飲食コーナーのウェイターになっていたイクサが、汗を拭《ぬぐ》いながらそう呟いた。

「大丈夫？　疲れたなら、休んでも良いんだよ？」

「いやいや、この勝負、僕が頑張らなくて誰《だれ》が頑張るんだ。それに、あんな小さな子達も一生懸命働いてくれてるんだしさ」

イクサが指さした先には、マウルやメアラ。

『こりゃ、こりゃ、こりゃ』

そして、チビちゃんの姿。うんうん、本当によく頑張ってくれてるよ。

『あ、あのチビ！　やっぱりこっちにいたんだな、コラー！』

そこで、荷台を引っ張って来てくれたイノシシ君の一匹が、お盆を頭の上に載せて運んでいるチビちゃんを見て、そう言った。

『ちゃんと姉御の役に立ってるみたいだな、コラー！』

「うん、そりゃもう、貴族のお嬢様達のアイドルになるくらいにね」

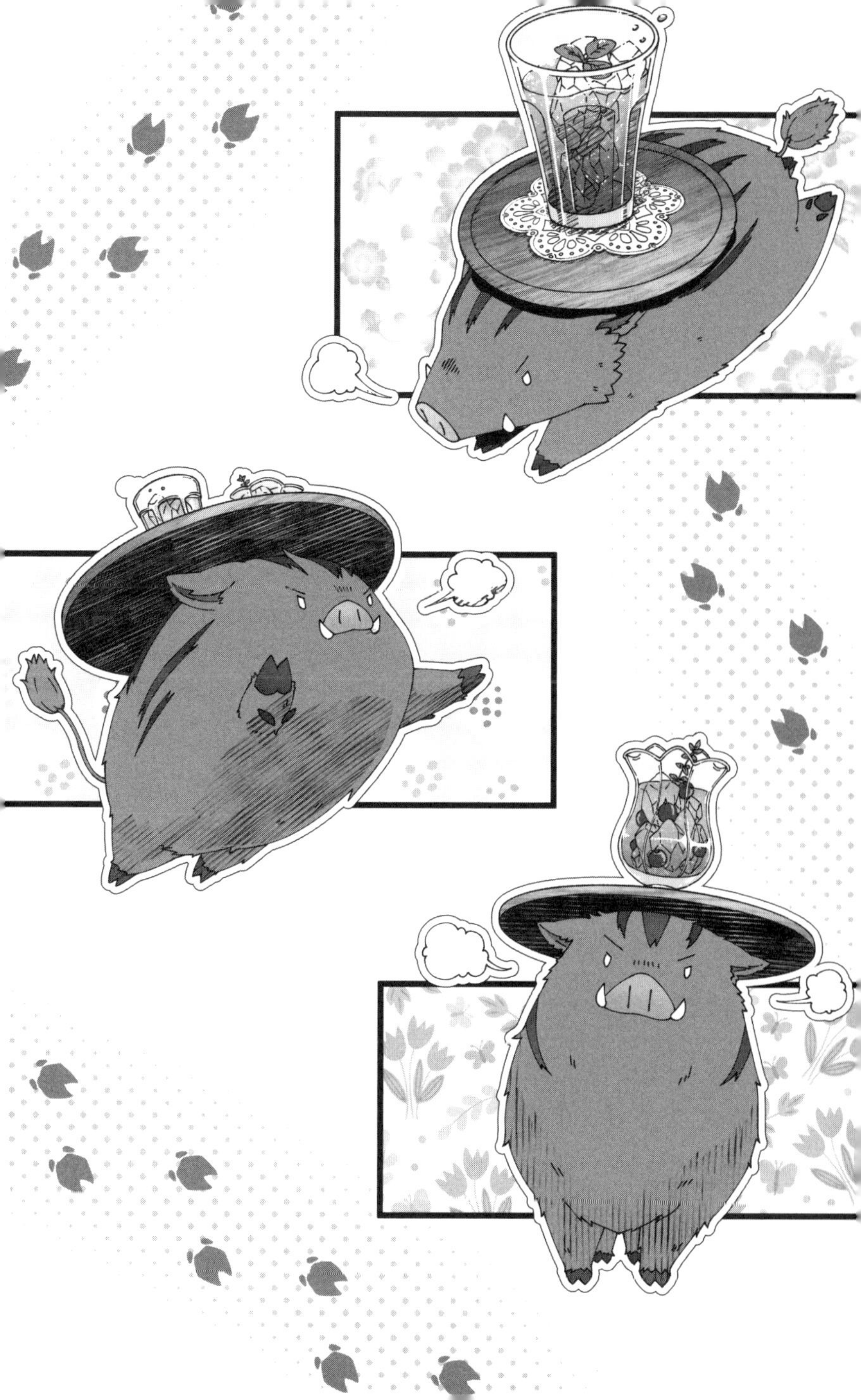

『ようし、お前等も頑張るんだぞ、コラー！』

「え？」

イノシシ君がそう叫んだと同時――。

荷台の中から、何匹もの小さなイノシシ――ウリ坊達が飛び出した。

『『『『こりゃー！』』』』

「ええ！　みんなも付いてきたの⁉」

『あねごー！　おてつだいします、こりゃー！』

『がんばるがんばる、こりゃー！』

ぴょいんぴょいん、と飛び跳ねるウリ坊達。

「おお、これはこれは、頼もしい援軍が来たね」

「うん、まったくね」

ウリ坊達は厨房《ちゆうぼう》から、注文された商品を我先にと運んでいく。

お客さん達は、突如現れたかわいいウェイター達にキュンキュン来ている様子である。

そんな様子を、私とイクサは見ていた。

『姉御、我とこの黒毛玉も手伝うぞ。料理を運べばいいのだな？』

『本来、マコの騎士たる俺がこんな雑用をするのはどうかと思うが、まぁ、いいだろう。こっちの白毛玉にだけ良い恰好《かつこう》をさせたくないからな』

エンティアとクロちゃんも参加。こうして、店の人員体制は盤石と化した。

荷物を運んでくれたイノシシ君達と《ベオウルフ》には、村に戻ってまた商品を持って来てもらうよう依頼したし。

後は、売って売って売りまくるのみ！

◇◇◇

そして、時は過ぎ去り、夜八時。

お客さんの流れは未《いま》だに変わらず、加えて店の外では宴会が開始されている。

「結局、昨日《きのう》の夜の開店から二十四……あ、二十五時間か。休まる時が無かったね」

「うん……いや、ごめん、僕はそろそろ限界かな」

近くの椅子に腰を下ろし、イクサは空を見上げながら額を押さえている。

いや、むしろよくここまで頑張ってくれたと思うよ。

「そういえば、営業が忙しすぎて売り上げの確認とか全然出来てないや……やっぱり、営業時間はちゃんと決めた方が良いかもしれないね」

「そのようですね」

そこで、背後から声。振り返ると、あの老年の監視官が立っていた。

「イクサ王子、マコ様、現時点におけるアバトクス村名産直営店の売り上げのご報告に参りました」

「お、もう計算したのかい。仕事が速いね」

「ルールですので」

監視官が現れた事に他のみんなも気付き、屋外スペースに集まって来る。

「では、本来であれば一日の閉店時間に途中経過を発表する予定でしたが、初日の営業開始時間を夜七時に設定されたため、異例により昨日と本日、一日目と二日目の売り上げを合計してご報告したいかと思います」

「つ、遂に来た！」

監視官のその発言に、皆が慌てふためき始める。

他のお客さん達も、事情は知らないだろうけど、こちらの様子を何事かと見守ってくれている。

「お、落ち着け！　落ち着けよお前等！」

「俺は落ち着いてるよ！　お前こそ！」

「な、なぁ！　とりあえず、この二日でいくら稼げてればいいんだ⁉」

《ベオウルフ》達が、ひーふーみーと指を折って数を数え始める。

「とりあえず、単純に１０００万を一週間で割って……」

「一日１４２万以上稼げてればいいんだろ⁉」

「それが一応二日分だから、２８５万以上だ！」

「でも、開店したばかりだから、その目新しさとか新規性とかを考慮して、後々売り上げが下がる事も考えて貯金も作らなくちゃとかだから……」

「ええい、難しい事はわかんねぇけど、とりあえず３００万！　３００万以上稼げてれば御の字！」

《ベオウルフ》達が、パンッと手を合わせて祈る。

私も黙って、監視官の声を待つ。

七日間の売り上げ合計１０００万Ｇ以上で勝利。

果たして、いくら稼げているか……。

「では、発表いたします。現、二日目時点における総売上額は――」

一拍置き、監視官が言い放った。

「780万Gです」

「「「………」」」

「………」

「「「………」」」

「………」

「「「………え？」」」

「780万Gです。細かい端数は切り捨てておりますので、正確には781万3562Gです」

「「「………いやいやいやいやいやいや！！！」」」

皆が目をひん剥《む》いて監視官に詰め寄る。

「780万⁉　一日……いや、二日間の売り上げが⁉」

「はい」

「え、え、だって1000万稼げば勝ちなんだよな⁉」

「はい」

「じゃあこの二日で半分以上……いや、四分の三以上稼いだって事なんだよな」

「はい」

そこで、今までずっと無表情だった監視官が、ふっと口角を持ち上げた。

「おめでとうございます。勝負開始二日目にして、戦局は皆様の勝利に大きく傾いているかと」

「「「………うおおおおおおおおおおおおおおおおおおお！！！」」」

瞬間、《ベオウルフ》のみんなが互いに抱き着き合って飛び跳ねる。マウルとメアラもぴょんぴょんとジャンプし、フレッサちゃんとオルキデアさんも手と手を合わせて歓声を上げる。

「すげぇぇぇぇぇぇ！　え、嘘《うそ》⁉　そんなに売れたのかよ！」

「やべぇよ、マコ！　７８０万だってよ！」

ウーガやバゴズが、私に飛び付いてくる。

「うん……７８０万か」

対し、私は。

「そうか……もうちょっと行けると思ったんだけどな」

「「「「……え」」」」

私の発言に、皆が絶句した。でも、これが正直な私の感想だ。

確かに想定以上の売り上げだったけど、私の中では少し不完全燃焼な部分がある。

「貴族に予想外に受けて、在庫回転率が上がった事がチャンスロスに繋《つな》がったのかもね。反省しないと」

「マコが何か難しい事言ってる……」

ぶつぶつと呟く私を見て、マウルとメアラが震えている。

「まぁまぁ、マコ、今くらいはそんな難しい顔はしない方が良い」

そこで、私の肩に腕が回される。至近距離、イクサの顔が寄せられた。

「マコなら、どんな相手だろうと真正面から挑んで正々堂々ボコボコにしてくれると思ってたよ」

「そんな風に思ってたんだ、私の事」

もうちょっとかわいらしく言葉を選んで欲しいね。でも、直後、イクサはニッと笑って。

「ありがとう。いつも、僕の信頼に応《こた》えてくれて」

「……ふふっ、まぁね」

そう言われたのは素直に嬉《うれ》しいので、許す事にした。

「お、どうしたんだ⁉　何か騒いでたけど」

「何か、嬉しい事でもあったのか？」

近くのテーブルから、声を掛けられた。

見ると、以前、クロちゃん達黒い狼《おおかみ》の群れの事件で関わった、牧場主の知り合いのおじさん二人がそこに居た。

「あれ、二人共！　来てくれてたんだ！」

「当たり前だろ！　あれだけ世話になったんだ」

「しかし、美味《うま》い酒だな。俺《おりゃ》ぁ、こういう果物の入った酒はあんまり好みじゃなかったんだが、こいつは別格だぜ」

ほれ――と、おじさんが私にグラスを差し出してくる。

「良い事があったんなら、飲みな。俺からの奢《おご》りだ」

「え？　いやぁ、でも私、あまりお酒が強くなくて……」

う～ん……と唸《うな》る私。

……ま、今日くらいはいっか。

「じゃあ、一口だけお言葉に甘えて……」

◇◇◇

「えへへへへ……」

「……大丈夫か？　マコ」

……あれ？

気付くと私は、夜の道を歩いていた。

私の肩に手を回し、ガライが横に付き添ってくれている。

「はれ？　私、どうしてここに……」

「やっと、正気になったか」

安堵《あんど》したように、ガライが言った。

「店の客からもらった酒を一口飲んで、あんたは泥酔したんだ」

「……で、泥酔」

嘘……そこらへんの記憶が一切無い。

「酔っぱらったあんたは、マウルやメアラや、他の《ベオウルフ》達……ともかく皆に抱き着いて回ってたぞ」

「ええ……」

「いや……別に迷惑というわけじゃなかったが、『今日まで頑張ってくれてありがとう』とか、感謝の言葉を言ってただけだからな。後、『彼にはこういう良い所がある』と各々の長所を褒めて回っていた」

「…………」

は、は、恥ずかしい！

酔っぱらった私、何してんの!?

「……ちなみに、私、ガライにも抱き着いた？」

「………………」

「ガライに関しては、なんて言ってた？」

「………………」

ガライは黙っている。

……よし、追及しないようにしよう！

「今、何時かな？」

「夜中の十二時だ。今日は十時には店を閉めた」

そうか……よかった。流石《さすが》に、何の事務作業もしないで二十四時間営業はきついからね。

明日からは、当初の予定通りの営業時間にしよう。

「……他のみんなは、もう宿に戻ってるの？」

「ああ」

「そっか……ありがとうね、ガライ。きっと、私に付き添ってくれてたんでしょ」

それで、帰りがこんな時間になってしまったのだろう。

「いや、大丈夫だ。気にするな」

「うう……もうお酒は飲まないようにしよう」

今回の教訓を、強く胸に抱く私。そんな私に、ガライは。

「いや、たまになら良いんじゃないか」

「え？」

「これだけの成果を出せた最大の要因は、あんただ。あんたの頑張りがあったからこそだ。たまにくらいは、羽目を外してもいいだろう」

ふっと、ガライが笑う。

「心配なら、俺が傍《そば》にいる」

「………ふふっ」

まだ、お酒が残ってるからかな。

顔が熱いや。

私とガライは王都の夜風を浴びながら、一緒に宿への帰路を歩く。

「……ん？」

しばらく歩いたところで、だった。

街並みの灯《あか》りからも外れ、少し仄暗《ほのぐら》い路地に差し掛かった際、私は不意にその気配に気付いた。

「……ガライ」

「ああ」

私はガライに声を掛け、立ち止まる。そして同時に振り返った。

「！」

瞬間、何か黒い影が、後方の物陰に隠れたのがわかった。

何者かが、私達を尾行していたようだ。

「誰《だれ》？　いるのはわかってるよ？」

私が誤魔化《ごまか》す事無く言うと、物陰から、黒色のフードを被《かぶ》った人物がおずおずと姿を現した。

「あれ？　レイレお嬢様？」

フードを取ると、その下から視線を泳がせるレイレお嬢様の顔が現れた。

「えーっと、何かご用ですか？」

「べ、べべべ、別に！　たまたま帰り道が一緒になっただけよ！」

いやぁ、どう考えても帰り掛けの恰好《かっこう》とは思えないけど……。

そこで、私は一つの仮説を思い付く。

「もしかして、レイレお嬢様……ずっと、私達のお店の偵察をしてました？」

カマをかけるつもりで問い掛けてみると、彼女はビクッとわかりやすく体を揺らした。

「うちの店が繁盛してるのが気になって、偵察に来て、で、更に私達の帰り道まで尾行していたと」

「そ、そそそ、そんなわけ！」

「………」

「うぅー……そうよ！　勢いのある競合店の分析をするためなんだから、何が悪いの⁉」

嘘《うそ》が吐《つ》けない体質らしい。

「レイレお嬢様、私達は宿に帰る途中なので、このまま付いてきても何もありませんよ？」

「いえ、何か……何かヒントがあるはずよ！」

かなり興奮した様子で、レイレお嬢様は私に人差し指を向けてくる。

「あれだけの独創的な宣伝方法や商品を開発する思考回路が、どんな生活から生み出されているのか！　あんたに密着していれば見えてくるはず！」

いやぁ、どれも元の世界で得たホームセンター知識だからなぁ。

あまり、私と一緒にいても意味はないと思うけど……。

「正直……今日、あんたの店に潜入して、色々と見させてもらっていたけど……商品、飲食サービス、店の備品や各種媒体、それにお客様への対応……どれに関しても、衝撃を受けたわ。認めたくないけど、敗北を感じた。あたしも、あんな発想力を手に入れたい！」

「それは、ありがとうございます。でも、そう思ったなら別にわざわざ尾行なんてせずに、そのままレイレお嬢様のお店でもやってみたら良いんじゃないですか？」

「そんなみっともない事出来るはずないじゃない！」

レイレお嬢様は言う。

「人の店のアイデアをそのまま模倣するなんて、グロッサム家の次期当主として恥ずかしい事この上無いわ！」

「うーん……でも、何事もまずは模倣から始まると言いますし――」

「マコ」

そこで、ガライが呟《つぶや》く。

「彼女だけじゃない。さっき俺が感じた気配は、複数あった」

「………」

「ちょっと！　何を黙って――」

そこで、私も、レイレお嬢様も異変に気付く。

周囲の暗闇《くらやみ》の中、私達を囲うように、何人もの人影が集まってきていた。

「な、なによ、これ……」

「レイレお嬢様、この場から去ってください」

明らかに異様な雰囲気に、怯《おび》える彼女に撤退するよう言う。

改めて見回してみると――私達を包囲する者達の中には、昼間、店内で騒ぎを起こしていた男達の顔もあった。つまり――。

「いやぁ、まったく想定外ですよ、ええ」

男達の中から、白黒髪の男が現れる。ブラドだ。

「想定外、想定外、はっきり言って舐《な》めてかかってました。まさか初日からあれだけの満員御礼。アタシらが手を出す隙も暇もない。何とか苦し紛れに店の中にまで入れたものの、市井警備の騎士団に追い出されて、結局指を咥《くわ》えて成功していく様も見ているだけしか出来なかった……」

「で、こうして直接的に手を下す方法できたと」

私が言うと、ブラドは苦笑する。

わかる。

いつも通りの飄然《ひょうぜん》とした態度を取っているが、その表情はどこか強張《こわば》っている。

焦っているのだ。

文字通り舐めてかかった結果、もう手遅れの状態にまで戦局が傾いてしまったことに。

「私がいなくなれば……って、そう考えてるのかな？」

「ここ数日間見ていればわかりますよ。あんたがあの連中を仕切っているド頭。今回の戦いの最要所は、イクサ王子じゃない、あんたです」

瞬間、気配を押し殺して私の背後に接近していた何かが、私の体を抱きかかえた。

「何も殺そうってわけじゃない。あんたを人質に出来れば、他の連中はアタシ等の言う事を聞く他なくなる。店を動かせなくさせるのは簡単だ」

瞬時にガライが反応するが、それよりも早く、男は私を抱えてその場から飛《と》び退《の》く。

「おっと！　手を出すんじゃねぇぞ！」

手に持ったナイフを、私の首筋に当てて、私を人質に取り言い放つ。

「へっへっ、昼間は世話になったな？　おい」

手出しを封じられたガライに、また別の男が近付く。

よく見れば、クレーム騒ぎを起こしてガライに殴り掛かり、逆に返り討ちに遭った男だ。

「あの女の体が心配なら、下手《へた》なマネするんじゃねぇぞ。いいか？　てめぇには、今から俺達に袋《ふくろ》叩《だた》きにされてもら――」

「ガライ」

男の言葉など待たず、私は言う。

「遠慮なくやっちゃって」

「ああ」

刹那《せつな》、ガライの拳《こぶし》が男の顔面を叩き潰《つぶ》した。

「っごぉ！」

空中で乱回転し、男の体は遥《はる》か彼方《かなた》に飛んで行った。

「な！」

「てめぇ、何してんだ⁉」

すかさず、他の男達もガライに襲い掛かるが、まったく相手にならない。近寄ってきた先から、その拳に撃ち抜かれて、ある者は地面を転がり、ある者は外壁に叩きつけられる。

「ひ、きゃ！　な、なに」

一瞬にして巻き起こった嵐《あらし》のような状況に、レイレお嬢様もわけがわからず悲鳴を上げる。

「あいつ、状況がわかってんのか……しかたがねぇ、おい、女！」

私を捕まえていた男が、首筋に当てた刃物に力を籠める。

「少し痛い目に――」

私は、男の片腕で体を抱き締められた状態のまま、後ろ手で《錬金》を発動。

長さ一メートルの〝単管パイプ〟を作成する。

錬成されたパイプの先端が、そのまま男の顎《あご》先を真上に叩き上げた。

「ぶごっ！」

「さっきまでは、俺達は店の店員だ。こっちから手を出すようなマネはしねぇ」

襲い来る男達は、既に得物《えもの》を出し始めていた。

しかし、そんなものは意に介さず、躱《かわ》し、迎撃で吹き飛ばし、ガライは言う。

「今は勤務時間外だ。どういう意味かわかるか？」

ガライの言葉を引き継ぐように、私も宣言する。

「好きにさせてもらう、って事だよ」

迫る男達の魔の手を回避し、パイプを振り抜いて応戦する私。

ちょっとお酒が入っているからか、結構容赦ない性格になっているかもしれない。

が、ともかく、次から次に襲い掛かってくる男達を、私達は難無く払いのけていく。

「ど、どうなって……」

そんな光景をポカンと見ているレイレお嬢様。

「くそ、この野郎！」

ガライに吹っ飛ばされた男の一人が、立ち上がり様、彼女に襲い掛かった。暗闇に加え、直前に衝撃を受け思考がままならないまま、近くにいた人物に無差別に襲い掛かったのかもしれない。

「きゃあッ！」

迫る男に、レイレお嬢様が悲鳴を上げた。

瞬間、私は、もう片方の手に長さ五メートルの〝単管パイプ〟を召喚。

長槍《ながやり》の如《ごと》く伸ばしたそれで、彼女に襲い掛かった男の腹部を痛打した。

「お、ご……」

男は腹を押さえて、そのまま地面に蹲《うずくま》って動かなくなる。

最早、相手は立っている者の数よりも、横たわっている者の数の方が多くなっていた。

「か、頭《かしら》！」

「うろたえんなッ！」

部下の男に泣きつかれ、流石《さすが》のブラドも声を荒らげる。

「……ガライ」

そこで、ブラドは眉間《みけん》に皺《しわ》を寄せる。視線の先には、ガライがいる。

「ガライ……ガライ・クィロン……まさか」

何かに気が付いたように、ブラドは目を見開く。

そしてすぐさま、その場に背を向けた。

「退《ひ》くぞ！　とっとと来い！」

「あ、頭！」

ブラドと共に、男達は負傷した仲間も連れて次々に撤退していく。

あっという間――その場には私達だけが残された。

「ふぅ……」

一息吐き、私は腰を抜かしているレイレお嬢様の元へと行く。

彼女は自身の体を抱き締め、カタカタと震えていた。

「あ、あんた達……一体何と戦ってるの？」

彼女に手を貸し立たせると、レイレお嬢様は怯え切った声で聞いてきた。

「あの男達は、暗黒街の住人達……暴力稼業のならず者達じゃない……そんな連中と、どうして……ウィーブルー家と仲の良い、ただの商売人じゃなかったの？」

「んー……」

誤摩化すのも難しい状況だ。

彼女はイクサの存在も知っているし、まぁ、いいだろう。

簡単に、今の私達の事情を説明することにした。

「そんな……」

「まぁ、そういうわけなんです。巻き込んでしまって、申し訳ありませんでした。よろしければ、ご自宅までお送りしますよ」

「……別に、構わないわ」

フラ〜……っと、彼女は元来た方向へと歩いていく。ショックな事が多い一日だったため、レイレお嬢様の中でも色々と情報の処理が追い付いていないのかもしれない。

「……ねぇ」

そこで、私達に背を向けたまま彼女は聞いてきた。

「どうして、あんたは、そんな理不尽な目に遭って普通でいられるの？」

「…………」

普通……か。

確かに、こんな色々と厄介事に巻き込まれる状況って、理不尽と言えば理不尽なのかもしれない。

……ただ個人的には、販売業をやってると理不尽な状況なんて嫌っていうほど味わうから慣れてるというか。

後は、チートスキルを持ってるから……と言っても伝わらないしね。

「まぁ、これが私だから、としか言えないかな」

「…………」

それだけ言い残し、私達はその場を後にする。

レイレお嬢様もしばらく立ち尽くした後、自身の向かう道を歩いて行った。

◇◇◇

翌日。

勝負開始から三日目の朝。

「待ってたわよ、マコ！」

「……はい？」

開店前――私がお店にやって来ると、店頭にレイレお嬢様が立っていた。

「あれ？　レイレお嬢様？　ご自身のお店の方は大丈夫なんですか？　そろそろ開店時間ですよ？」

「その件なら、お父様に話をしておいたわ。店舗経営は辞退したの」

「へ？」

「あたしは今日から、お店を営むという事を一から学ぶことにしたの……そう、マコ！　あなたのもとでね！」

ビシッと私に指先を向けて、彼女は高らかに宣言する。

「あたしを弟子にしてください！」

「……えぇ」

異世界にやってきて、初。

私に弟子が出来ました。

◇◇◇

「さぁ、あんた達、今日もお客様のためしっかり働くのよ！」

店頭に立ったレイレお嬢様が、元気に叫ぶ。

その姿を、他のメンバー達はポカンと見ていた。

「え、誰《だれ》？」

「ほら、例のグロッサム家の令嬢の」

「ああ、前に宣戦布告に来た」

《ベオウルフ》達はヒソヒソ声で会話をする。

「マコの弟子になったんだって」

「え、なんで⁉」

メアラから聞かされたマウルが、驚きの声を上げていた。そりゃ驚くよね。

「あの……レイレお嬢様」

「レイレでいいわ。あたしはあなたの弟子なのだから」

「じゃあ、レイレ。どうしてまた、私の弟子になりたいなんて言い出したの？」

昨日《きのう》まで、一応はライバル店の店長同士、競い合う間柄だったのに。

その質問に、レイレは「よくぞ聞いてくれた！」とばかりに目を輝かせる。

「マコ、あなたの姿を近くで見ていたいからよ！」

「……はい？　私の？」

「憧《あこが》れたのよ、あなたのような生き方に！」

両手を合わせ、瞑目《めいもく》しながら、レイレは夢見るように語る。

「屈強な男共を、いとも容易《たやす》く叩きのめしていくあの勇壮な姿！　その若さで店を切り盛りし、多くの仲間と多大な成功を生み出す敏腕な姿！　自身の身に降り掛かる理不尽な不幸を、黙って真正面から受けて立つ姿！　とても理想的だわ！」

……恥ずい！

レイレのミュージカルみたいな言葉の波を浴びて、私はなんだか顔が火照ってくる。

「なので、今日から私はあなたの弟子となり、その姿を間近で見て学ばせてもらうわ！」

そう言って、ビシッと私に指をさすレイレ。

いや、そんな仮●ライダーフォーゼのキサラギ・ゲンタロウみたいなポーズをされても。

「なんだ、この女は？　いきなり現れて偉そうに」

そこまで話を聞いていたデルファイが、ズカズカと前に出て来た。

いや、君も中々偉そうだけどね。

「おい、貴様！　言っておくがマコは俺様の感性に刺激を与える程の芸術的センスを持った女だぞ！　貴様如《ごと》きが図々《ずうずう》しくもマネ出来るようなもんだと決して思うな！」

「はぁ⁉　あんたこそ何様よ！　このあたしを知らないような無知者がよくそんな大層な口を叩けるわね！」

突っかかって来たデルファイに、レイレは逆に突っかかり返す。

「言っとくけど、あたしはあんたの事を知ってるわよ、デルファイ・イージス！　変人の芸術家気取り！　マコが認めたなら腕は確かなんでしょうけど、その傲岸不遜《ごうがんふそん》で人を見下したような物言いや性格はハッキリ言って礼節に欠けるわ！　店の品位を損なう可能性もあるし！　裏から出てこないで！」

「ああん⁉」

「はいはい、二人共、喧嘩《けんか》はまた別の時にね。そろそろオープンの時間だよ」

犬猿の二人を引き剥《は》がし、宥《なだ》め、私は他のみんなにも指示を飛ばす。

――アバトクス村名産直営店、三日目の営業開始である。

営業が開始すると、レイレはそれこそバイトリーダーばりにテキパキ働き始めた。

流石《さすが》、青果を扱う大商家の跡取りなだけはある。在庫の少なくなった棚の品出し指示や、困っているお客さんへのご案内など、店内の状況を敏感に察知してくれる。

それに加えての指示出しが、なんやかんやで的確だから助かる。

そうこうしている内に、時刻は昼を越える。

今日も、お客さんは満杯だ。

しかし――。

「んー……」

私は、屋外の飲食スペースの状況を見ながら唸《うな》る。

「どうしたの？　マコ」

「うん、今日は食事のお客さんの数が少ないかなって」

「本当だ……」

マウルとメアラも、私に言われて気付いたようだ。

屋外の飲食スペースの客数が、前日までに比べて明らかに減っているように見える。

「別に、この店に限ったことじゃないけどね」

「イクサ」

そこに、欠伸《あくび》をしながらイクサがやって来た。

「ここに来るまでの間に、他の店の様子も見てきたけど……特に、屋外で開いているタイプの店は、軒並み人の入りが少ないね」

「やっぱり、気温かな？」

「だろうね」

私が言うと、イクサが頷《うなず》く。

今日は、肌で感じるくらいに気温が高い。

「最近、暑くなってきたとは思ってたけど、今日は顕著なほどだ」

「どうする、マコ。あのフルーツソーダで、お客さんを呼べないかな？」

メアラの提案に、私は顎に手をやる。

確かに、ソーダで売り出すのも一つの手だけど……。

「あ、良いこと思い付いた」

今ここには、レイレがいる。

「レイレって、確か冷気を生み出す魔法が使えたよね」

「ええ、使えるわよ」

店内に戻って聞くと、彼女は胸を張って答えた。

よし――じゃあ、こんな猛暑日に打って付けのスイーツを作ろう！

私は早速、厨房《ちゆうぼう》へと入って準備をする。

スキル《錬金》を発動。生み出したのは、大きめの〝ステンレス容器〟だ。

「レイレ、この容器に手を当てて、魔法で冷たくして欲しいんだけど」

「お安い御用だけど、何をするの？」

私は、先日、開店祝いに牧場主のおじさんからもらったミルクや卵、それに調味料の砂糖等を用意していく。

そして、それらの材料を調合し、容器の中に入れ、ゆっくり混ぜれば――。

「じゃあん！　アイスクリームの完成！」

「「「「おおっ！」」」」

容器の中に、立派なアイスクリームが出来上がった。

そう、私の《錬金》とレイレの《冷気》を使って、即席のアイスクリームメーカーを作ったのだ。

「マコ、どうだ？　こんなグラスなら芸術的に見た目もよくなるだろう」

「ナイス、デルファイ！」

更に、デルファイがアイスクリーム用のグラスも作ってくれて、準備万端。

「よし、ウリ坊のみんな！　このお皿を店頭に運んでお客さん達に試食してもらって！」

『『『『こりゃー！』』』』

「みんなも、店先で呼び込み開始！　冷たいアイスクリームで、お客さん達をゲットするよ！」

「「「「おうっ！」」」」

アイスクリームだけじゃなく、果汁を使えばシャーベットも作れる。

私が金属製の〝かき氷器〟を作り出せば、かき氷も作れる。

さて、反響は如何ほどのものか……。

「うひゃ～、混んだね～」

結果として、反応は良好だった。

気温が高く猛暑に近い屋外のテーブル席が、今や満員で埋まりきっている。

中には、立ったままアイスを注文している人もいる。

「大盛況だよ、マコ！」

「いや、しかし、お客さん達はいいだろうけど、運ぶ方にとっては地獄だねこりゃ」

汗を拭《ぬぐ》いながら、イクサが言う。

「何言ってるの、イクサ達の分のアイスも用意してるから、食べながら仕事していいよ。体温管理もちゃんとしてね」

「流石マコ。労働環境の管理が出来てるね」

そりゃあ、当然。ホームセンターの夏場の屋外売り場やバックヤードなんて、毎年店員が熱中症で倒れるからね。鋭くもなるよ。

「あら？　今日も大混雑ですわね」

更にそこに、昨日の貴族のお嬢様達まで現れた。昨日よりも、更に数が増えている気がする。

上流階級の方々にも、口コミでこの店の噂《うわさ》が広がっているのかもしれない。

「なにこの氷菓子！　甘い！　美味《おい》しい！」

「口の中でとろけますわ！」

アイスクリームやシャーベットを注文したお嬢様方が、キャッキャと騒いでいる。

楽しそうでなによりだ。

「これで、今日には売り上げが達成かな」

店内に戻り、大盛況の状況を見渡しながら、私が呟《つぶや》いた。

その時――。

「わぁ、凄《すご》いいっぱいの人ですね、お父様！　お母様！」

聞き覚えのある声が聞こえた。

振り向くと、そこには両親と子供の姿。

以前、この店がまだ建設途中だった際に偶然通りかかった、貴族の一家だ。

まだ年端もいかない娘と、その両親。

（……メイプルちゃんだ……）

覚えている。流れるような金色の髪に、宝石のように輝く瞳《ひとみ》。整った顔立ちは、この世のものとは思えないくらいに美しい。その両耳は、先端が少し尖《とが》っている、人間とは異なるもの。

エルフの少女。

「！」

ちょうど、店の裏からガライが補充用の在庫を持ってやって来た。

彼は、店内にいるメイプルちゃんの存在に気付き、目を見開いた。

「このお花もきれい！　お母様に似合──っ！」

瞬間、メイプルちゃんの方も、ガライの姿に気付いたのだろう。

それまで、天真爛漫《てんしんらんまん》だった顔が、一気に驚きに染まったのがわかった。

ガライは咄嗟《とっさ》に姿を隠そうとする。

「あ！　おじさ──……」

そんなガライに、メイプルちゃんも思わず声を掛けようとする──が、その途中で、ハッとして言葉を切った。

「ガライ、あの子……」

私が、ガライに声を掛ける。

「……」

ガライは、黙ったまま視線を背けている。

「どうした？　メイプル」

彼女の父親が、メイプルちゃんに声を掛け、そしてガライの方を見る。

「知っている人かい？」

「……ううん、知らない、です」

メイプルちゃんは俯《うつむ》きながら答えて、ガライから逃れるように背を向けた。

……どういう事だろう？

私はその一部始終を、ただ黙って見守ることしか出来なかった。

◇◇◇

――そして、その日の営業時間は矢のように経過し。

「皆様、お疲れ様でした」

夜八時の閉店時間を回り、後片付けも終了。

店内に集まったみんなの前で、監視官が労《ねぎら》いの言葉を放つ。

「それでは、今日の売り上げの発表です」

「あと220万G……で、勝ちなんだよな？」

「ああ、一昨日《おととい》と昨日で780万だったからな」

皆が手を合わせ、祈るようにして監視官の言葉を待つ。

やがて、彼は口を開いた。

「本日の売り上げは、300万Gです」

一瞬、時間が止まった。

「三日目までの合計金額は、1080万G。おめでとうございます。この戦い、皆さまの勝利です」

「か……勝った」

「勝った、んだよな」

皆が、戸惑い混じりに言う。

あまりにもアッサリとしすぎていて、実感が湧かないのかもしれない。

「ね、言ったでしょ」

そこで、私が皆に言う。

「私達なら大丈夫。全然、負ける気がしないって」

「「「「……う、うぉおおおおおおおおおお！」」」」

瞬間、歓喜が爆発する。《ベオウルフ》のみんなが抱き着き合って、声を上げている。

「い、１０８０万？ ……たった、三日間の売り上げで？」

横で、レイレが引《ひ》き攣《つ》った顔をしている。

「す、凄い……マコ！ やっぱりあなたに師事して正解だったわ！」

「そ、そう、ありがとう」

「マコ、お疲れ様」

ぽんっと、肩に手を置かれた。

イクサだ。

「イクサも、お疲れ様。この三日間、ウェイターとして働いてくれて」

「いやいや、楽しかったよ。これで、明日からは僕の仕事の開始だ」

ふふふ、と、イクサは笑う。

「確か、明日にはネロが王都に来ると言っていたからね。この結果を目の当たりにした奴《やつ》の顔を早く見たいよ。国王のお膝元《ひざもと》、この王都で無様にも程がある大敗を喫したんだ。序列の大幅ダウンは否めないだろうね。そこを突いて、利権を搾り取るだけ搾り取ってやるよ」

イクサ、悪い顔してる。

とりあえず、そこらへんの黒い話は彼に任せるとしよう。

私は、静かにガライの方を見る。

私にとって現在、一番気になるのはガライの事だ。
（……ガライ……）
一見、何気ない風に装っているが……。
彼が抱えているものを、やはり知りたいと思ってしまう自分がいた。

第五章　ガライの過去、そして、大決戦です

そして、四日目の朝がやって来た。

「勝負も俺達の勝ち！　全く何の気兼ねも無く営業出来るぜ！」

今日も大賑《おおにぎ》わいの店内で、《ベオウルフ》のみんなが意気揚々とお客さんの相手をしている。

開店から数日が経《た》ち、この客数にも少し慣れてきた感がある。

「しかし、ブラド達は昨日《きのう》何もしてこなかったね」

店内、私はイクサと今回の王位継承者同士の決闘に関して、会話を交えていた。

「うん。最後の悪足掻《わるあが》きにしろ、何かやってくると思ってたんだけど……」

「その前夜の襲撃に失敗して、人員的に痛手を負ったのかな」

もしくは、今頃《いまごろ》、ネロの粛清を恐れてこの王都から逃げ出していたりして――と、イクサは笑う。

確かに、その可能性もゼロとは言えない。

けど、何だろう……何かが引っ掛かる……。

「ごきげんよう、店長さん！」

そこで、優雅な雰囲気を漂わせて、今日も貴族のお嬢様達がやって来た。

ここ数日、すっかり彼女達の憩いの場と化してしまっているようだ。

「今日も、あの愛らしい子達は元気に働いているかしら？」

「これ、あの子達に似合うと思って用意したお洋服なの。是非、着てもらって、その姿を写し取ら

せてもらってもいいかしら？」

あの子達――というのは、ウリ坊達の事だ。お嬢様の一人が、ウリ坊用の小さな服――元の世界でいう所のペットウェア――を持ってきて、興奮した様子で写真撮影を所望している。

すっかり、ぞっこんのようである。

「構いませんけど、あまり無理強いして怖がらせないでくださいね」

「マコ殿！」

そこに、久しぶりにウィーブルー家当主もやって来た。

「いやぁ、申し訳ありません！　こちらも何かと忙しく、やっと顔を出す事が出来ました！　開店、おめでとうございます！」

「あ、当主。こちらこそ、ありがとうございます」

「……ところで」

当主は、店内でテキパキと仕事をしているレイレの姿を発見する。

「あちらにいらっしゃるのは、確か同業者のグロッサム家のご令嬢と思われるのですが……」

「うん、まぁ、当主がしばらくいない間に、色々あってね……」

動揺する当主に、私もまた苦笑しながら言う。

「ほう、ここがマコ達の店なのか。中々、繁盛しているようじゃないか」

するとそこに、また見慣れた顔の面子《メンツ》が現れた。

冒険者のウルシマさんだ。

「あれ、ウルシマさん！」

「マコさん、開店おめでとうございます！」

それにアカシ君もいる。

何だろう、今日はなんだかお客さんが多いね。

「君達が、本業は冒険者ではなくこの王都で店を開いている商人だという話を聞いてね。先日の報酬は問題無く手渡されたかな？」

「ありがとうございます、ウルシマさん。別に、あんなに気を遣ってもらわなくてもよかったのに」

「そうもいかない。あの日、《悪魔族》を討伐したのは紛れも無く君の力によるものだったからね」

そういえば――と、ウルシマさんは思い出したように言う。

「聖教会の関係者達が、その噂《うわさ》を聞いて君の事を探しているようだったな。ここにはまだ来ていないのかい？」

「え？　すいません、その聖教会って一体……」

「マコ様、お話し中失礼いたします」

うわ、出た。

ウルシマさんとの会話中、割って入って来たのは冒険者ギルドの受付嬢、ベルトナさんだった。

いきなり現れたのでびっくりした。

「先日もお話させていただきました、Aランク昇格の件ですが」

「あ、えっと、その話ってお断りさせてもらってませんでしたっけ？」

「一度はお断りいただきましたが、どうしてもと思い再度お願いに参りました」

えー、困るよ！　というか、モグロさん！　モグロさんはどこ⁉

あ、向こうで試食の果物食べて回ってる！　モグロさん、保護者として制御してくださいよ！

なんだか、凄い慌ただしい雰囲気に包まれる店内。

……ここに、もうこれ以上お客さんは来ないよね……と思っていたら。

「こんばんは、アバトクス村名産直営店の皆さん」

一番、招かれざる客が現れた。

ブラドだ。しかも、仲間も引き連れている。

イクサが言っていた通り、彼等《かれら》には既に、監視官から敗戦が伝えられたはず。

敗北が決まった今、一体、何をしに来たのだろうか。

「今更、よく顔を出せたね」

彼等の登場に、店内の他のお客さん達も怪訝《けげん》な顔をしている。

ブラドの仲間達の中には、先日この店の中で騒ぎを起こした顔もチラホラいるからだ。

彼等を前に、イクサが口を開いた。

「戦局の決まったこの状況で、まだのうのうとしていられるなんて、その根性は大したものだよ」

「心配をしてくれるんで？」

苦笑するブラドに、イクサは嘆息する。

「同情してるんだよ。悪い事は言わない、早く姿をくらました方がいい。失敗した下僕を見逃すほど、奴《ネロ》は甘くない」

「はっはっ、そんな事はわかってますよ」

イクサの発言など重々承知なようで、ブラドは答える。

その表情にも、態度にも、余裕が無いのは見て取れる。

だが、だとしたら、尚更《なおさら》どうして悠長に現れたのか。

「……ただね、ここで逃げたところでアタシ等に行き場所なんて無いんですわ」

不審がる私を差し置き、ブラドは言葉を連ねていく。

「あんたならわかるでしょう？　イクサ王子。ネロ王子は、この国のあらゆる裏社会、闇《やみ》稼業に根を張って支配している。その力で第八王子の座に伸《の》し上がった存在。どこに逃げたって、この国の闇の中にさえアタシ等は居場所を失った」

だから――と。ブラドはそこで、卑屈な笑みを浮かべる。

「だからせめて、ダメもとで一矢報いさせてもらいますわ」

ピッ――と、ブラドがそこで、指さした先は……。

「ガライ・クィロン」

ガライだった。ブラドに対し、ガライは眉間《みけん》に皺《しわ》を寄せる。

「この店の店員として、なんの問題も無いって顔で仕事をしてるようですけどねぇ……店長さん、あんた、随分その人と仲が良いようですね」

ブラドは、軽薄な口調で喋《しゃべ》りながら私を見た。

「付き合いは長いんで？」

「まぁ、一か月くらいかな」

私は毅然《きぜん》と、ブラドに言う。

「でも、彼も私達の……アバトクス村の、大事な仲間だよ」

「あぁー、そうですかそうですか。それは仲のよろしいことで、それを聞けて安心しましたよ」

瞬間、ブラドがその顔をにやけさせる。

「でもね、アタシ等みたいな裏稼業はね、嫌でもその手の噂ってのを聞いちまうんですよ」

「……何が言いたいの？」

訝《いぶか》る私に、ブラドはくつくつと笑う。

何か……嫌な気配がする。

「ええ、思い出した、思い出した。思い出しましたわ、あんたの事を。そりゃあ、一時期裏社会じゃあんたの話で持ちきりでしたからねぇ」

「…………」

ガライは何も言わない。何の反応も示そうとしない。

しかし、それは決してブラドの発言を無視しているのではなく、何かを覚悟したような顔だった。

「ガライ・クィロン。この国の暗部……あらゆる汚れ仕事を請け負っていた、闇ギルドに所属していたエージェント」

「……やめろ、それ以上言うな」

そこまで来て、イクサが何かに気付き、口を挟む。

しかし、ブラドは止まらなかった。

「そして、この国の貴族を殺し、その所有する財産を盗んでお尋ね者となった存在」

「……え？」

私は、ガライの方を見る。ガライは、何も言わない。

「残念ながら、嘘《うそ》でも戯言《ざれごと》でも勘違いでもないんですわ、これが。実際、その追手を出しているのは、殺された貴族の親族なんですからねぇ」

ねぇ？　と、ブラドはイクサを見る。

イクサも歯噛《はが》みをしている。

彼は以前、ガライが王都に戻れない理由を『どうにかした』と言っていた。

つまり、イクサも知っていたのだ。

ガライが、何故《なぜ》王都を追われたのか、そして戻る事を拒否していた理由を。

そして言い方は悪いが……今回のこの王都出店のために、彼は自身の力でそれを揉《も》み消したという事になる。

「美術品の蒐集《しゅうしゅう》家で有名な貴族、ブラックレオ家の当主が、ある時、海外からの貴重な輸入品の取引をする事となった。ガライ・クィロンは、その取引現場に現れ、そして、ブラックレオ家の当主を殺害し、その取引予定だった美術品をも盗み、逃亡した」

「…………」

「取引があったのも、美術品が盗まれたのも全《すべ》て事実。それを知り、怒ったブラックレオ家の親族、そして何よりメンツに泥を塗られた闇ギルドが、ガライを粛清すべく追手を出した。しかし、あんたは今日まで逃げおおせて来た。それは何故か……」

ちらりと、ブラドはイクサを見る。

「イクサ王子。あんたがブラックレオ家に圧力をかけ、その一件を不問にさせたんですってね？」

「……イクサ」

私も、イクサを見る。

「そう言われてしまえばそれまでだ……」

イクサは、視線を伏せながらも、迷う事無く言い切る。

「けどね、その件に関しては色々とハッキリしていない点も多かった。だから、ガライを疑うのは早とちりとも思えたんだ」

「早とちり!?　じゃあ、ご本人に聞くのが早いんじゃないですかい!?　どうなんです？　ガライさん」

ブラドは、いけしゃあしゃあとガライに問う。

そういうことか、と私は理解した。

これは――鼬《いたち》の最後《さいご》っ屁《ぺ》だ。最後の最後、本当の嫌がらせだ。

ここには、貴族の令嬢達……そして、彼女達の家に仕える執事達もいる。

貴族を殺した暗部の人間が所属している店。

彼等の警戒心を高め、貴族達にこの店の存在を反対させるつもりなのかもしれない。

いや、敗北が決まった今、少しでも溜飲《りゅういん》を下げようとしているのか。

ネロ王子に少しでも媚《こび》を売りたいのか。

ともかく、ガライの正体に気付かれ、そしてその裏で起こった出来事をこの場で暴露されてしまった。

私は、その事実を知らなかった。

真実なのか、嘘なのか、何かの事情があったのか、それはわからない。

けれど、不審な点があったとは言え、イクサが貴族達の報復をやめさせる事でしか解決策が思い付かなかったという事は、他の可能性を証明する事が難しかった、ということだ。

「イクサ王子は、個人的な縁があったようで、彼の過去を不問にするよう根回ししたようですがね、この男は殺人者なんですよ。イクサ王子も、貴族を殺した犯罪者の正体を裏で揉み消そうとしたって事ですわ」

ブラドは囀《さえず》る。

その声は、店に来ていたお客さん達にも伝わり、ざわつきが広がる。

「ガライ……」

ガライは、何も言わない。

貴族のお嬢様達が、恐怖に染まった目で彼を見ている。

「そ、そういえば、以前お父様がそのような話をしていたような……」

と、お嬢様の一人が呟《つぶや》いた。

それを聞いた、瞬間だった。

「……おい」

ガライが、口を開いた。矛先は、ブラドに対してだ。

「この人達は、俺の素性とは関係ない。ただの純粋な……善良な人達だ」

私達を指さして、ガライは言った。

それだけ言って、そして、一歩足を踏み出した。

「待って、ガライ」

そんなガライを、私は止める。

「ここから、去る気？」

「…………」

最後に、私達が自分とは無関係だと言い残し——ここから早急にいなくなる気だ。

そんな事は、させない。

「駄目だよ、ガライ。さっきも言ったでしょ。ガライは、私達の仲間なんだよ」

真実はわからない。

今出回っている話が、紛れも無い真実なのかもしれない。

けど——私の知っているガライは、あの日、村の近くの森で出会った——野生動物に襲われそうになったメアラを助けて、一緒に家を建てた、寡黙でどこか家庭的で、心優しいガライなのだ。

そんな、たった一言二言の事実を述べられた程度で、はいさよならなんてしたくない。

「庇《かば》うんですか？　店長さん」

「庇うよ。騙《だま》されてるのかもしれないし、私が物事を見通せない馬鹿なのかもしれない。でも今はまだ、ガライを見捨てるなんて出来ない」

膠着《こうちゃく》する状況。

あまりにも唐突な展開に、皆が言葉を失っている。

「待ってください！」

その時だった。

ブラド達の後ろ、店先に現れた一人の少女が、必死な声で叫んだ。

「おじさんは、無実です！」

現れたのは、メイプルちゃんだった。

その近くに、彼女の両親も唖然《あぜん》とした顔で立っている。

皆が注目する中、彼女は、涙目になりながら叫ぶ。

「おじさんが、あの貴族の人を殺してしまったのは、わたしを助けるためだったんです！」

◇◇◇

「ッ、言うな！」

突如、現れたメイプルちゃんの言葉に、ガライが焦燥を露《あら》わに叫んだ。

貴族を殺し、その貴族が取引していた美術品を盗んだという疑いをかけられているガライ。

ガライ自身は、その疑いを否定しなかった。

ならば、真実なのか？

そんな膠着していた場に現れた貴族の少女――メイプルちゃんが、必死に叫ぶ。

「その時、取引されていた商品こそ、わたしだったんです！」

「……なに？」

イクサが、眉《まゆ》を顰《ひそ》める。

ガライは、メイプルちゃんの発言に苦い表情を浮かべる。

「どういうこと？　メイプルちゃん」

「マコ、おそらくだが……」

メイプルちゃんに問い掛ける私。そこでイクサが、彼女の代わりに口を開いた。

「確固たる証拠が無かったが……貴族、ブラックレオ家の当主は、有名な美術品蒐集家。しかし、美術品蒐集の取引の裏で、希少な生物……種族を、奴隷《どれい》として仕入れていたという噂《うわさ》があった」

「メイプルちゃんが、その奴隷だった？」

「奴隷なのか、愛玩《あいがん》動物なのか、美術嗜好《しこう》品なのか……まぁ、どういう目的であれ、他の生き物を自身の趣味の下僕にしていた、というわけさ」

イクサが怪訝な顔で言った。メイプルちゃんが、こくりと頷《うなず》き、懸命に言葉を紡ぐ。

「あの日、取引現場に現れたおじさんが、わたしを助けてくれようとして……当然、他の人達も抵抗して……貴族の人は、仕方がなく……」

「…………」

　ガライは何も語らない。

　彼が、どういう経緯で彼女が取引される事を知って、そして何故それを邪魔したのか。

　もしかしたら単純に、奴隷として売られそうになっていた幼い子供を助けようと思った、だけなのかもしれないけれど。

「その後、わたしはお父様とお母様に……ブルードラゴ家の養子となりました……」

「メイプル……そんな事があったなどと、私達には今まで言わなかったじゃないか」

　メイプルちゃんのお父さんが、まだ判然としていない表情ながらも、彼女に問い掛ける。

「あの日、教会で祈りを捧《ささ》げた帰り……屋敷の前に、記憶を失い彷徨《さまよ》っていると言って現れたのがお前だった……何故今まで、そんな大事な事を黙ってたんだ」

「それは……」

　そこで、メイプルちゃんが自身の耳を見せる。

　そして、何かを決意したようにギュッと目を瞑《つぶ》ると……急に、彼女の耳が縮んだのがわかった。

　それこそ、ただの人間と変わらないくらいの大きさに。

　宝石のように輝いていた瞳《ひとみ》も、どこか色がくすんだように見えた。

「……わたしが、ブランクエルフだからです」

「ブランク、エルフ？」

「……エルフ族の中の蔑称《べっしょう》だよ」

　イクサが言う。

「高濃度の魔力を持つエルフ族の中には、様々な原因で著しく能力の劣った個体が生まれる事がある。それがブランクエルフと言って、エルフ族にとっては忌み子とされているんだ」

だから、捨てられ、売られたのだろう。

「微《かす》かな魔力を使って……少し力を籠めると、本当のエルフのように見た目を維持出来るんです……わたしはおじさんに助けてもらった後、言われました……純粋なエルフのふりをすれば、価値がある存在だと思われる……拾われて、少なくとも、手荒な真似《まね》はされないはずだって」

そして、そんな彼女を貴族のブルードラゴ家が発見し、養女として受け入れた。

メイプルは素性を隠して、貴族の養女となったのだ。

バレるわけにはいかない――だから、自身の過去は黙っていたのだろう。

ガライにも、そう言われていたから。

「わたしが今言った事が、全《すべ》て、真実です！　だから、おじさんは悪くないはずです！」

「…………」

ガライが、今まで王都を追われていた経緯を話さなかった理由がわかった。

ガライが真実を語れば、メイプルちゃんの事――彼女が、純粋なエルフだと身を偽って貴族の養子になったという事も、自《おの》ずと露見してしまう。

だから、貴族殺しの汚名を負ったまま、今日まで逃げる道を選んできたのだろう。

「……はっ、何を言い出すかと思えば」

ざわめく店内で、ブラドがメイプルちゃんを振り返る。

「その話、全てが真実だと受け入れられると思いますかい？　こんな子供が、適当に作った話を」

「ほ、本当なんです！」

「子供が適当に作った作り話……って言うには、かなり完成度が高いと思うけど」

私は、イクサを見る。

イクサも目線で私に伝えてくる——彼女の話が本当だとして、証拠が無い。

何か、真実を裏付け出来る確証があれば……。

「イクサ……何かないかな？」

「……ブラックレオ家も隠蔽《いんぺい》が上手《うま》かったんだろうね、今のところ確固とした証拠は……」

「……ふぅ、やれやれ」

そこで、だった。

今まで事態を静観していた、ある人物が前へと進み出てきた。

「まさか、わたくしの力を使う時が来るとは思ってもいませんでしたよ。今日はおいしいフルーツを堪能出来ると思って、こちらを訪ねたのですけどね」

誰《だれ》あろう——冒険者ギルドに勤める《鑑定士》、モグロさんだった。

眼鏡《めがね》のブリッジを指先で持ち上げながら、彼は真剣な面持ちで言う。

「マコ嬢。ここは、わたくしにお任せを」

「モグロさん？　何か、知ってるの？」

「いえいえ、〝今から知る〟のです。我がスキル《鑑定》の奥義……それは、その方の能力のみならず、過去の記憶や体験をも鑑定し知ることが出来るというものなのです」

え！　そんな凄《すご》い便利能力持ってたの!?

「ただし、この力を使うと魔力が底を尽き、一か月は《鑑定》スキルが使えなくなってしまうというリスクがあります。そうなれば、冒険者ギルドでの仕事が出来なくなるので、滅多に使うわけにはいかないのですが……」

ちらり、と、モグロさんはベルトナさんを見る。

「その間、ギルドの職員の皆さん共々、頼みましたよベルトナ嬢」

「かしこまりました」

ぺこりと頭を下げるベルトナさん。

モグロさんはメイプルちゃんの前で膝《ひざ》を折ると――。

「お手を拝借」

メイプルちゃんの手を取り、そして、その眼鏡の奥の双眸《そうぼう》で彼女の眼《め》をジッと見詰め。

「……きぇぇぇぇぇぇぇぇ！」

裂帛《れっぱく》の気合を込めて、叫んだ。

鑑定する時って奇声上げなくちゃダメなの？

メイプルちゃんビックリしてるじゃん。

「……なるほど、全て、読み解かせていただきました」

やがて――彼女の記憶の鑑定が終わったのだろう。

モグロさんは立ち上がり、店内の全ての人に対して宣言するように、声を張る。

「わたくし、冒険者ギルド所属、そしてこのグロウガ王国に認められし《鑑定士》たるモグロ・ビルフスナイデルが証言します！　彼女の語った話は全てが事実です！　この発言は、貴族ブラックレオ家に対する侮辱などではありません！　紛れも無い真実としてお伝えさせていただきます！このわたくしが、責任を持って証言いたしましょう！」

モグロさんが、眼鏡のレンズを光らせながら言う。

「な、なに……」

「このモグロ、決して嘘《うそ》は吐《つ》きません」

狼狽《うろた》えるブラドに対し、毅然《きぜん》と言い放つモグロさん。

か、恰好《かっこ》いい……。

「メイプル……」

「お父様、お母様、ごめんなさい」

メイプルちゃんが、彼女のお父さんとお母さん……ブルードラゴ家の当主と奥さんに、頭を下げる。

「やっと、子供が出来たって……血は繋《つな》がっていないけど、高潔なエルフ族の自慢の娘だって……お友達の貴族の方々に言ってもらえていたのに、こんな裏切りを……」

「……いいんだ、メイプル」

お父さんが、メイプルちゃんの肩に手を置く。

「私達は、お前がエルフだから大切にしているわけじゃない。あの日、子宝に恵まれず、神にも縋《すが》る思いで教会に行った帰り……私達の家の前に現れたのが、お前だった。神の思《おぼ》し召《め》しなのだと思ったんだ」

「ええ、だから、血筋を絶やしたと言われたって構わない……アナタを、私達の本当の子供として育てようと、そう決めたのよ」

「お父様……お母様……」

過去や素性なんて関係無く、メイプルちゃんはお父さんとお母さんに大切にされていた。

ガライの正義心ゆえに、真実が語られなかった。

メイプルちゃんも、その思いに真剣に応《こた》え、真実を隠していた。

でも、全てが一つに繋がり、蟠《わだかま》りは消えた。

「もう一度言うよ、ブラド」

私は言う。

はっきりと、困惑するブラドに。

「ガライは、私達の仲間だよ。この先、何があったとして、私達みんなで対処する。それが、この村の……私達の、決めた事だから」

「……ッ」

「……頭《かしら》、もういいじゃねぇか」

そこで、歯噛《はが》みするブラドの横から、彼の部下の一人が進み出る。

先日、この店の中で声を荒らげていた男の一人だ。

「こんな回りくどい事しなくてもよぉ、もう他に方法がねぇんだ。だったら、この場で見境なく暴れちまって、全部ぶっ壊せば……」

「ここで、何をするって?」

その発言に、ウルシマさんが背中の大剣に手をかけた。

「聞き捨てならんな。あまり深い関係があるわけではないが、そうなったら俺はこの店側に味方するしかない」

「ウルシマさん……」

「おい、貴様」

そこで、前に進み出た男に、横から現れたのはデルファイだった。

「ああ?」

「貴様か、この前この店で俺様の作ったガラスの容器に傷を付けて、難癖をつけたのは」

瞬間、デルファイが、男に思い切り頭突きを食らわした。

ちょ！　行動が早すぎる！

「この俺様の芸術的芸術品にケチをつける奴《やつ》は何人《なんぴと》たりとも許さん！　貴様ら全員爆破してやる！」

「か、頭！」

「……はぁ、ここらが潮時か」

瞬間、ブラドは深く溜息《ためいき》を吐き……。

「お前ら逃げるぞ！」

店から飛び出していった。

「こうなったらどんな手を使ってでも、国外まで逃げ切るしかねぇ！」

どうやら、完全に勝負は諦《あきら》めたらしい。

しかし、流石《さすが》は暗黒街に生きる、ならず者。

海外逃亡してでも生き延びるつもりだ、まったくタフである。

「待て！」

「逃がすかぁッ！」

それを、ウルシマさんとデルファイが追い掛けようとした——その時だった。

「ぎゃあああああああああああっ！」

外から、悲鳴が聞こえてきた。

一つや二つではなく、幾つも——それは、今しがた逃げ出した男達の悲鳴だ。

何かが折れる音や、拉《ひし》げる音が重なる。

そして、次の瞬間、店の中に大きな物体が転がり込んできた。

「！」

それは、ズタボロになったブラドだった。

まるでぼろ雑巾《ぞうきん》のようになった体。

白目を剥《む》き、生きているのか死んでいるのかわからない。

「な、一体……何が……」

その状況に動揺するウルシマさんの背後……――。

――気付くと、店の入り口に人影が立っていた。

「……ネロ」

その姿を見て、イクサが警戒心を露わに呟《つぶや》いた。

◇◇◇

第八王子――ネロ・バハムート・グロウガ。

イクサから、年齢は七歳と聞かされていた。

確かに、見た目は子供だけど……。

黒いロングコートを身に纏《まと》い、髪の毛は銀色。

その両眼の下には濃いクマがあり、めちゃくちゃ目付きが悪い。

本当に七歳なのだろうか？　随分と、大人びた風貌《ふうぼう》をしている。

背恰好《せかっこう》や雰囲気は……とても七歳児には見えない。

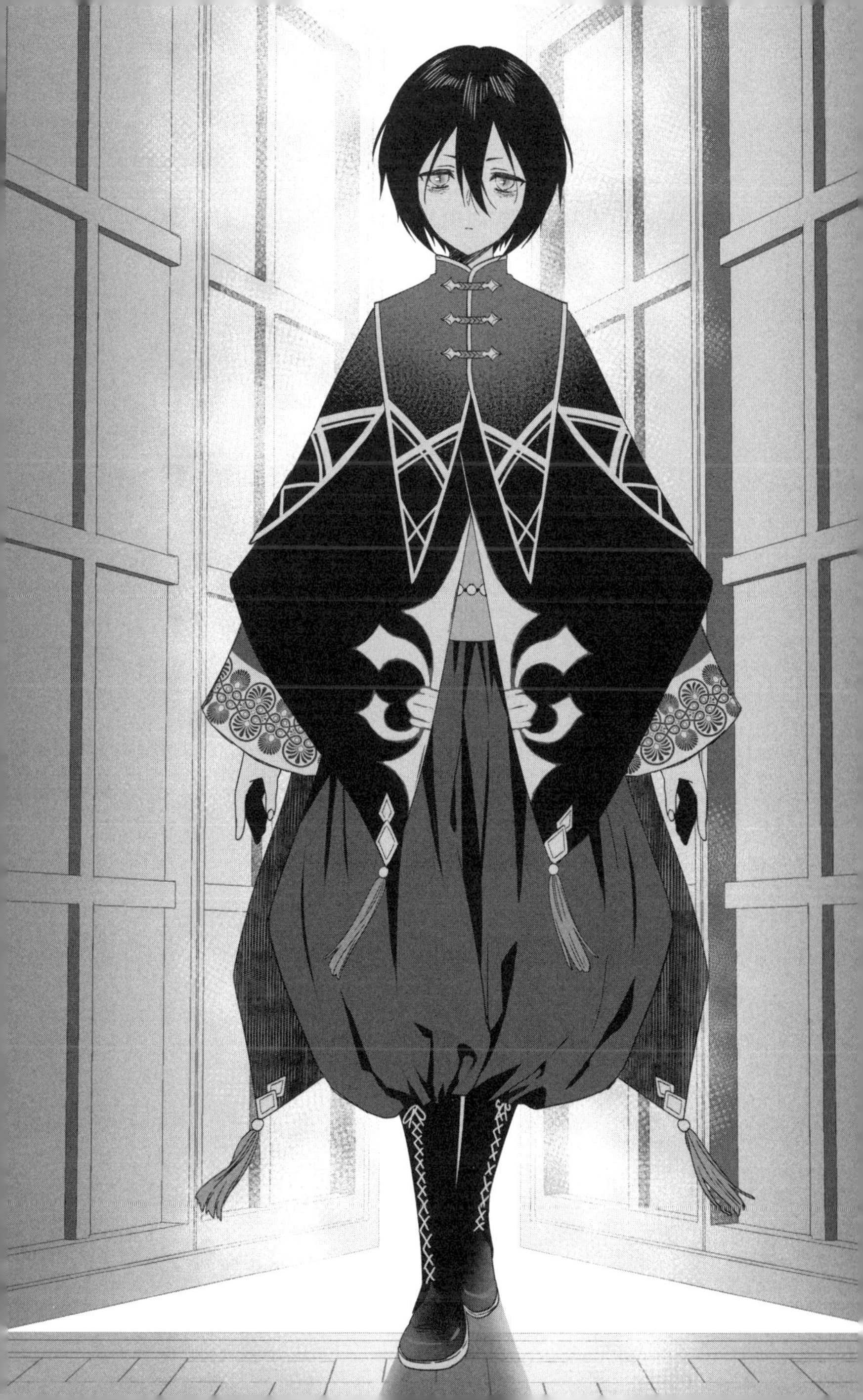

「……ふぅん」

静まり返った店内を見回し、ネロは呟いた。

つまらなそうな、乾いた声だった。

「これが……ね。イクサのお気に入りの店か」

「随分と悠長に現れたね、ネロ」

そんなネロに、イクサが言う。

「やぁ、イクサ」

イクサの存在に気付き、ネロは表情を変える事無くこちらを見た。

「この勝負、もう既に決着がついていると知っているのか？」

「知ってるよ。さっき、監視官から聞いた」

あ、それ。

と、そこでネロは、床に転がったブラドを指さす。

「ごめんね、ゴミ散らかしちゃって。外にも、いっぱい落ちてるけど」

「…………」

抑揚も感情も無い、この状況に対しても何も感じていないような目、口調。

ブラドや、その仲間達を蹂躙《じゅうりん》したのは、彼なのだろうか？

私は、イクサに視線を流す。

「……わからない」

イクサは、私の疑問を読み取ったのか、そう呟いた。

「ネロ本人の戦闘力は、未知数……不明だ」

だが――と、イクサは続ける。

「どちらにしろ、今は関係無い。ネロ、今回の勝負が既に決着したと知っているなら、今後の事を話そうか」

「今後の事って？」

「勝負は僕の代理人であるマコの勝ち。彼女は見事、たった三日でこの店を王都一の繁盛店に発展させた」

私を指して、イクサは言う。

「君の代理人であるブラドと、暗黒街で彼が稼業としている用心棒業の仲間達は、見ての通り君に粛清されてこのザマだ。ここまでは、もう終わった事。そして今からは、僕と君の話だ」

「………」

「今回の大敗で、君の王位継承権所有者としての序列は大幅に落ちるだろう。様々な権利を、僕がもらい受ける事になる。この国の暗部……裏社会のネットワークを、君に代わり僕が牛耳らせてもらおう。ついては――」

「ああ、別にいいよ、どうでも」

イクサの言葉に、ネロはそう答えた。

どうでもいい、と。

「勝負はお前の勝ちだ、イクサ。よかったね、おめでとう。ああ、ボクの財産？　利権？　いいよ、いいよ、全部持っていきなよ。これでお前は国王候補として大躍進だ、凄いね」

「……君は、何を言っている」

正気とは思えないネロの発言に、イクサが訝《いぶか》る。

うん、確かに、やけくそとか捨て鉢とか、そんなレベルの話じゃない。

機嫌を損ねて無茶苦茶な事を言っているだけなのかもしれないけど、彼のトーンは本気に思える。

いや、本気というか……本当に、全《すべ》てがどうでもよさそうだ。

「……ボクが、今日ここに来たのはさぁ」

そこで、ネロが声を紡ぐ。

店内、その内装を、商品を、集まった人々の姿を、ぐるぐると見回しながら。

「よく見ておくためだ」

「……なに？」

「……あのクソ親父《おやじ》のいる城」

王都の頂点に鎮座する、王城を見上げ。

「その下に栄える、人間共《クソ》の蔓延《はびこ》る都市」

店内のお客さん達や、すぐ近くのウルシマさんやデルファイを見て。

「ずっと気に入らなかった兄弟……イクサ」

イクサを見て。

「そして、そのイクサが大切にしてるもの」

最後に、私を見て。

ネロは、言った。

「これから自分が壊すものを、よく見ておこうと思ってさ」

「ネロ、ふざけるのも大概にしておけよ。僕はそんなバカな会話に付き合うつもりは――」

瞬間、ネロが懐に手を突っ込むと、その手に何かを握って取り出した。

それは、手の平に収まる程度の球体。

宝石？　金属？

嫌におどろおどろしい色合いの……石、だろうか？

「それは……」

「この〝魔石〟は、ボクの中に眠る〝ある力〟を増強してくれるんだ」

「あん？　魔石だと？」

そこで、ネロの言葉に反応したのは、誰《だれ》あろうデルファイだった。

「その魔石ってのは、俺様がこの前調査の任務で行った、山の洞穴に眠っていると言われていた、噂《うわさ》の財宝と同じものじゃないか」

デルファイが、ベルトナさんの方を見る。

ベルトナさんも、コクリと頷《うなず》く。

確か、その財宝って結局見付からなかったっていう……。

「何故《なぜ》お前が、それを持ってる」

「聞こえて来たんだ」

デルファイの質問を無視し、ネロは喋《しゃべ》る。

「ある時、ボクの頭の中に直接。『お前の願いを叶《かな》える』って。『お前の壊したい全てのものを壊せ』、って。『そのための力を与える』って。そして、この魔石が届けられたんだ」

「…………」

私の記憶が、そこで渦巻き想起される。

『その騎士団に住処《すみか》から追い出され、復讐心《ふくしゅうしん》に身を焦がしていた時、不意に、頭の中に声が響いたのだ』

『【神狼《しんろう》の末裔《まつえい》として、仲間を導き悪《あ》しき人間を倒すのだ】と。天啓かと思った』

クロちゃんと初めて会った時に聞いた言葉。

『奴等は狡猾《こうかつ》な種族で、知恵が働く。加えて、残忍な性格で、人間だけではなく様々な生き物を騙《だま》して弄《もてあそ》ぶ事を楽しみとしている』

デルファイを救出に向かった時に、ウルシマさんが話していた言葉。

そうだ、思い出せ。

洞窟《どうくつ》に財宝があるという噂はデタラメだった。

いや、違う、既に何者かに奪われていた？

では、誰に？

そもそも何故あの時――あの山に、いきなり《悪魔族》が出現したりしたんだ？

色々な事象が不鮮明なまま繋《つな》がり、不鮮明なまま一つの線へと化していく。

そんな中、ネロは止まらない。

手にした魔石に、淡い光が纏《まと》わりつく。

あれは、彼自身の魔力なのかもしれない。

瞬間、魔石のおどろおどろしい光沢が、生命を宿したかのように蠢《うごめ》く。

ネロはそれを、自身の胸に向かって押し付けた。

「が、ぁあああああああ！」

雄叫《おたけ》びを上げるネロ。

彼の体が、音を立てて変化し始めた。

「ッ！」

最初に反応したのは、ガライだった。

彼は床を踏み込み、一気にネロへと突進すると、変貌《へんぼう》していくその体を掴《つか》み、そのまま店の外に飛び出した。

「ガライ！」

混乱する店内。

《ベオウルフ》のみんなや、ウィーブルー家当主、レイレに皆の避難を指示し、私も店から出る。

「え⁉」

外に出て、私の視界に入ってきたのは、予想だにしない光景だった。

『……この宝石は、ボクの中の力を増強させる』

私は、すぐさまガライの姿を発見し、近くに駆け寄る。

『ボクの中で燻《くすぶ》っていた……中途半端な形でしか継承されなかった……ボクが本来手にするはずだった力』

私はガライと一緒に、空を見上げる。

『ずっと、ずっと気持ちが悪かった……でも今日、これでその不快なもの全てを破壊出来る』

大きく開かれた翼。

漆黒の鱗《うろこ》に覆われた全容。

血のように真《ま》っ赤《か》な双眸《そうぼう》。

その姿は――。

「あれが……ネロ？」

「……ああ」

ガライは、その変化の一部始終を見ていたのだろう。

天空を飛翔《ひしょう》する姿は、正しくドラゴン。

ネロ・バハムート・グロウガが、ドラゴンに姿を変えていた。

『ボクは、現国王が竜との間に生み出した子供……イカレてるよね、あのクソ親父は、ドラゴンとの間に自分の子を作ったんだ』

バサリと、一層大きく翼を躍動させ、ネロは更に高度を増す。

その首が、息を思いきり吸い込むように大きく動き——。

「まずい！」

ガライが叫ぶ。

私にも、ネロが直後、何をしようとしているのか理解出来た。

『消え失《う》せろ』

ネロの口が、炎の吐息を吐いた。

バカでかい炎の波が、私達を、私達の店を、いや、周囲一帯を覆いつくさんと空から迫る。

『姉御《あねご》！』

『マコ！』

エンティアとクロちゃんが、私のもとに飛んでくる。

『乗れ！　逃げるぞ！』

「ダメ！　逃げられない！」

私はガライを見る。

「ガライ！」

「……三割使う」

瞬時、ガライが拳《こぶし》を握り、《鬼人》としての力を発動。

彼の魔力が込められた拳が、本来の膂力《りょりょく》と相俟《あいま》ったパワーを宿す。

「エンティア！　ガライを乗せて跳んで！」

『～～やむをえん！』

ガライを背中に乗せ、エンティアが地を蹴《け》る。

空中に跳躍したエンティアの背中の上で、ガライが迫る炎の波に向かって拳を振るう。

巨大な衝撃波が巻き起こり、炎が空中で爆散した。

『あちちちち！』

着地したエンティアは、体毛についた火を転がって消す。

同じく着地を果たしたガライも、すぐに空中のネロを見上げる。

「……詳細は一切不明だけど、あいつがこの街を壊そうとしているのは明らかだ」

そこでイクサが、私達のもとにやって来た。

イクサだけではなく、スアロさんやウルシマさんも。

「……聞くまでもないだろうけど、どうする？　マコ」

「決まってるよ」

ネロは、あらゆる壊したいものを壊すと言っていたけど、その中には当然、私やイクサ、そして私達のお店も含まれているようだ。

「来るなら、受けて立つしかない。それに、この王都には、私達にとって大切なものがいっぱいある」

『黄鱗亭《おうりんてい》』。

冒険者ギルド。

レイレの家のお店。

貴族のお嬢様達や、メイプルちゃん達の家。

そういえば、随分と知り合いも増えたものだ。

「守るためには、戦うしかない」

私は、地上を見下ろすネロを睨《にら》み上げ、そう宣言した。

〝戦わなければ生き残れない！〟――なんていう、仮●ライダー龍騎《りゅうき》のキャッチフレーズを思い出しながら。

◇◇◇

「マコ様！」

「オルキデアさんはお客さん達を避難させて」

目前に滞空する、身の丈数メートルはあるだろうドラゴンの姿を見上げながら、私は駆け寄って来たオルキデアさんに言う。

「ここは都市だから、多分オルキデアさんのパワーもあまり発揮出来ないと思う。でも、念のため《液肥》は渡しておくね」

「承知いたしましたわ！」

「おじさん！」

振り返ると、メイプルちゃんとその両親が、心配そうにこちらを見ている。

「マコ！　大丈夫なの⁉」

レイレも、《ベオウルフ》のみんなと一緒にお客さん達を誘導しながらも、不安そうな顔で私を見てくる。

この未曾有《みぞう》の事態に、パニックを起こさない方が珍しいだろう。

「大丈夫だよ、レイレ」

そんな彼女に、傍《そば》にいたマウルとメアラが言った。

「マコはいつだって、僕達を助けてくれるんだから」

「ガライも一緒なら、どんな敵だって倒せるんだ」

「そ、そうは言っても……」

そこで、気付く。

私達の店のお客さんのみならず、周囲にいた王都の市民の方々も、この事態に集まって来ていた。

皆が、街中にいきなり出現したドラゴンの姿に、ざわめいている。

「な、なんなんだ、あのドラゴンは……」

「どこからやって来たんだ！　いきなり現れたぞ！」

「冒険者ギルドや騎士団は⁉　早くどうにかしてくれ！」

騒ぐ民衆。

その中、一部の人達が、ドラゴンと相対する私達の存在に気付く。

「おい、あれ……あの人って確か」

「あの、《ベオウルフ》達の村の特産品を扱ってるっていう店の店長の……」

「黒い狼《おおかみ》の群れの事件を解決したっていう、あの人か！」

「いや、確か《悪魔族》を瞬殺した冒険者なんだろ⁉」

「じゃ、じゃあ安心していいのか⁉」

「《悪魔族》を倒したって話が本当なら、大丈夫なはずだ！」

「悪魔討伐の上にドラゴン討伐……もしそんな事が出来たら、Sランク冒険者……いや、歴史上に数人しかいないSSランク冒険者に匹敵するぞ！」

「が、頑張ってくれ！　あのドラゴンを追い払ってくれ！」

なんだか、私に関する色んな噂《うわさ》が出回っちゃってるみたいだね……。

群衆の間にどよめきが広がり、そして瞬時に、期待と羨望《せんぼう》の籠《こも》った視線と声が、私達に向けられ始めた。

「さて……」

王都市民の声援を浴びながらも、私は冷静に現状の対処に思考を巡らせる。

「イクサ、どういう事かわかる？」

「まったく、想定外だよ」

傍に立つイクサが、私と同じように頭上を見上げながら呟《つぶや》く。

「ネロは、生まれた時から異質な存在であると王族の間でも話の種だったが……まさか、ドラゴンだったとはね」

『正しくは、ドラゴンの亜人だ』

ネロが、その真紅の眼光で私達を見下ろしながら、牙《きば》の生え揃《そろ》った口を動かし、人間の言葉を喋る。声音のトーンは、先程までの少年のものと変わらない。

「国王が、ドラゴンとの間に作った子供……か。自身の継承者としてあらゆる可能性を試しているとは言え、そこまでヤバい事をやってたのか、あの男は……」

額に手を当てながら、イクサは嘆息を漏らす。

まぁ、どうやって子作りをしたのかとかあまり想像したくはないけど……呆《あき》れたくなる気持ちはわかる。

「……それはそうと、どうしてドラゴンの亜人であるネロが、こうしてドラゴンの姿に変貌出来たのか……」

「あの魔石の力、って彼は言ってたね」

ドラゴン――ネロの胸部に、肥大して輝く邪悪な色合いの石が見える。

まるで表皮の上に生えた心臓のように、それは脈打っている。

「多分だけどね、イクサ。ネロは今、前のクロちゃんみたいな状態なんだと思うんだ」

『ん？　俺？』

私の発言にクロちゃんが反応する。

「何かの声に誑《たぶら》かされたって言ってたでしょ？　おそらく、あの魔石も、その声の主にでももらったんじゃ」

そして、彼が元々持っていた破壊願望に火をつけた。

彼の願いを叶《かな》えさせられるアイテムを渡し、王都を破壊させようとしている。

「多分、説得とかは無理だと思う」

「……だろうね」

ネロは止まらない。

後は、本当に壊し尽くすのみ。

「だから、戦おう。みんなで力を合わせて、ネロを倒そう」

私は、周囲に立つ皆に向けてそう言い放つ。

「申し訳ありません……わたくしに力が残っていれば、ネロ王子の能力を鑑定し、有利な戦法を考案出来たかもしれないのに……」

いつの間にか居たモグロさんが、そう悔しそうに呟く。

「ううん、多分、弱点はあれで良いと思うよ」

私は、ネロの胸の肥大した魔石を指さす。

断言は出来ないけど、あれを破壊出来れば……。

「来るぞ！」

その時、スアロさんが叫んだ。

ネロが大きく首を後ろへ曲げた。

もう一度、炎を吐こうとしている。

『させるか！』

動いたのはクロちゃんだった。

地面を蹴って跳躍——同時に体に帯電していた稲妻を、ネロに向かって撃ち込む。

『……チッ』

雷撃が命中し、ネロが攻撃の動作を中断する。

当たった部位が黒く焦げ、煙が上がっているが、そこまで大ダメージではない。

刹那《せつな》、振り抜かれた巨大な尾の一閃《いっせん》が、クロちゃんの体に叩《たた》き込《こ》まれた。

『ぐあッ！』

「クロちゃん！」

吹っ飛ばされた黒い獣の体が、近くの建物の外壁に衝突する。

『……まったく』

しかし直前、敏速に反応していたエンティアが、その体を受け止めて衝突の衝撃を和らげていた。

『調子に乗るからだ、バカめ！』

『……黙れ、白毛玉……』

二匹共大丈夫なようだ。私は胸を撫《な》で下《お》ろす。

「ガライ」

そしてすぐに、ガライを振り返った。

「前に、ガライが邪竜を倒したっていう話……」

「ああ」

ガライも、一瞬で理解してくれたようだ。

「今から、その時と同じ方法で動く。皆、俺の指示を聞いてくれ」

ガライが端的に内容を述べると、各々が理解し、動き始める。

私はすぐにエンティアとクロちゃんの方へと向かう。

「エンティア、私と一緒に来て」

『わかったぞ、姉御』

「でね、クロちゃん」

『なんだ？　マコ』

私はクロちゃんにだけ、あるお願いをする。

「クロちゃんが、今回の戦いのキーマンになるから」

『……ククク、悪くない響きだ』

『笑ってないでとっとと行け、黒まんじゅう』

◇◇◇

――まずは、ドラゴンの機動力を奪う。

それが、ガライの指示した最優先行動だった。

空高く飛ばれてしまえば、手出しが難しくなる。

実に単純だが、その機能さえ封じてしまえば一気に戦局は有利になる。

目的に向かって、皆がバラバラに動き出した。

『うおおおおおおおおおおお！』

私を乗せたエンティアが、ネロの真正面に跳び上がる。

目前に特攻してくるエンティアに、ネロは鬱陶《うっとう》しそうに、丸太のような腕を振るおうとする――。

『食らえ！　神狼の後光！』

瞬間、エンティアの体から眩《まばゆ》い光が放たれた。

彼の魔法だ。ネーミングは、ちょっと考えた方が良いかもしれないけど。

『ッ！』

突如の光に、ネロは思わず両目を瞑《つぶ》る。

大きな隙を作る事が出来た。

「ふっ！」

その隙を突き、ネロの背後にスアロさんが回り込んでいた。

機動力を奪う――ならば、狙《ねら》うのは翼。

片翼の根元付近を狙い、腰に佩《は》いた刀を抜刀。

かつて私が生み出した魔道具の日本刀だ。

その刃《やいば》に魔力を込める事により、斬撃が発射される。

斬撃は翼の根元に食い込み、傷を負わせる――が、切断にまでは達しなかった。

『うるさいコバエ共だ』

ぐるり、と、ネロの頭がスアロさんの方に向けられる。

瞬間、そのネロの頭部――目に向かって、私は生成した〝ペンキ〟を投げ付けた。

『……チッ』

目晦《くら》まし程度だったが、一瞬隙を作る事に成功。

その間に、スアロさんはネロの攻撃の射程から離脱する。

一方私は、エンティアに指示を出し、ネロの体に近付くように跳躍を促す。

手中に錬成するのは、先端が鋭く尖《とが》り、反対の柄の先端には丸い輪っかの作られた金属製の杭《くい》
――〝金属杭〟だ。

魔力を込めて、私は生み出したそれをネロの体に向かって投擲《とうてき》する。

突き刺さる〝金属杭〟……しかし、鱗《うろこ》を突き破ってはいるが、そのダメージはおそらく針で刺さ

れた程度だろう。

でも、大丈夫……この行動自体は、次への布石だ。

「おりゃあ！」

私は次々に杭を生み出し、それをネロの体中に放ち続ける。

『鬱陶しい……無意味なんだよ――』

イラつくように体をうねらせるネロ。

「ハァっ！」

その背中に、《加速》したウルシマさんが着地した。

着地と同時に、その大剣をネロの翼の根元に向かって振るう。

『ッッ！』

先程のスアロさんの一撃に加え、突き立てられた追撃の痛みに、ネロも流石《さすが》に反応した。

『この――』

「準備万端です！」

私達の攻撃の連鎖は、まだ止まらない。

ネロも、そこで初めて気付いたのだろう。

スキル《忍足《しのびあし》》を使ったアカシ君が、既に気配を消してネロの体に降り立っていたのだ。

そして〝準備〟を終えた彼は、合図するように手を挙げると、ネロの背中から飛び降りる。

「はっはぁ！　食らえ、邪竜！」

地上では、その手に〝爆弾〟を作成したデルファイがいた。

「この俺様の、芸術的爆撃を！」

叫び、デルファイが手にしたガラスの風船をネロに向かって投擲する。

確かに、彼の爆弾は強力な爆発を起こすが、今やネロは巨体だ。

大したダメージは与えられない——と、思われるだろう。

——着弾した瞬間、ネロの体の端々から次々に爆発が起こり、彼の体を覆い尽くした。

『ゴ、ァアアッ！』

アカシ君が、事前にデルファイの作っていた爆弾を、秘《ひそ》かに体中へ設置していたのだ。

それが、連鎖して、巨大な爆発となった。

爆炎と爆圧を叩き付けられたネロの巨躯《きょく》が、空から落ちて来る。

「やったか⁉」

それを見て、ウルシマさんが叫ぶ。

だからそれ、フラグ！

『……それが、どうしたッ！』

悪い意味で予想が当たり、負傷した体を躍動させ、ネロは大きく羽搏《はばた》くと、再び上空へと舞い上がる。

『その程度のカスみたいな攻撃で、このボクが——』

が、そこでネロは気付く。

自身の体が、それ以上、上へと上がらない事に。

翼をはためかせているのに、上昇しない事に。

まるで、何かに〝引っ張られて〟いるかのように——。

——私の仕込みが、効果を発揮した結果だ。

『なッ⁉』

困惑するネロは、地上を見下ろし理解した。

「おおおおおおお！」

「お前等、気合入れろよッ！」

そこに居るのは、大量の冒険者達だ。

この騒動を聞きつけ、冒険者ギルドに所属する彼等が、この場所にまで駆け付けてくれたのだ。

『冒険者共を呼んで来たぞ、コラー！』

『俺達もやるぞ、コラー！』

いや、正確には、王都に残ってくれていたイノシシ君達の背中に乗って、ベルトナさんにギルドに向かってもらったのだ。

その呼びかけに応じて、彼等も我先にと来てくれたようだ。

そして、そんな彼等が、その手に長く伸びた〝鎖〟を掴《つか》んで引っ張っている。

〝鎖〟は空へと続いており、私が事前にネロに撃ち込んでいた〝金属杭〟に接続されている。

これが、私が秘かに行っていた仕込みだ。

「あの新入りが必死に戦ってんだ！　俺達がやらねぇでどうする！」

「新入りっつっても、俺達よりもランクは上だけどな！　確かAランクに昇格するんだろ⁉」

「うるせぇ！」

冒険者ギルドで初日に出会った、屈強な男達――ブーマと仲間達も、〝鎖〟を持って引っ張ってくれている。

いや、まだ決まってないよ、Aランク昇格。

「魔力だ！　魔力のある奴《やつ》は、この〝鎖〟に魔力を注ぎ込め！」

「この〝鎖〟は、あのマコが生み出した魔道具だ！　魔力を注げば効果があるはずだ！」

まるでクジラ漁のようだ。

屈強な男達の力と、魔力を持つ人達が注ぐ力により、〝鎖〟は強固な拘束具となって、ネロの体を地上に引きずり降ろそうとする。

『こりゃー！』

『こりゃこりゃー！』

よく見ると、ウリ坊達も〝鎖〟を咥《くわ》えて引っ張ってくれていた。

あぶないよ！

『ご、あ、ああがああああああ！』

苦悶《くもん》の雄叫《おたけ》びを、ネロが上げる。

『こ、のッ！　クソ共がぁぁあああああああ！』

ネロは咆哮《ほうこう》を発し、自由を奪われつつある体を大きく回転させた。

自身を地上に縛り付けようとする〝鎖〟を、その全身で巻き取るように。

「うおおおお！」

「ああっ！」

その決死の行動による衝撃に、冒険者達の体も弾《はじ》かれ、次々に〝鎖〟が解き放たれる。

全身に〝鎖〟を巻き付けたまま、ネロは再び、今度こそ上空へと返り咲こうとする。

『クソ共が！　地上を這《は》い回る虫共がぁ！　まとめて消し炭にしてやる！』

「今だよ、クロちゃん」

既に、次の準備は整っていた。

『承知した、マコ……行くぞ！　お前ら！』

『『『『了解、ボス！』』』』

ネロを取り囲うように、その場に、何匹もの黒い狼《おおかみ》達が集結していた。

私達が戦闘をしている間に、クロちゃんには走ってもらい、牧場地帯から仲間の《黒狼《ブラック・ウルフ》》達を呼んで来てもらっていたのだ。

「なッ――」

「全員、マコから力は授かったな！」

『『『『おう！』』』』

冒険者の皆が、ネロの上昇を押さえてくれている間に、集まった《黒狼》達に私はスキル《テイム》の力を使って触れていた。

彼等だって《黒狼》の一端――奥底には、魔力が眠っている。

エンティアにしてあげた時と同じ要領で、私がその魔力の起こし方を教えてあげたのだ。

そもそも、強くしてあげるっていう約束もあったしね。

そして今、《黒狼》達はネロを包囲した。

全身に、鱗を突き破って皮膚の下にまで達した〝金属杭〟、そして、それに繋《つな》がる何本もの金属の〝鎖〟を巻き付けたネロに――。

『滅せよ！』

『『『『オオオオオ！』』』』

《黒狼》達の電撃が、一気に炸裂《さくれつ》した。

『ギイあああああああああああッ！』

最早《もはや》、落雷どころの騒ぎではない量の光と熱の爆発だった。

厳密に何アンペアーで何ボルトで、何ワットなのかはわからないけど、恐ろしい量の電力がネロの全身を貫いた。

体の節々から黒い煙を上げ、白目を剥《む》き、ネロが空中で停止。

そしてゆっくりと、地面に落下――。

『終わ、れるか』

しかし、その口からは、まだ声が聞こえる。

まだ、意識を保っている。その現実に、その場にいる全員が驚愕《きょうがく》する。

『まだ、何も、始まっていない、ボクは――』

「十割使えば、どてっ腹を吹き飛ばせるが……」

そんな中、誰《だれ》よりも先に動けていたのは――やはり、経験者だからだろう。

ガライだった。

「今回は、五割で十分だろう」

空中、降下途中のネロの下にまで跳躍し。

「生きるか死ぬか、運に賭けろ」

その胸――ガラ空きになった胸に埋まる、脈打つ魔石に向かって。

『ッ！　やめ――』

《鬼人の血》を発露させ、拳《こぶし》を叩《たた》き込《こ》んだ。

恐ろしい音を立て、それこそ、内臓が破裂するような音を立て、魔石が粉々に吹き飛ぶ。

今度こそ意識を失ったネロの体が、真っ逆さまに地上へと墜落した。

◇◇◇

地面へと墜落したネロ。

その衝撃に、地響きが起こる。

「油断するな！」

「構えろ！　起き上がるかもしれないぞ！」

冒険者達は武器を構え、その矛先を横たわったネロへと向ける。

しかし、ネロはピクリとも動かない。

当然だろう。デルファイの爆炎に巻き込まれ、クロちゃん達の電撃に体の芯《しん》まで貫かれ、ガライの鉄拳《てっけん》で魔石を破壊されたのだ。

既に、決着はついている。

エンティアの背中から降りて、私は動かないネロの下へと向かう。

すぐ近くに、イクサが立っていた。

「お疲れ、マコ」

「うん、終わったよ」

私は振り返り、改めて皆に向けて声を上げる。

「みんな、ありがとう！　みんなのおかげで、王都を守る事が出来たよ！」

その声に応《こた》えるように、皆が歓声を上げた。

「すげぇ！　ドラゴンを倒したぞ！」

「死者も負傷者もいない！　被害もほとんど無しだ！」

「あの人が指揮してたんだろ！　やっぱり、噂《うわさ》は本当だったんだ！」

市民達が、私の方を見て口々にそう叫ぶ。

「やったぜ、流石《さすが》マコだ！」

「こりゃあもう、Aランク……いや、Sランク級の働きだろ！」

冒険者達も盛り上がっている。

巻き起こる喝采《かっさい》の中、私はイクサと顔を合わせ、静かに微笑《ほほえ》み合った。

瞬間、だった。

『……終わ、リ、ジャ、ない』

聞こえた呻《うめ》き声に、私は即座に振り返る。

同時、ネロが、そのボロボロの巨体を起き上がらせていた。

「まだ動けるなんて……」

いや、その体は魔石を破壊され、徐々にではあるけど縮み始めている。

体の節々に〝金属杭《くい》〟が刺さり、黒い煙を上げ、胸元が拉《ひし》げている――大ダメージを負っているにも拘《かか》らず、ネロは身を起こし。

『……殺ス、せめて、奴《やつ》ダケでも……』

付け根が千切れかけている両翼を、大きく羽搏かせた。

一瞬の出来事だった。

冒険者達も、私の仲間も、瞬時には反応出来なかった。

本当の本当に最後の力を振り絞るように、上空へと一直線に飛翔《ひしょう》するネロ。

「待っ――」

私は、彼の体から伸びる〝鎖〟の一本を握っていた。

決着もついた事だし、〝金属杭〟ごと《錬金Lv.2》の力を使って消失させようと思っていたからだ。

結果、上昇するネロの体に引っ張られ、私も空へと飛び上がる。

「マコ！」

寸前で、イクサも〝鎖〟を掴んでいた。

結果、私達二人は、瞬く間にネロと一緒に王都の上空まで飛翔する形となった。

「もう止《よ》せ、ネロ！　体は限界のはずだぞ！」

王都の街並み――全景を見下ろせるほどの高度にまで達した中で、イクサが叫ぶ。

「〝金属杭〟と〝鎖〟はすぐに消せる！　魔石を失って体が元に戻り始めてるんだよ⁉　早く下りて！」

私も叫ぶが、きっとネロの耳には届いていない。

今彼が見据えているのは、王城。

王都の中心、一番高い場所に傲然《ごうぜん》と構える、王の城だ。

『死ンでも、イイ、お前、ダケは』

ネロの体が大きくのけぞる。

近くにいると、彼の体内で巨大な熱量が生み出されていくのが肌でわかる。

本当に全力を賭《と》して、王城を攻撃するつもりだ。

『ブチ、こわスッ！』

ネロの喉《のど》から、怨嗟《えんさ》の雄叫《おたけ》びと共に炎の杵が吐き出された。

先刻、彼が変貌《へんぼう》したばかりの時に、地上に向かって吐いた熱波の数倍の威力。

きっと、ガライでも打ち消すのに相当な力を使うであろう――本当に渾身《こんしん》の炎がまっすぐ、王城に向かって放たれる。

『消エサれェェッ』

――その炎が、王城に達する寸前に何かに弾かれて空中で霧散した。

『…………ァ？』

私も一瞬、目を疑った。

消えた？　弾かれた？　打ち消された？

巨大な炎の柱が、まるで霧のように掻《か》き消えた――。

そこで、足元……私同様、〝鎖〟に掴まっていたイクサが、小さく呟《つぶや》いた。

「やはり、居たか」

「……レードラーク」

「今何が起こったのか、わかるの？　イクサ」

「ああ。防がれたんだ、強大な魔法の力で」

イクサは言う。

「第二王子、レードラーク・ディアブロス・グロウガ……現役のSランク冒険者にして、国内最強の魔法使い。王城にいたようだ」

まずいな……と、イクサは呟く。

「まずい、って？」

「次は攻撃が来る」

そのイクサの発言を証明するかのように、変化は即座に起きた。

最後の力を振り絞った攻撃が抹消され、空中で茫然《ぼうぜん》としているネロ。

その、頭上。

『な……』

一瞬、太陽が二つに増えたのかと思った。

それほど巨大な光体が、王都の空に発生していた。

先程、ネロの吐き出した炎よりも、何十倍も、何百倍も巨大な――灼熱《しゃくねつ》の塊。

「レードラークは、光と熱の属性を極めた魔法使い！　マコ、逃げるぞ！　ここにいたんじゃ、僕達まで蒸発させられる！」

「逃げるって言っても――」

喋《しゃべ》っている間に、魔法によって生み出された熱の球体が、私達の頭上へと落ちて来た。

『ギャ――』

まずはネロが呑《の》み込まれる。

断末魔の叫びさえ発する間も無く、彼の全身が光の中で焼き払われた。

まるで太陽だ。あんなものを食らったら、ひとたまりもない。

私とイクサはすかさず、〝鎖〟から手を離すが――熱球の襲来は私達の落下よりも速い。

肌が焙《あぶ》られる、間に合わない――。

「……こうなったら――」

その瞬間、私の頭の中で一つのアイデアが浮かんだ。

でも、いけるだろうか、耐えられるだろうか――。

いや、迷っていても仕方が無い。

「イクサ！」

私は空中で、イクサの手を取る。

同時に、全身から魔力を発揮し、《錬金》を発動。

〝ある物〟を生み出すように、全力でイメージする。

「マコ！」

やがて、私とイクサの体も、灼熱の塊の中へと呑み込まれた――。

◇◇◇

「な、なんだありゃあ！」

地上では、皆が騒然としている。

起き上がったネロが空へと飛び上がり、王城を攻撃。

しかし、ネロの放った炎のブレスは一瞬で掻き消され、次の瞬間、王都の空に巨大な光の球体が生まれた。

その光に、ネロの体が呑み込まれた。

「マコ！」

「ガライ！　マコとイクサが！」

「……ッ」

地上では、マウルとメアラが悲痛な声を上げ、ガライが表情を歪《ゆが》めて空を睨《にら》んでいた。

刹那《せつな》。

「おい！　何か落ちて来るぞ！」

冒険者の一人が叫ぶ。

その声に反応し、皆が瞬時に逃げる。

彼等のいた場所に、巨大な何かが墜落した。

「な……」

「なんだこりゃ……」

「船、か？」

それは、一見、巨大な金属の塊に見えただろう。

楕円《だえん》形の形状をしたそれは、高熱を保ったまま地上へと落下し、地面を焼き溶かしながら鎮座している。

その塊の端——扉部分が、バカンと音を立てて開く。

「マコ！」

中から現れた私とイクサの姿に、その場にいた全員が驚嘆の声を上げた。

「生きてたのか！」

「うん、あの熱球に飲み込まれる寸前に、これを錬成して中に避難したんだ」

「こりゃあ、一体……」

「〝防災シェルター〟だよ」

私は背後……まだ熱を保っているので触れないが、巨大な金属の塊を指さして言う。

人間数人を乗せる事が出来、台風や津波の際には船のように水上に浮かぶことも出来る、災害時のシェルターである。

普通にホームセンターで取り扱ってる商品なんだよね、これ。お値段も物凄《ものすご》いけど。

多分、MPも相当消費したんじゃないかな。

「マコ……良かった、助かって」

マウルが安堵《あんど》の涙を流しながら駆け寄って来た。

メアラも泣きそうな顔をしている。

ごめんごめん、心配かけたね。

「イクサ、ネロは……」

「………」

イクサは、空を見上げる。

灼熱の球体も、もうそこには無い。

そして、アレに飲み込まれたネロは、おそらくもう……。

「いえ、ネロ王子は生きています」

そこで、だった。

私達の目の前に現れたのは、あの老年の監視官だった。

彼の腕の中に、既に元の人間の姿に戻ったネロが抱きかかえられている。

「ドラゴン化した巨体のおかげで、運良くダメージを減らす事が出来たようです。なんとか一命は取り留めています。力尽きて落下してくるところを、わたくしが受け止めました」

この人、一体何者なのだろう……。

まぁ、只者《ただもの》じゃないのはわかっていたけど。

それは措《お》いといて、私とイクサはネロを見る。

生きてはいるが、その全身は焼け爛《ただ》れ、お世辞にも無事とは言い難い姿だ。

「ネロ……」

「……ずっ……と」

イクサが彼の名を呼ぶと、ネロは掠《かす》れた声を発した。

「ずっと……気持ちが悪かった……生まれてからずっと……違和感しかなかった」

虚《うつ》ろな目で、空を見上げながら、彼は囁《ささや》く。

「……乳母《うば》も……召使いも……同じ王の子達も……王族だろうが貴族だろうが……平民だろうが……全《すべ》て同じにしか見えなかった」

「…………」

「なにをされても……どんなにしてもらっても……愛せなかった……愛《いと》おしいと思えなかった……ただ利用して、役立ててやってるとしか思えなかった……」

譫言《うわごと》のように、ネロは言う。

「だって……ボクは……本当は竜なんだ……人間なんかとは違う……人間の体に……竜の心……体と心がちぐはぐだった……ずっと気持ちが悪かったんだ……」

心と体が一致しない。

その違和感が、彼を今日まで苛立《いらだ》たせ、腹立たせ、そしてその内で破壊願望を募らせてきたのかもしれない。

「……なんで、こんな体に生まれたんだろう……なんで、こんな体に産んだんだろう……壊したい

……殺したい……こんな体にした奴《やつ》を……ボクをこの世に生み出した奴を……」

イクサ──。

と、そこでネロは、イクサを見て名を呼んだ。

「ボクは……ずっとお前が気に入らなかった……なんでお前は、そんな平気な顔をしていられるんだ？　……〝ボクと同じ〟はずなのに──」

「……？」

私は、イクサを見る。

イクサは、その言葉を最後に気絶したネロを、ただ黙って見据えていた。

◇◇◇

「………」

そこは、王城の頂上。

王都を、その外の地平線まで見下ろす事の出来る場所に、二人の人物がいた。

「……ネロか」

一人は、玉座に座ってそう問い掛ける。

もう一人は、その人物の質問に静かに頷《うなず》くと、再び外へと視線を戻した。

「……何か、気になるものでも見付けたのか？」

「………」

「……ああ」

玉座の人物は言う。

「ネロの足元に、イクサがいたな」

「…………」

「気になるのは、もう一人の女の方か。確かに、アレは何かの手段を用い、お前の魔法から生還したようだ」

「…………」

「珍しいな。お前が、そこまで他人に興味を抱くのは」

玉座の人物の言葉に、もう一人は何も返さない。

ただジッと、王都の空を見詰め続けていた。

エピローグ　久しぶりのアバトクス村です

ネロの王都襲撃を何とか最小限の被害に阻止した日から、数日が経過した。

あの後、気絶したネロは監視官に保護され、連れていかれてしまった。

おそらくだけど、どこかで治療を受けているのだろう。

ただ、あれだけの重傷を負い、尚且《なおか》つ現国王への明らかな叛逆《はんぎゃく》行為も見て取れた以上、今後表舞台に戻ってくる事はまず無いだろう。

ネロの持っていた裏社会に関する権力は、全てイクサへと譲渡された。

そのネットワークを早速使い、ネロにボコボコにされたブラドとその仲間達は、過去の色々な罪を明るみに出されめでたく投獄されたらしい。

まぁ、ネロに命を奪われるよりは、まだ温情のある処置ではなかったかとは思う。

「いやぁ、毎日忙しいね。嬉《うれ》しい事だけど」

私達の経営するアバトクス村名産直営店は、今日も元気に営業中である。

営業時間を定め、極端な宣伝や新商品の展開も減らしたため、流石《さすが》にオープン当初ほどの賑《にぎ》わいは収まって来たけど、それでも未《いま》だにこの界隈《かいわい》では一番の繁盛店であるらしい。

店頭に立ち、お客さんで賑わう店内を見渡しながら、私はそう呟《つぶや》いた。

「おはようございます、マコ殿」

そこに、ウィーブルー家当主が現れた。

「おはようございます、ウィーブルー家当主。すいません、先日は大騒動になっちゃいまして」

「いえいえ、マコ殿の責任ではありませんよ。驚きました。まさか、私の知らない間にあのような事になっていたとは」

さて、と、当主はそこで仕切り直すように言って。

「マコ殿、先日お伺いした際にお話させていただこうと思っていた事なのですが、どうやら今回の出店計画は成功と言って差し支えない程の状況となっております。そこで、今後の事についてお話をすべきかと思いましてね」

「うん、そうですよね」

流石に、これからもずっと王都の宿で暮らして店舗を経営していく――というわけにはいかない。

この土地も当主から譲られた土地だし、彼の色々な力添えが無ければそもそもお店を作る事も出来なかった。

アバトクス村からの商品の流通とか、どれだけの人員でお店を回すかとか、きちんとしておかないといけない事は山ほどある。

今日まで色んなイベントがあり過ぎて考えられなかったけど、やっとその部分に触れられる時が来たようだ。

「実はですね、マコ殿。最近では、王都の市民の間でも、このお店で働きたいという希望者が多く現れているのです」

「え？　そうなんですか？」

その当主の言葉に、私のみならず《ベオウルフ》のみんなも反応する。

今までだったら、当然信じられない言葉だっただろう。

「俺達、獣人と一緒に働くってことになるんだぞ?」

「いやいや、流石にそれは……」

「わかっていますよ。獣人だとか、種族に関係無く、皆さんと一緒に働きたいという方がいるんです」

当主の言葉に、《ベオウルフ》達はポカンとしている。

きっと、そんな日が来るなんて思ってもいなかったのだろう。

「そこでですが、マコ殿。この店舗の経営を、我がウィーブルー家で改めて手助けさせていただいてもよろしいでしょうか。お店の営業は勿論《もちろん》、そのために必要な雑務作業やコスト管理、人員の充足と教育等をサポートさせていただければ、マコ殿の負担も軽減出来ると思うのです」

「おう、そりゃいい考えだな」

「マコは働きすぎだぜ」

皆が口々にそう言ってくれる。

うう……優しいなぁ、みんな。

日本だったら絶対に言われないよ、『働きすぎ』なんて。

「無論、今後も商品の生産、出荷や、経営に伴いご意見をいただく事も多くあるでしょう。その際の利益や料金は、当然お支払いさせていただきます」

「うん、ありがとう、当主」

つまり、これからのこのお店の経営に関する細かい事はウィーブルー家に一任し、私達は村に帰れるという事だ。

と言っても、王都に残って働きたいという《ベオウルフ》もいるだろうから、その人達には王都で暮らすための衣食住も用意する形となる。

何はともあれ。

「そっか、久しぶりにアバトクス村に帰れるのか……」

「本当に久しぶりだね」

「王都に来なかったみんなも、元気にしてるかな」

そこで、マウルとメアラが私達の会話に参加してきた。

「帰ったら何しようか。また、ピクニックに行く？」

「いいね、しばらくしたら、また別の遠い所に行くのも楽しいかも。旅行とかね」

「旅行かぁ……俺達、アバトクス村からほとんど出たことないから、市場都市《しじょうとし》か今回の王都くらいしか、知らないや」

マウルとメアラが、「うーん」と首を傾《かし》げる。

そこで。

「いいね、それならリゾートに行くのなんてどうだい」

「あ、イクサ」

イクサとスアロさんが現れた。

「イクサ、もう事後処理の方は良いの？」

「ああ、ほとんど終わったようなもの――」

「いえ、まだ終わっておりませんが」

サラッと言って流そうとしたイクサを、スアロさんが瞬時に訂正する。

「この国の海沿いに良いリゾート地があってね、貴族や金持ちの別荘地にされてるんだ。そこで過ごしてみるのもいいんじゃないかな。なんだったら、僕がご招待するよ」

「イクサ王子、貴方《あなた》は諸々《もろもろ》の雑務から逃げたいだけなのでは？」

無視して話を進めるイクサの肩を、スアロさんが掴《つか》む。

「いいじゃないか！　マコが休みをもらえるなら僕だって欲しい！」

「貴方の場合はそう簡単には休めません。影響を及ぼす規模が違うのです。ただでさえ貴族ブラックレオ家の件等、早急に処理の必要な案件が多いのですから」

「…………」

私は、店の外、テーブル席の一つに腰掛けているガライとメイプルちゃんを見る。

メイプルちゃんの持っていたフクロウの木彫りの人形は、やはり二人が出会った時、ガライがお守りに渡したものだったようだ。

メイプルちゃんはガライに教えてもらいながら、動物の木彫りの作り方を学んでいる。

互いに微笑《ほほえ》み合いながら、何の気兼ねも無く。

「……良かったね、ガライ」

ガライの持つ王都での蟠《わだかま》りも、解消出来たようだ。

「なんで僕は休めないんだい！　ずるいずるい！」

一方、イクサはスアロさんに厳しくされ過ぎて幼児退行を起こしている。

こらこら、スアロさんを困らせちゃダメだよ、イクサ君。

しかし、連休かぁ。

ホームセンター時代は、基本的にゴールデンウィーク、お盆、年末年始は商戦期間なので休み禁止。

夏休み、冬休みなんて皆無。

有休を入れての最大連休は三日までと決められてたからね。

長期で休んで旅行なんて経験、一体どれくらいぶりだろう。

「うん、じゃあ、一回アバトクス村に帰って考えようかな」

◇◇◇

そして、王都で諸々の雑務や手続き、引継ぎ等を終えて、数日後。

「着いたー！」

私達は久しぶりに、アバトクス村へと帰って来た。

王都を去る際に、お世話になった冒険者の人達や近隣の方々からは名残《なごり》を惜しまれたけど、別にもう二度と行かないというわけではないのだ。

しばらくしたら、また顔を出すと言っておいた。

ちなみに、ベルトナさんからは「サインをいただけないのであれば、村の方にもお邪魔させていただきます」と脅されたので、冒険者ランク昇格の書類には泣く泣くサインをしてきた。

まぁ、別に義務等が増えるわけじゃなく、冒険者としてのメリットが増えるだけと言われたので、気にしないようにしよう。

……そういえば、あの書類の昇格ランクってAだったよね？

なんか、ベルトナさんがその部分を隠してたような……。

私も、ずっとAランクAランクって言われ続けて来たからそうだと思い込んでサインしちゃったけど……。

……ま、まぁ、気にしない気にしない。

それは措《お》いといて、今回のクロちゃん達やネロ王子の件と、《悪魔族》出現の件が関連しているのではないかという仮説は、冒険者ギルドやイクサにも話しておいた。

今後は、その点も警戒しないといけないだろうし。

そういえば、結局、私を探しているという聖教会とか《聖女》とかの件は有耶無耶《うやむや》になっちゃったな。

まぁ、何も無いなら無いに越した事はないけど。

「おう！　マコ、それにお前等《まえら》も！　帰って来たのか！」

王都の店の経営は、ウィーブルー家当主が募集した民間の希望者と、希望して残った数名の《ベオウルフ》達に任せ、それ以外のメンバーは村に帰還を果たした。

「まぁ！　お花が綺麗《きれい》なまま！　皆様、大切にお世話をしてくれていたのですね！　嬉しいですわ！」

「ありがとうございますです！」

オルキデアさんとフレッサちゃんが、色鮮やかに村中に咲き乱れる花を見て、嬉しそうに声を上げる。

『姉御《あねご》、お帰り、コラー！』

『おかえり、こりゃー！』

こっちに残っていたイノシシ君達やウリ坊達も出迎えてくれた。

うーん、懐かしい。

賑やかな都会も楽しくて良いけど、こういう長閑《のどか》な田舎《いなか》もイイネ！

「さてと、マウル、メアラ、とりあえずしばらく空けてたから、家の掃除から始めようか――」

「マコ！　追い付いたわよ！」

そこで、いきなり背後から大声が。

振り返ると、大きな馬車と――その馬車の前で腕組みをし、仁王立ちするレイレの姿があった。

「え、レイレ？　なんで、ここに……」

「勝手に王都を去るなんて、そんなことあたしが許さないわよ！　だって、あたしはあなたに師事したんだから、どこに行くにも弟子は師匠と一緒でしょ！」

ビシッと、私に向けて指をさし、彼女は言う。

「あたしも今日から、この村に住むから！」

「……ええ⁉」

いやいや、お嬢様。

決断力は素晴らしいけど、大丈夫なの？

「ハンッ！　どけどけ、三下が！　この俺様にもよく見せろ！」

そこで更に、馬車から降りて来たのはデルファイだった。

「ほほう、ここが俺様が暮らす村か！　なんとも質素で地味な村だな！　これは芸術的に芸術活動のし甲斐《がい》がある！　俺様の芸術で村興ししてやろう！」

「え、なんでデルファイまで……」

「そうなのよ！　聞いて、マコ！　この無礼者、勝手にあたしの馬車に乗り込んできたのよ！　何度も叩《たた》き出してやろうとしたのにしつこくて！」

「マコが行くところに俺様が行くのは当然の道理だろうが小娘！　お前こそここまで俺様を案内し、ご苦労だった！　もう帰っていいぞ！」

「ハァッ⁉　あんたが帰りなさいよ、クソ芸術家！」

途端に喧嘩《けんか》を始める、レイレとデルファイ。

うわぁ、騒がしくなっちゃうぞこれは。

『ふん……見るに堪えんな、少しは礼節というものを弁《わきま》えられないのか、この人間共は』

『おい、貴様！　モズク！　なんで当たり前のようにここにいるんだ！』

気付いたらクロちゃんもいた。

エンティアが噛《か》み付く。

あーもー、あっちでも喧嘩こっちでも喧嘩……。

【称号】：《ＤＩＹマスター》に基づき……

……え？

……スキル《錬金Lv.2》が《錬金Lv.3》に成長しました。

……。

いや、このタイミングで⁉

もう、色んな事が起こりまくってリアクションが追い付かない！

とにもかくにも、言い争うデルファイとレイレ、取っ組み合って巨大な白黒の毛玉と化しているエンティアとクロちゃんを宥《なだ》める。

幸なのか不幸なのか、アバトクス村に一層騒がしい住民が増える事となってしまった。

あとがき

お久しぶりです、作者のＫＫと申します。

そんな感じで、『元ホームセンター店員の異世界生活』第二巻、王都出店編でした！

如何《いかが》だったでしょうか？　楽しんでいただけたなら、幸いです。

本作でも、多くの方々にお世話になりました。カドカワＢＯＯＫＳ編集部、担当編集Ｈ様。今巻でも、ありがとうございました。今後も引き続き、よろしくお願いいたします。

イラストレーター、ゆき哉《かな》様。今回も素晴らしいイラストの数々、魅力的なキャラクターデザインを手掛けていただき、誠にありがとうございます。個人的な感想としましては、予想以上にウリ坊が可愛《かわい》かったのと、「デルファイ、お前……こんなにイケメンだったのか……」という感じです！

そして、なんとなんと！　この度、本作のコミカライズが決定しました！

漫画を仕上げていただく、八川《はちかわ》キュウ先生！　よろしくお願いいたします！

最後に、ＷＥＢ上掲載分や書籍化した本作をお読みいただいている読者の皆様へ、至上の感謝をお送りさせていただきます。

では、駆け足で申し訳ありません。またお会いできる日を夢見て！

カドカワBOOKS

元《もと》ホームセンター店員《てんいん》の異世界生活《いせかいせいかつ》 2
~称号《しょうごう》《DIYマスター》《グリーンマスター》《ペットマスター》を駆使《くし》して異世界《いせかい》を気儘《きまま》に生《い》きます~

2020年 9 月10日　初版発行

著者／KK

発行者／青柳昌行

発行／株式会社KADOKAWA

〒102-8177
東京都千代田区富士見2-13-3
電話／0570-002-301（ナビダイヤル）

編集／カドカワBOOKS編集部

印刷所／旭印刷

製本所／本間製本

本書の無断複製（コピー、スキャン、デジタル化等）並びに
無断複製物の譲渡及び配信は、著作権法上での例外を除き禁じられています。
また、本書を代行業者等の第三者に依頼して複製する行為は、
たとえ個人や家庭内での利用であっても一切認められておりません。

※定価（または価格）はカバーに表示してあります。

●お問い合わせ
https://www.kadokawa.co.jp/（「お問い合わせ」へお進みください）
※内容によっては、お答えできない場合があります。
※サポートは日本国内のみとさせていただきます。
※Japanese text only

©KK, YukiKana 2020
Printed in Japan
ISBN 978-4-04-073787-4 C0093

新文芸宣言

かつて「知」と「美」は特権階級の所有物でした。

15世紀、グーテンベルクが発明した活版印刷技術は、特権階級から「知」と「美」を解放し、ルネサンスや宗教改革を導きました。市民革命や産業革命も、大衆に「知」と「美」が広まらなければ起こりえませんでした。人間は、本を読むことにより、自由と平等を獲得していったのです。

21世紀、インターネット技術により、第二の「知」と「美」の解放が起こりました。一部の選ばれた才能を持つ者だけが文章や絵、映像を発表できる時代は終わり、誰もがネット上で自己表現を出来る時代がやってきました。

UGC（ユーザージェネレイテッドコンテンツ）の波は、今世界を席巻しています。UGCから生まれた小説は、一般大衆からの批評を取り込みながら内容を充実させて行きます。受け手と送り手の情報の交換によって、UGCは量的な評価を獲得し、爆発的にその数を増やしているのです。

こうしたUGCから生まれた小説群を、私たちは「新文芸」と名付けました。

新文芸は、インターネットによる新しい「知」と「美」の形です。

2015年10月10日

井上伸一郎